W0319702

grafit

© 2012 by GRAFIT Verlag GmbH
Chemnitzer Str. 31, 44139 Dortmund
und bei den Autorinnen und Autoren
Internet: http://www.grafit.de
E-Mail: info@grafit.de
Alle Rechte vorbehalten.
Umschlaggestaltung und -illustration: Peter Bucker
Druck und Bindearbeiten: CPI – Clausen & Bosse, Leck
ISBN 978-3-89425-399-8
1. 2. 3. 4. 5. / 2014 2013 2012

Kathrin Heinrichs / Theo Pointner (Hg.)

Tausend Berge, tausend Abgründe

Kriminalstorys

grafit

Inhalt

Letzte Ausfahrt Ochsenkopf

Sandra Lüpkes

Zio Antonio ist ein lässiger Onkel, echt jetzt, aber auch ein strenger, wenn es darum geht, seine Kunden zufriedenzustellen. »Nino – hier kannste gleich noch mal mit dem Sauger über das Leder, so geht das nicht, mit den Krümeln da in der Ritze!«

Hey, normalerweise lasse ich mich nicht so rumkommandieren, aber Zio Antonio darf das, weil er in meinen Augen so was wie ein Held und außerdem mein Chef ist. So richtig verwandt sind wir gar nicht, aber er hat meine Eltern angerufen, in unserem Dorf Calopezzati, wo irgendwie alle dasselbe Blut haben, und hat nach mir gefragt. Ob ich nach Deutschland kommen wolle, nach Sundern, und bei ihm im Betrieb arbeiten wolle. Ich natürlich so: Klar will ich das! Vier Jahre ist das her.

Heute hat er 'nen feuerroten Ferrari in der Werkstatt stehen, ein 599 GTO mit den neuen 20-Zoll-Schmiedefelgen, voll der Hammer! Und Dank Zio Antonio hat der jetzt noch mehr Power unter der Haube und einen Sound wie eine Horde hungriger Wölfe.

Gehört so 'nem Fußballstar, erste Liga, superberühmt. Mit der Eins aufm Rücken, also Torwart, neulich erst 'ne Glanzparade in der *Champions League* im Endspiel gegen AC Mailand: Elfmeterschießen, alle gehalten. Hat natürlich auch italienische Wurzeln. Wie alle Helden. Der kann sich so 'ne Karre leisten und die Spezialbehandlung bei Zio Antonio noch obendrauf. Soweit ich weiß, hat er noch einen Stall anderer Sportwagen in seiner Nobelvilla irgendwo in Bayern.

»Bis morgen picobello«, sagt der Chef und wirft mir die Schlüssel zu. Lustiger Anhänger: Eine Rote Karte – haha, witzig. Und wenn man an einer Ecke auf einen kleinen Knopf drückt, schnellt ein Messer hervor, so nach dem Motto: Hey, wenn die Rote Karte nicht reicht, dann aber aufgepasst!

Ich kann mein Glück kaum fassen. Autoputzen kann ein mieser Job sein, aber wenn du so ein Wahnsinnsteil bearbeiten darfst, dann ist das wie Liebe machen. Ich fange an mit dem Spezialtuch, Mikrofaser, da klingelt mein Handy.

»Nino, alles klar?« Es ist mein Kumpel Luca wegen heute Abend. »Die Jana steht auf dich«, erzählt er mir. »Sie hat gesagt, wenn du willst, kannst du sie abholen. Um elf. Sie will ins *Zero*. Hast du 'ne Karre?«

Ich lasse den Speziallappen sinken. Die Jana steht auf mich! Sie ist die Hammerbraut. Blond und 'nen Busen wie 'ne Göttin. Was ganz Besonderes. Ich fühl den Schlüssel in der Hosentasche, den mit der Roten Karte dran, und denke: Klar hab ich 'ne Karre! Aber hallo!

Hab ich schon gesagt, dass die Jana eine Hammerbraut ist? Hab ich! Sie reißt ihre superlangen Wimpern auseinander, als ich mit dem Ferrari vor ihrem Mietshaus stehe. Ich gucke ganz normal, jedenfalls so normal wie möglich, denn das ist nicht leicht. Ich bin schon lange in die Jana verknallt, da guckt man immer etwas komisch. Aber sie achtet sowieso nur auf die Karre und steigt ein.

»Ins *Zero*?«, frag ich lässig und sie nickt.

Wir haben 'ne geile Straße in Sundern, die L685. Kurven wie in Monte Carlo, da geht dir die Pumpe. Und glücklicherweise ist das auch die kürzeste Strecke nach Arnsberg, wo der Schuppen ist, in dem Jana tanzen will. Verdammt viele Kurven, und schon bei der ersten, wenn man von der Hüstener Straße hoch muss auf den Ochsenkopf, da schmiert es mir die Reifen weg, als hätte jemand Seife auf dem Asphalt verteilt.

»Über fünfhundert PS«, erkläre ich den Ausrutscher. »Zio Antonio ist der Meister auf dem Gebiet der *Exhaust Systeme*. Klappengesteuerte Abgasanlage und Fächerkrümmer, arbeitet nach dem 4-in-2-in-1-Prinzip, Edelstahl, besser geht's nicht.« Ich geb Gas, damit sie nicht merkt, wie unsicher ich bin. Die Karre macht ein Wahnsinnsgeräusch. Jana versinkt fast im gepolsterten Leder. Dann kommt die erste Serpentine. Manche denken, im Sauerland gibt es so was nicht, aber wer mal mit dem Auto von Sundern nach Arnsberg über den Ochsenkopf gefahren ist, der weiß es besser.

»Und?«, frage ich die Jana, aber sie sagt nichts. Sprachlos. Mann, die hab ich so was von kassiert!

Die Strecke bin ich schon oft gefahren und ich weiß, wenn es wieder bergab geht, dann wird es eng und gefährlich. Besonders wenn es schon dunkel ist, so wie jetzt. Wenn dir da was vor die Karre läuft, dann ... Scheiße! Da liegt was auf der Straße, mitten in der Kurve, irgendein Vieh. Jana schreit und ich weiß nicht, rechts oder links oder geradeaus drüber. Das Bremsen macht die Sache nicht besser. So ist das, fünfhundert Pferde lassen sich nicht einfach zügeln, wenn sie gerade losgaloppiert sind. Wenn mir jetzt noch einer entgegenkommt, dann ... Ein Mofa taucht im Scheinwerferlicht auf, war ja klar! Quietschen und Scheppern und ein Motor, der so tut, als spiele er bei Rammstein mit. Und Jana schreit immer noch.

Aber ich hab es doch irgendwie geschafft. Bin ja ein Vollblutitaliener, also ein Held. Echt jetzt. Rechts ran, wo der Seitenstreifen mal ausnahmsweise ein bisschen breiter ist als ein Waschlappen.

Das war so was von krass. Ich atme durch. Öffne die Tür, trau mich fast nicht zu gucken, aber dann bin ich verdammt froh, denn es ist nichts passiert, zumindest nichts, was man im Halbdunkel sehen könnte. Karre heile. Jana heile. Ich auch. Mofafahrer weitergetuckert.

Jana will aber unbedingt, dass ich nach dem Ding auf der Straße gucke, weil sie Tiere liebt und es nicht ertragen würde, wenn man da vielleicht noch was wiederbeleben könnte und trotzdem weiterfährt.

»Wenn ich da in der Kurve stehe und das Tier wegbringe, und dann kommt einer und erwischt mich mit dem Kühlergrill, versprichst du mir, dass du mich auch wiederbelebst?«, lasse ich meinen Charme spielen.

Sie verspricht es mir.

»Mund zu Mund?«, kläre ich die Sache vollends ab.

Sie nickt.

Ich ziehe vorsichtshalber den Zündschlüssel raus, stecke ihn in die Tasche meiner Baggy Jeans und latsche los. Fährt ja zum Glück kaum ein Schwein hier lang um die Uhrzeit.

Das Ding auf der Straße ist mausetot. Ein kleines Wildschwein oder ein Dachs oder ein seltsamer Hund, so genau kann ich das im Mondlicht nicht erkennen. Ich ziehe es trotzdem von der Strecke, zumindest die untere Hälfte, damit kein Motorradfahrer ins Schleudern gerät. Das wird die Jana gut finden. Doch als ich den anderen Teil mit dem halben Kopf bergen will, rast ein Auto auf mich zu. Auch eine schicke Karre, aber nicht ganz so geil wie meine. Davon überfahren werden will ich trotzdem nicht und springe im letzten Moment zur Seite. Die Karre bleibt direkt hinter dem Ferrari stehen. Jana fummelt gerade an ihren langen rosa Fingernägeln herum, das sehe ich, weil sie das Licht im Wageninnern angeknipst hat. Toll, ich kratze ein totes Tier von der Straße und sie macht Maniküre …

Aus dem anderen Wagen – jetzt sehe ich es, ein Porsche immerhin – steigen zwei Männer aus. Sie gehen auf den Ferrari zu, der eine reißt die Beifahrertür auf und ich kann nicht so schnell gucken wie er die Jana gepackt und rausgezogen hat. Sie kann nicht schreien, weil der Typ seine Hand auf ihren Mund drückt.

Der andere Kerl ist wesentlich größer, hat die Arme verschränkt und spricht mich an. Ich verstehe erst nicht, was er eigentlich will und denke: Scheiße, den hat mir Zio Antonio auf den Hals gehetzt, weil er was von meiner kleinen Spritztour mitbekommen hat. Aber dann kapiere ich, dass er mich verwechselt. Er hält mich für den Fußballer. Klar! Beides italienische Helden und im Dunkeln nicht zu unterscheiden, dann das einmalige Auto ... Ich will das Missverständnis gleich regeln, doch der Typ zischt: »Arschloch!«

Dann hat er mich auch schon gepackt, meine Sportjacke kneift im Rücken, als er mich am Kragen nach oben zieht. Kein Landsmann. Irgendwas vom östlichen Ufer des Mittelmeeres.

»Ich bin nicht ...«

»Wir wissen, wie du diese Scheißkarre mit dem ganzen Technikdreck bezahlt hast!« Ich bin ihm jetzt ganz nah. Er hat einen Punkt unter dem Auge tätowiert. Das bedeutet, er war schon mal im Knast.

»Mit unserer Kohle, du Wichser!« Er spuckt beim Schreien. »Es war ganz anders ausgemacht, oder?«

Ein Auto fährt langsam vorbei, streift uns fast, aber wahrscheinlich konzentriert sich der Typ am Steuer auf die verdammten Kurven und kriegt nicht mit, dass ich gerade gelyncht werde. Oder eigentlich dieser Torwart, mit dem der Riese mich verwechselt.

»Wir haben ein Schweinegeld ausgegeben, damit es zum Elfmeterschießen kommt. Der Schiedsrichter hat seinen Job erledigt. Zwei falsche Abseits, eine Rote Karte für euren Stürmer – ganze Arbeit. Aber du? Was hast du gemacht?«

Ich weiß es. Ich hab das Spiel gesehen. Zusammen mit Luca. Da hab ich noch gesagt: Schau mal an, der Keeper lässt seinen Ferrari bei uns frisieren. Und der hält echt jeden

Elfer! Fand ich voll gut, obwohl ich ja eigentlich für AC Mailand gewesen bin.

Jetzt sehe ich das anders. Den Jungs hier hätte es anscheinend besser gefallen, wenn die Italiener ein paar mehr ins Netz geschossen hätten. Jedenfalls fängt der Riese an, mir mit der freien Hand in den Magen zu boxen, während er brüllt: »5:3, verstanden? So war der Deal. Endstand 5:3, die Wettquote wäre gigantisch gewesen. Aber du …« Wieder ein Schlag ins Gedärme. Mir ist schlecht. Ich schaffe einen Blick über die Schulter gegenüber und sehe die Jana, gefesselt auf der Motorhaube, Paketkleber im Gesicht, starr vor Angst. Ich bin mir nicht mehr so sicher, ob das mit uns beiden heute Abend noch was wird.

Jetzt bekomme auch ich ein Klebeband um Handgelenke und Füße verpasst, dazu eins auf den Mund. »Wir müssen echt ein Zeichen setzen«, erklärt der Große, tut so, als wolle er sich für irgendwas rechtfertigen. »Deine Kollegen sollen wissen, was passiert, wenn man sich nicht an die Vereinbarung hält.« Dann hebt mich der Koloss vom Balkan wie ein kleines Baby auf die Motorhaube, während der andere die Jana und mich mit diesem verdammten braunen Paketkleber wie so zwei verpuppte Schmetterlingsraupen am Auto fixiert. Streifen für Streifen, die müssen den ganzen Kofferraum voller Klebefilm haben. Ich will gar nicht an den Lack denken, der kann das bestimmt nicht gut haben mit dem Zeug. Und überhaupt, was soll der Scheiß?

Die wollen doch nicht etwa … Doch, genau das haben sie vor. Handbremse lösen, kleiner Schubs bergab, die Straße geht hier zum Glück erst mal geradeaus. Doch fünfzig Meter weiter, wenn die Bergkuppe zu Ende ist, wartet ein Abhang, der zu tief ist, als dass ich mich je getraut hätte, während der Fahrt hinunterzuschauen. Und selbst wenn ich diesen Sturz überleben sollte, wäre die Freude von kurzer Dauer. Zio Antonio würde mir den Kopf abreißen wegen dem Ferrari, also habe ich keine Chance. Das Leben zeigt mir die Arschkarte. Komisch, dass ich daran denken muss, mir hat nämlich mal jemand erzählt, der Begriff Arschkarte käme aus dem Fußball, weil der Schiedsrichter die Rote Karte immer am Hintern gebunkert hat, um sie in der Hektik nicht mit der Gelben in der Brusttasche zu verwechseln. Deshalb: Wenn er sie herauszieht, hat man die Arschkarte und muss vom Platz. Da fällt mir prompt der Zündschlüssel ein mit dem coolen Anhänger vom Fußballer, die Rote Karte mit dem Messer. Die könnte ich jetzt echt gebrauchen. Und zum ersten Mal denke ich, dass meine Mutter recht hat, wenn sie über meine Arschhängehosen meckert. Bei meinen Baggy Jeans sitzen die Taschen irgendwo bei den Kniekehlen, und da komme ich verdammt schlecht an den Schlüsselbund ran.

Die beiden Fieslinge von der Wettmafia treten noch mal nach, der Wagen setzt sich in Bewegung, erst mal langsam, aber ich merke schon die Beschleunigung. Die Jana schaut zu mir herüber. So gut kenne ich sie ja leider noch nicht, als dass ich ihren Blick hundertpro deuten könnte. Wut, Verzweiflung oder ein Flehen, dass ich was unternehmen soll.

Würd ich ja! Ich drücke meinen Rücken krumm, winde mich wie ein Breakdancer, schiebe meine Hand immer weiter Richtung Hosentasche. Verdammt, sitzt die tief.

Inzwischen rollen wir auf festem Grund, was die Karre in Fahrt bringt.

»Ciao, Arschloch!«, brüllen die beiden miesen Typen, ich drehe mich zu ihnen um und sehe, wie sie in ihren Porsche steigen, der Motor heult auf, weg sind sie.

Da, endlich! Meine Fingerspitzen finden den Schlüsselbund, greifen danach, ziehen ihn hoch. Wir haben schon ein Viertel der Strecke bis ins Jenseits hinter uns und werden immer schneller. Den kleinen Knopf zu ertasten ist gar nicht so einfach, die Rote Karte fühlt sich glatt an, nur in der einen Ecke gibt es die winzige Erhöhung, ich drücke drauf und … zack! Das Messer ist da. Ich muss Gas geben, wir rollen auf den Abhang zu, verdammt noch mal. Zum Glück schneidet die Klinge sich zügig durch das Plastik und ich habe die Hände frei, wenige Sekunden später auch die Füße. Die Jana macht komische Geräusche hinter ihrem Paketkleber, ich weiß, sie will auch losgeschnitten werden, kann ich auch echt verstehen, weil wir schon haarscharf an der wenig stabil wirkenden Leitplanke sind, aber ich muss mich entscheiden: Nur die Jana retten – oder auch den Ferrari? Ich denke an Zio Antonio, reiße die letzten Kleber ab und springe von der Motorhaube. Bei aller Liebe – nur so werde ich das hier mit heiler Haut überstehen.

Um die Fahrertür zu öffnen, muss ich schneller als das Auto sein, doch wenn dir der sichere Tod an den Hacken klebt, bist du ein Sprinter vor dem Herrn. Ich packe den Griff, zieh die Tür auf, hechte auf den Sitz und danke der Muttergottes, dass ich sofort die Handbremse zu fassen kriege. Vom Autoputzen habe ich kräftige Oberarme bekommen, so ist es kein Problem, den Hebel mit einem Ruck hochzureißen.

Der plötzliche Stillstand lässt mich gegen das Lenkrad knallen, da bleibe ich liegen, atme schwer, schicke noch ein Stoßgebet gen Himmel, dass jetzt niemand mehr so dringend über den Ochsenkopf muss und uns in der Außenkurve mal eben mitnimmt.

Dann schnalle ich mich sogar an, was ich sonst nie tue, stecke den Schlüssel ins Schloss und fahre im Schneckentempo mit der völlig fertigen Jana auf der Scheibe bis zur nächsten Nothaltebucht. Halleluja, echt jetzt!

Als der Supertorwart in der nächsten Woche höchstpersönlich vorbeikommt, um seinen hochfrisierten Ferrari abzuholen, schlendere ich ganz zufällig durch die Werkstatt. Zio

Antonio mag das überhaupt nicht, er sagt immer, Diskretion sei das Wichtigste in seinem Geschäft. Aber mal ehrlich, wer eine feuerrote Karre mit fast fünfhundert PS fährt und dabei einen Höllenlärm verursacht, der kann nicht wirklich Wert auf Diskretion legen, oder? Also schleiche ich mich mit dem Mikrofaserlappen in der Hand ums Auto herum. Von meiner kleinen Ausfahrt über den Ochsenkopf sieht man nichts mehr, hat kein Schwein gemerkt, und die Jana ist mir seitdem verfallen, die wird keinen Mucks verraten.

»Willste 'n Autogramm?«, fragt der Torwart.

»Nee«, sage ich und fahre mit dem Zeigefinger über die so vertrauten roten Kurven. Mann, hab ich geputzt noch in derselben Nacht. Eine Schweinearbeit, echt, ich hasse Paketkleber!

»Willste Trinkgeld?« Der Bundesligakeeper steigert sich immerhin.

»Nee.«

»Was willste denn?« Jetzt schaut er schon etwas unfreundlicher. »Maoam?«

»'n Sportwagen«, sag ich und blinzel ihn an.

»Den hier? Da muss 'ne alte Frau aber lange für stricken, mein Lieber.«

»Ein älteres Modell tut es auch. Ich hab 'ne neue Freundin, wissen Sie. Und die ist anspruchsvoll in Sachen fahrbarer Untersatz.«

Er klimpert mit dem Schlüsselanhänger rum. Man sieht ihm an, dass er auf heißen Kohlen sitzt und wegwill. Mit dreihundert Sachen Richtung Bayern zum Fußballtraining wahrscheinlich. »Und was hab ich damit zu tun?«

»5:3«, deute ich an, worum es geht. »Sagt Ihnen das was?«

Er schüttelt den Kopf und ist schon mit halber Pobacke im Wagen.

»So sollte das Spiel ausgehen. 5:3 für AC Mailand. Damit haben Sie die Karre hier bezahlt.«

Jetzt schiebt er sich wieder raus und hängt irgendwie schief neben dem Auto. »Woher weißt du ...?«

»Ist doch egal, woher. Weiß ich eben.« Ich zucke mit den Schultern, damit er denkt, ich bin so ein ganz Abgebrühter, aber in echt – na ja – so Serpentinengefühl eben.

»Wie wäre es mit dem Audi R8? Der silbern... doch sowieso nur bei Ihnen rum, sagt der Chef.«

Es ist elf Uhr und ich halte vor Janas Mietshaus. Sie macht die Augen nur halb auf, wahrscheinlich mag sie Feuerrot lieber. Mit gelangweiltem Gesicht steigt sie ein, streicht etwas missmutig über das schwarze Leder, zieht sich den Lippenstift im Außenspiegel nach.

»Ins *Zero*?«, frage ich – zugegeben etwas enttäuscht, ich hatte mehr Begeisterung erwartet. Aber wenn du einmal eine Braut im Ferrari herumkutschiert und ihr dabei noch das Leben gerettet hast, liegt die Messlatte verdammt hoch.

Sie nickt. »Bloß nicht über den Ochsenkopf«, ist ihre Bedingung.

Frauenfrühstück

Lucie Flebbe

Es ist keine Schande hinzufallen,
aber es ist eine Schande, einfach liegen zu bleiben.
Theodor Heuss

Leo:
Ich wusste schon, wie er aussehen würde: größer als ich. Gelber Sandstein. Der Name in verschnörkelter Schrift eingemeißelt. Unter den anderen Namen verstorbener Familienmitglieder, die seit Jahrzehnten und Jahrhunderten dort standen. Neben den steinernen Füßen des lebensgroßen, bekümmerten Jesus war extra Platz für kommende Generationen gelassen worden.

Ich wusste auch schon, wo er stehen würde. In der Abgeschiedenheit des Möhnefriedhofs, hinter den Gedenkstätten, die an die Kriegstoten erinnerten und an die Neheimer Flutkatastrophe 1943, als ein Bombenangriff auf die Staumauer des nahen Möhnesees Tausende das Leben kostete.

Ich war gern auf dem Friedhof, zum Joggen oder Lesen, auf parkähnlichen Rasenflächen unter uralten Bäumen. Gerade dort spürte man am deutlichsten, was die ›Stadt der Leuchten‹ unter ihrer schicken Oberfläche verbarg: Neheim war ein Ort, der Katastrophen überstehen konnte.

Die meisten Grabstätten wirkten ebenfalls wie Denkmäler. Bemooste Engel, antike Säulen und Kreuze, auf denen man bekannte Neheimer Namen über Generationen zurückverfolgen konnte. Manche Menschen ließen sogar ihre Titel eingravieren. Ärzte oft, aber auch Dipl.-Ing.s.

Ich hatte nie darüber nachgedacht, dass auch mein Name

auf so einem Ungetüm stehen würde. Glücklicherweise besaß ich keinen erwähnenswerten Titel. ›Frau Ex-Dr.‹ sagte man ja eher selten.

Obwohl – offiziell bin ich ja keine ›Ex‹. Und dass man bei Bestellung der Grabinschrift die Promotion des Verstorbenen nachweisen musste, hatte ich noch nicht gehört. Es würde doch wohl niemand auf die Idee kommen …?

Arztehefrauen, die sich mit ›Frau Doktor‹ ansprechen ließen, obwohl sie nie einen Stöckelschuh in eine Uni gesetzt hatten, hatten mich immer genervt. Und dann hatte SEINE uralte Sekretärin, die er zusammen mit dem ausgestopften Marder auf dem Schreibtisch von seinem Vorgänger übernommen hatte, mich plötzlich »Frau Doktor Fürst« genannt! Dabei war ER gar kein Arzt, sondern nur Doktor der Elektrotechnik.

»Die will doch nur höflich sein«, besänftigte mich Marie. Ihre Harmoniesucht lenkte meine Gedanken zurück zu unserem Frauenfrühstück.

War klar, dass Marie die Amtsaufdrängung nicht störte. Sie war ja selbst hauptberuflich Gattin. Knapp über dreißig trug sie Designerjeans, die ihren Arsch noch knackiger machten, war geschminkt, gebotoxt und blondiert. Nicht wasserstoffblond, sondern stilvoll, mit Strähnchen und draufgesetzter Sonnenbrille, obwohl es stürmte. Hatte IHREN mindestens hundertfünzig Euro gekostet, die Mähne. Na ja, es traf ja keinen Hartz-IV-Empfänger, und wenn er was zum Protzen wollte, musste er auch in das Gerät investieren.

Marie war vor allem perfekt: perfekte Hausfrau, perfekte Gastgeberin, perfekte Mutter, perfekte Gummipuppe. Und nebenbei engagierte sie sich ehrenamtlich für den Kunstverein.

Ich hasste Marie.

Ich schob mir einen Löffel Müsli in den Mund.

»Höflich nennst du das? Schwachsinn!«, spottete Nora, die Dritte an unserem Frühstückstisch, und zog mit hohlen

Wangen an ihrer Marlboro light. »Die kriecht im eigenen Schleim vor dem Großmeister der Glühbirnen.«

Nora war mir eindeutig die Liebere. Sie war nur ein wenig älter als ich, Anfang vierzig, was man ihr ansah. Ihren dunklen Kurzhaarschnitt hatte sie mit roten Strähnchen aufgepeppt und rebellisch in die Höhe gefönt.

Ich bewunderte Nora. Für diese Frisur. Weil sie überall rauchte. Weil sie IHREN auf Unterhalt verklagt hatte und sich jetzt alleinerziehend und berufstätig mit drei pubertierenden Rockern durchschlug. Nora war eine Vision meiner eigenen Zukunft, die ich nie erreichen konnte.

Meine eigenen Haare hingen grauschwarz und kraftlos von meinem Kopf, nur noch an den Spitzen hell von der herauswachsenden Färbung. Meine Frisur sah aus, wie ich mich fühlte. Mein Gesicht war schmal geworden in den letzten Wochen. Verhärmt. Die Lippen nur noch ein zusammengepresster Strich zwischen zwei nach unten gerichteten Falten. Beim Vergleich mit Maries aufgespritztem Schmollmund war ich froh, dass meine Haare mein Gesicht verhängten.

Nora:

Heinz Heuer war nicht mein Typ. Wirklich nicht.

Ich drückte die Kippe in die Krümel auf meinem Teller. Das rauchige Aroma der feinen Qualmwolke ließ mich gleich die nächste Zigarette aus der Packung schnippen. Und ein Schluck Kaffee, während ich das Feuerzeug zückte.

Ich genoss Nikotin und Koffein und meine zum gestrigen Nachmittag zurücktreibenden Gedanken. Dachte an seine kratzigen Bartstoppeln und den überraschend kühlen Hüftspeck, in den sich meine Finger krallten.

Kostete mich Mühe, meinen Verstand zu reaktivieren.

Heinz Heuer kam als Partner einfach nicht infrage. Sah aus wie Rübezahl, verdiente als Gärtner kaum über Sozialhilfeniveau und hatte zwei pubertierende Töchter aus einer gescheiterten Ehe. Zusammen mit meinen machte das fünf Kinder, die gegen die Beziehung sein würden.

Wie stellte ich mir das vor?

Konnte ihn ja nicht mal in meine Wohnung lassen, weil ich seit sechs Wochen nicht gesaugt hatte, die Schmutzwäsche aus allen Zimmern quoll, im Flur seit Jahren ein Turm unausgepackter Umzugskartons stand.

Ich war eine Rabenmutter, die ihre Jungs morgens allein zur Schule gehen ließ, weil ich um acht in der Boutique sein musste. Und was meine Kinder nachmittags machten, hatte ich bis heute nicht herausgefunden.

Und statt mich um sie zu kümmern, wenn ich mal frei hatte, vögelte ich Rübezahl – als hätten wir nicht schon genug Probleme.

Ich wollte mich doch nicht ernsthaft ins Patchwork-Chaos stürzen?! Mit fünf statt drei Kindern weiter versuchen, Familie, Haushalt und Job zeitgleich zu schaffen? Während Rübezahl wie jeder andere Mann davon ausging, dass ich ihm nach der Arbeit ein warmes Essen servierte?

Hätte losheulen können, wenn ich nur an die Wäscheberge dachte, die fünf Kinder produzieren würden.

»Mann, Marie! Du bist für IHN nur ein Geldschein mit Titten«, giftete Leo gerade Marie an und lenkte meine umherschweifenden Gedanken wieder zum Kaffee zurück.

»ER könnte genauso gut mit 'ner neuen Rolex losmarschieren, wann kapierst du das endlich?«

Der Grund für Leos Wut war wohl hauptsächlich, dass sie es selbst ebenfalls ein paar Jährchen später kapiert hatte, als alle anderen.

Überhaupt schien Leo gereizt. Sah gar nicht gut aus heute Morgen. Hätte wahrscheinlich mal nachfragen sollen. Aber ehrlich gesagt, wollte ich nichts hören. Mein Kopf brummte schon genug: Stimmen von den Lehrern beim Elternsprechtag, die wissen wollten, woher Tims Aggressionen kamen, Motoren von Geschirrspüler und Waschmaschine, die ich auch hören konnte, wenn die Geräte gar nicht da waren, mein Chef, der wissen wollte, ob ich am verkaufsoffenen Sonntag einspringen konnte, und meine eigene innere Stimme, die unaufhörlich daran erinnerte, dass ich noch Geschirrspültabs kaufen musste, wenn ich keine Rattenzucht eröffnen wollte. Das Gequatsche in meinem Schädel schwoll so laut an, dass mein Kopf jeden Moment zerplatzen musste.

Bei Heinz' erstem Blick in meine Wohnung würde meine toughe Fassade zerbröckeln. Er musste durchschauen, wie überfordert ich als Frau und Mutter war. Ich konnte ihn nicht wiedersehen. Musste das Date heute Nachmittag absagen. Mit zitternden Fingern sog ich an meiner Zigarette, als ich begriff, dass ich nie wieder einen Mann hinter meine Fassade schauen lassen konnte.

Marie:

Leo machte mir in letzter Zeit Angst. Die Verachtung in ihrem Blick kribbelte auf meiner Haut. Dabei hatte ich ihr nichts getan. Keinem hatte ich etwas getan. Im Gegenteil. Ich versuchte wirklich, es allen recht zu machen. Nur klappte das immer weniger. Allein durch mein Organisationstalent konnte ich das Chaos noch kontrollieren.

Auch wenn meine Mutter mir jedes Talent abgesprochen hätte. Sie war eine Übermutter. Eine der lästigen Sorte, die keine Rezepte zum Kochen brauchte. Deren Haus noch nie ein Putzfrauenfuß betreten hatte. So eine, deren Kinder es mal besser haben sollten. Ein Studium, einen gut bezahlten Job, ein Haus im schönen Neheim sollte ich haben.

Meine Mutter hatte vor Schreck einen Infarkt erlitten, als ich im zweiten Semester schwanger geworden war. Sie sah mich schon in einer Zwei-Zimmer-Werkswohnung im Stadtteil Hüsten hocken und mein Leben lang bei Aldi einkaufen.

Allerdings hatte sie sich überraschend schnell von ihren Herzbeschwerden erholt, als sie erfuhr, dass ihr zukünftiger Schwiegersohn der Spross einer wohlhabenden Neheimer Familie und Ingenieur beim *Leuchten-Kaiser* war. Die Neheimer Lichtindustrie produzierte neben Straßenlaternen und Supermarktleuchten auch die Schreibtischlampen bekannter Fernsehkommissare und Laserschwerter für den dunklen Lord. Das Gehalt war also gesichert.

Doch obwohl ich erreicht hatte, was meine Mutter wünschte, verachtete sie mich. Ob ich denn dieses Jahr noch mal zum Friseur zu gehen gedachte, hatte sie gestern gefragt. Mein drei Finger breiter, dunkler Scheitel wäre die Krönung der Verwahrlosung. Kein Wunder, dass ER die hübsche, neue Elektrotechnikerin selbst durch die Werkshallen führte.

Von der neuen Technikerin wusste ich nichts, trotzdem hatte ich den Friseurtermin gestern noch in meinen Terminkalender gequetscht. Irgendwie ging es immer.

Um fünf Uhr früh klingelte gewöhnlich mein Wecker, damit ER mich nicht verwahrlost erwischte. Dann Frühstück vorbereiten für IHN und die Kleinen.

Das Öko-Obst zu schälen dauerte ewig. Aber sie sollten ja was Gesundes mit in den Kindergarten nehmen. Nebenbei schrieb ich die Listen, drei Stück, jeden Morgen. Eine mit meinen Terminen, eine mit den Terminen der Kinder und die Einkaufsliste.

Nach dem Frühstück noch schnell zur Maniküre, danach kochen. Dann musste der Kleine in die Musikschule, der Große zum Rhönrad-Training …

Oder war freitags Turntag?

Herzklopfen.

Nein, nein. Rhönrad, ganz sicher.

Obwohl – ?

Meine Hände wurden schwitzig.

Da war es wieder – das Gefühl, nur noch Watte im Kopf zu haben. Ohne Liste konnte ich mir nichts mehr merken. So musste es sich anfühlen, wenn man Alzheimer bekam. Konnte es sein, dass ich schon Alzheimer hatte?

Nervös glitten meinen feuchtkalten Finger in die Gesäßtaschen meiner Jeans. Tasteten nach den ordentlich gefalteten Zetteln, die meinen Tagesablauf wieder unter Kontrolle bringen konnten.

Leos Blick war meiner Hand zu meinem Hintern gefolgt.

Sie musterte mich verächtlich.

Leo hasste mich.

»Du würdest mich am liebsten umbringen, nicht wahr?«, flüsterte ich tonlos.

Leo:

»Guten Morgen, Leo«, wurde unser Frauenfrühstück gestört. »Wie geht es Ihnen heute?«

Die Visite hatte mich entdeckt und bog vom Flur in den Frühstücksraum. Die Weißbekittelten wirkten ein wenig fehl am Platz in dem freundlichen, hellen Raum mit den großen Fenstern, den Vorhängen in warmen Gelbtönen und der offenen Tür zur Dachterrasse, durch die der Wind hereinfegte. Hier vergaß man schnell, dass man sich auf der psychiatrischen Station im St.-Johannes-Hospital befand.

»Danke, gut«, antwortete ich dem Chefarzt. Seine skeptische Miene verriet, dass diese Antwort an einem Ort wie diesem gewöhnlich gelogen war.

Aber mir ging es tatsächlich besser. Seit ich wusste, was ich tun würde, hatte ich kaum noch an IHN gedacht. Auch nicht an seine uralte Sekretärin, die mir erklärte, er wäre in einer Besprechung. Oder an den nackten Frauenkörper neben dem ausgestopften Marder auf seinem Schreibtisch. Und sein verdattertes Gesicht, das zwischen ihren Schenkeln auftauchte.

Manchmal hatte ich sogar schon die düstere, kleine Werkswohnung vergessen, die ER mir besorgt hatte. Und meine Freundinnen, die eigentlich alle nur die Frauen SEINER Freunde waren. Und meine Mutter, die sich wieder mal ohnmächtig abtransportieren lassen würde, sobald sie von unserer Trennung erfuhr.

Ich griff mir an die Schläfen, um das ins Schleudern geratene Karussell meiner Gedanken anzuhalten.

»Und wie gefällt Ihnen Ihr Therapieplan heute?«, half mir der Chefarzt dabei.

»Toll«, murmelte ich. »Bis zur Gruppentherapie ist noch Zeit. Ich vertrete mir kurz die Beine.«

Marie und Nora nickten ebenfalls.

Kaum waren die Weißbekittelten weitergezogen, stand ich auf. Verblüffenderweise verschwand auf einmal die schwarze Leere im Kopf, die sich anfühlte, als stünde man starr vor Schreck in den verkohlten Überresten seines ausgebrannten Hauses. Es war, als würde ein dunkler Schleier von mir gehoben. Meine raschen Schritte hallten im Treppenhaus. Ich wunderte mich, dass das Lähmungsgefühl nachließ und ich wieder in der Lage war zu laufen. Als hätte meine Entscheidung die Symptome geheilt.

Durch die Eingangshalle, vorbei an der Empfangsdame und den Buntbarschen im Aquarium.

Vor dem Krankenhaus hielt ich inne. Wohin?

Zögernd sah ich mich um. Die schmale Gasse entlang, die nach wenigen Metern in die Neheimer Innenstadt mündete. Zum Dom hinauf, dessen Spitze die Dächer überragte. Auf das Gerüst am Glockenturm, den man mal wieder vom Taubendreck befreien wollte. Ein freundliches Winken des Schicksals.

Entschlossen setzte ich mich wieder in Bewegung, wurde schneller, rannte zwischen den eng stehenden Häusern hindurch und prallte in den Alltag.

Es waren kaum hundert Meter von der Psychiatrie in die Fußgängerzone. Freitagmorgen um neun erwachte gerade das Leben in Boutiquen, Schuhläden und Cafés. Auf trendigen Korbsesselchen unter Sonnenschirmen, mit Latte-macchiato-Bechern auf Teakholz-Tischchen. Wind und Wolken trotzte man mit Sonnenbrillen im Haar und Wolldecken auf dem Schoß.

Mariemäßig schöne Frauen, die mit den Neheimer Lampen um die Wette leuchten konnten, nippten genussvoll an ihren Tassen. Vor gar nicht langer Zeit hatte ich selbst oft hier gesessen.

Ich wandte mich zum Dom.

Majestätisch erhoben sich Schieferdächer und Bleiglasfenster über Menschen, Geschäfte und die rauschenden Kronen der Bäume. Mitten in der erwachenden Stadt schien eine kirchliche Stille das alte Gebäude zu umgeben. Auf dem Gerüst am Glockenturm wurde noch nicht gearbeitet. Niemand achtete auf mich, als ich die kalten Alustangen griff und hinaufkletterte.

Schnell stieg ich höher, mühelos fast. Dabei hatte mich seit Wochen allein der Anblick mehrerer Stufen in Tränen ausbrechen lassen. Der Wind wackelte am Gerüst, Bretter klapperten, doch ich ließ mich nicht beirren.

Ich erreichte die mit Taubendreck bekleckerte Domuhr. Der frische Wind fegte mir ins Gesicht, walzte die Wolken über Stadt und Berge hinweg. Ein Sprung von hier oben würde seinen Zweck erfüllen.

»Leo!«, hielt mich Marie plötzlich zurück.

Nora packte meinen Arm.

Verdammt! Wo kamen die her?

»Lass den Quatsch!«, befahl Nora. »Irgendwie geht es schon weiter. Du siehst es doch an mir.«

Ich riss ihr meinen Arm weg.

»Es geht nicht weiter, Nora! ER ist tot, kapierst du das

nicht?« Meine Stimme wurde schriller, je mehr Bilder in meinen Kopf zurückdrängten: Die Betriebsanleitung SEINES Z3, die ich mir aus dem Internet geladen hatte. Unser Garagenschlüssel, der noch immer an meinem Schlüsselbund baumelte. Die winzigen Zähne, die ich aus dem Kiefer des ausgestopften Marders in seinem Büro gebrochen hatte, um damit die zu den Rädern führenden Bremsschläuche zu bearbeiten. Das betroffene Gesicht des Polizisten, der mir die Nachricht vom Unfall überbrachte. Mein erster Gedanke, wie einfach ein Mord war. Mein zweiter Gedanke, dass nun niemand von unserer Trennung erfahren würde.

»Ich kann nicht mehr werden wie du!«, keifte ich Nora an. »Und so wie du will ich nie wieder sein!«, schnappte ich nach Marie. »Ich bin eine Mörderin, verdammt noch mal!«

Sekundenlang dachten beide über meine Worte nach. Dann streckte mir Nora erneut die Hände entgegen.

»Aber sie haben dich nicht erwischt«, lächelte sie verschwörerisch.

Tatsächlich war bis heute niemandem aufgefallen, dass der Marder in seinem Büro eine Brücke benötigte.

»Und dass du als SEINE Witwe psychiatrische Hilfe brauchst, beweist doch nur, wie sehr du trauerst«, zwinkerte Marie mir zu.

Zum ersten Mal begriff ich, dass wir wirklich Freundinnen waren.

Ich sah hinunter auf die trotzig im Wind flatternden Sonnenschirme. Von der Verwüstung, die die zwölf Meter hohe Flutwelle vor knapp siebzig Jahren hinterlassen hatte, war nichts mehr zu sehen. Und doch verbarg sich unter Neheims schicker Oberfläche eine Stadt mit einer Geschichte. Man musste nur genau hinsehen. Wie bei den meisten Menschen.

Mit diesen Gedanken machte ich mich an den Abstieg.

Das Bild meines Grabsteins hatte ich noch immer im Kopf. Größer als ich. Gelber Sandstein. Der bekümmerte Jesus. Mein Name in verschnörkelter Schrift neben seinen Füßen:

Leonora Marie Fürst.

Aber der Grabstein konnte warten. Er würde mir kaum weglaufen.

Plan E wie Eversberg

Kathrin Heinrichs

Warum, verflixt noch mal, kommt der Pastor nicht zur Sache? Er soll doch nur unseren neuen Marktplatz einweihen! Die Warterei macht einen ganz nervös. Na ja, ist vielleicht auch kein Wunder – nach allem …

Es begann an einem Dienstagabend, das weiß ich noch genau. Treffen der Lenkungsgruppe im alten Sitzungssaal. Werner hatte von der Planung des neuen Marktplatzes berichtet, Jüppel hatte irgendeine dämliche Frage gestellt, dann war man zum Punkt Verschiedenes gekommen.

»Am Glascontainer sieht es dermaßen schlimm aus«, erklärte Berthold. Berthold ist immer etwas kleinkrämerisch. Kein Wunder – Eisenwaren, Schlüsseldienst, Schrauben und Dübel. Wenn er noch auf Arbeit ist, sagt man über ihn »Er ist noch bei Muttern«.

Es begann eine Diskussion, die wir schon hundertmal geführt hatten. Wie immer brachte sie uns irgendwann zu den Hundehaufen auf der Kirchwiese, zu ungepflegten Blumenkästen am Ortseingang und zu dem alten Tretbecken, das aussah wie Sau.

Ich beteiligte mich nicht. Ich war zu müde für Kleinscheiß. Auch wenn er auf der Kirchwiese lag.

Werner fand irgendeine Lösung, die keine war, und fragte, ob noch etwas anläge.

»Rolf Sielbeck«, sagte Manni, ohne jemanden anzusehen. »Franziska hat da etwas gehört.«

Sofort hatte er die gesamte Aufmerksamkeit.

Manni sagte nicht viel, aber wenn er etwas sagte, hatte es Hand und Fuß.

»Was ist mit dem Doc?«, bohrte Hannes nach.

Manni drehte konzentriert seinen Kuli in der Hand. »Meine Frau kennt ihn ja ganz gut. Die beiden haben mal eine gemeinsame Herzsportgruppe ins Auge gefasst. Jedenfalls denkt er daran, Eversberg zu verlassen. Wegen seiner Freundin.«

Stille im Raum. Es dauerte ganze vier Sekunden, bis allgemeines Entsetzen ausbrach.

»Der Doc?« »Wegziehen?« »Wo er doch gerade erst in Eversberg seine Praxis aufgebaut hat!«

Ich muss gestehen, auch ich war wie vor den Kopf geschlagen. Jahrelang hatten wir für unser Dorf einen Allgemeinmediziner gesucht. Wir hatten mietfreie Praxisräume zur Verfügung gestellt und mit Rolf Sielbeck endlich jemanden gefunden, der sich im Sauerland selbstständig machen wollte. Der sich selbstständig gemacht *hatte*. Was war da los?

»Moment mal!«, rief Werner die Männer zur Ruhe. »Manni, was genau hat Franziska gehört?«

»Na ja, er hat da diese Freundin – die, die er letztens auf dem Schützenfest dabeigehabt hat. Diese Schnickse! Sie ist der Grund, warum er hier wegwill.«

Schnickse war ein passender Ausdruck. Die Frau trug Stiefel bis zum Hals – und dazu eine Wachskappe, von der Städterinnen dachten, man trüge sie bei uns auf dem Land.

»Wo ist die denn weg, diese Schnickse?«, wollte Jüppel wissen.

»Aus Hamburg«, brummelte Manni. »Rolf hat sie im Walburga-Krankenhaus kennengelernt. Sie arbeitet bei einem großen Magazin und hat eine Reportage gemacht – über die Mescheder Pockenepidemie von 1970.«

»Ist doch eiskalter Kaffee!«, brummte Berthold, als würde das irgendwas helfen.

»Auf jeden Fall hat der Doc Franziska erzählt, er könne sich vorstellen, mit dieser Schnickse nach Hamburg zu gehen – und dort eine Praxis zu eröffnen. Angeblich hat sie gute Kontakte.«

Entrüstetes Gemurmel setzte ein. Rolf war einer von uns geworden. Jedenfalls hatten wir das immer gedacht. Und jetzt ließ er sich von einer dahergelaufenen Reporterin weglocken, nur weil deren Papa in seiner Villa ein paar Räume frei hatte?

»Moment, Moment!«, Werner klopfte aufgeregt auf den Tisch. »Wie konkret ist das?«

Ich sah, was in ihm vorging. Nicht nur, dass uns der Hausarzt von der Fahne ging. Auch ein Meilenstein in dem Wettbewerb ›Unser Dorf hat Zukunft‹ bröckelte vor sich hin. Ich meine, man muss sich mal vorstellen, wie viel Energie wir schon dort hineingesteckt hatten! Andere Dörfer nehmen ihr Schicksal einfach hin! Die Bevölkerung schrumpft, der Tante-Emma-Laden schließt, die Kneipe macht dicht, Immobilienpreise sinken in unermessliche Tiefen und irgendwann lohnt sich keine Grundschule mehr. Ein Siechtum, das schon viele Dörfer erfasst hat – doch Eversberg hat den Kampf dagegen aufgenommen! Wir wollen unser Dorf am Leben erhalten! Deshalb treffen wir uns jeden Samstag und legen Spazierwege an. Deshalb pflanzen wir Hecken und organisieren regelmäßig Konzerte. Wir zeigen: Das Landleben ist attraktiv! Und: Bei uns stimmt die Infrastruktur! Allerdings gehört dazu auch ein Arzt. Den haben wir mit Rolf Sielbeck endlich gewonnen – zumindest hatten wir das bislang gedacht.

»Es ist so«, Manni sprach bedächtig. Das war seine Art. »Der Doc ist ja hergezogen, weil seine Mutter in Berge gewohnt hat. Und ihr wisst ja alle, dass die vor einem halben Jahr gestorben ist. Wahrscheinlich hat er jetzt keinen Grund mehr, in Eversberg zu bleiben.«

Wieder entrüstetes Gemurmel. Keinen Grund in Eversberg zu bleiben!

»Franziska sagt, Rolf sei selbst untröstlich«, schien Manni unsere Gedanken zu lesen, »und diese Sache sei auch noch gar nicht entschieden. Aber ihr wisst ja, wie das ist: So eine Frau kann einen ganz schön um den Finger wickeln.«

Zustimmendes Gemurmel. Es war so viel angenehmer, dass *sie* die Böse war und nicht unser Doc.

Dann endlich ergriff Werner das Wort. Werner ist in gewissem Sinne unser Chef. Er ist Ortsvorsteher, er leitet den Lenkungsausschuss und fasste deshalb zusammen: »Ich glaube, wir sind uns einig: Rolf darf nicht hier weggehen!« Alle nickten. Ich auch.

»Dann müssen wir jetzt Konzepte entwickeln, wie wir ihn daran hindern können. Ich höre.«

Allgemeines Schweigen setzte ein. Wahrscheinlich war es leichter, den Schlossberg umzuschaufeln, als eine Beziehung zu manipulieren. Umso erstaunlicher, dass schließlich Jüppel das Wort ergriff. Jüppel hat von Beziehungen so viel Ahnung wie unser Dackel vom Börsengeschäft. »Das Problem ist ja wohl, dass der Rolf keine Frau hat.«

Niemand reagierte, denn die Sache war ein wenig delikat. Der Jüppel hat ja auch keine Frau. Wahrscheinlich, weil er etwas begriffsstutzig ist. Und weil er mit seinem Cordhut aussieht wie eine der Holzfiguren oben am Lörmecke-Turm.

»Wenn wir jetzt dem Doc eine andere Frau besorgen – eine, die gern in Eversberg lebt –, vergisst er vielleicht die Tussi aus Hamburg.«

Der Gedanke war gar nicht so schlecht. Für jemanden wie Jüppel war der Gedanke sogar sensationell. Hätte er nur auf den Nachsatz verzichtet: »Meine Schwester Gerda wäre vielleicht interessiert.«

Ein verlegenes Räuspern war zu hören. Rolf Sielbeck war ein attraktiver Typ, Jüppels Schwester dagegen … Anders ausgedrückt: Die Holzfiguren am Lörmecke-Turm waren beides Männer, ein Eversberger und ein Warsteiner, die ihre Freundschaft besiegeln. Wenn unser Förster auch noch eine Frau gesägt hätte, hätte sie vermutlich ausgesehen wie Gerda.

»Du greifst da etwas Interessantes auf«, rettete uns Werner. »Warum will diese Frau nicht in Eversberg wohnen?«

Alle zuckten ratlos die Schultern.

»Na ja, sie kennt hier niemanden«, brachte schließlich Berthold vor. »Vielleicht bräuchte sie eine Freundin in Eversberg.«

Man grummelte zustimmend. Jüppel hob die Hand. Er würde gleich seine Schwester Gerda vorschlagen.

»Wie ist es mit Franziska?«, wandte ich mich an Manni.

»Genau, Franziska!«, stimmte Hannes zu. »Sie hat doch ihre Ausbildung zur Krankengymnastin in Düsseldorf gemacht – die kennt sich aus mit den Städtern.«

Manni hob hilflos die Schulter. »Ich weiß nicht …«

»Kann sie nicht mal mit ihr joggen gehen?«, überging Werner sein Zögern. »Rolfs Tussi kommt doch immer am Wochenende, und wenn Rolf Dienst hat, könnte Franziska sich um sie kümmern.«

»Ich kann es ihr vorschlagen«, Manni wirkte überfahren. »Aber ich bin nicht sicher, ob sie mitmacht. Wir sollten noch weiter überlegen. Einen Plan B entwickeln, wenn ihr versteht, was ich meine.«

Natürlich verstanden wir, was er meinte. Wir hießen ja nicht alle Jüppel.

»Denken wir mal andersherum«, meinte Berthold irgendwann. »Wenn die Tussi plötzlich einen anderen Mann hätte, dann wäre Rolf außen vor und bliebe bei uns.«

Werner runzelte die Stirn. »Einen anderen Mann … und wo kriegen wir den her?«

Jüppel hob schon wieder die Hand, ich ahnte das Schlimmste.

Berthold kam ihm dankenswerterweise zuvor. »Aus dem Internet vielleicht?«

»Da kenne ich mich zu wenig aus«, Werner lehnte sich zurück. Plan B gefiel ihm offenbar nicht. »Aber kümmer dich drum! Such ihr einen Hamburger, mit dem sie dort leben will! Auch wenn mir schleierhaft ist, wie du die beiden zusammenbringen willst. Weitere Vorschläge? Ideen für Plan C?«

»Rolf bekommt ja die Praxisräume fünf Jahre mietfrei«, brachte ich vor. »Wir verlängern den Zeitraum.«

Werner wiegte den Kopf hin und her. »Ich fürchte, das wird ihn nicht halten.«

»Wir geben der Tussi Geld, damit sie Rolf in Ruhe lässt.« Ein typischer Jüppel-Vorschlag. Jüppel arbeitet seit dreißig Jahren im Lager bei *Veltins*. Manchmal habe ich das Gefühl, die zwei Liter Bier, die Jüppel pro Arbeitstag kriegt, haben ihn mit der Zeit überfordert.

»Na toll! Wenn der Doc davon hört, sind wir ihn in jedem Fall los«, Hannes verschränkte die Arme vor der Brust. Auch Plan D war gestorben. Und irgendwie war jetzt die Luft raus.

Dann allerdings beugte sich Manni ein klein wenig vor. »Franziska hat da so etwas gesagt«, meinte er nachdenklich. »Es war aus dem Bauch heraus, aber ich sag es einfach mal.« Die Spannung stieg. »Franziska hat gesagt: ›Die Frau muss verschwinden.‹«

Alle schwiegen. Und alle dachten dasselbe: Franziska hat recht!

»Das wäre dann Plan E«, resümierte Werner. »Plan E für Eversberg.«

Noch eine ganze Weile Schweigen, dann wagte ich einen Vorstoß. »Darf ich mal fragen: Was stellt ihr euch da ganz genau vor?«

»Na, dass sie halt wegkommt«, erklärte Jüppel pragmatisch. »Ich find das gut.«

»Wie weg?«

»Na ja, nur mal so ins Blaue gesprochen«, Hannes wirkte etwas verlegen. »Wenn die Tussi plötzlich vom Lörmecke-Turm abstürzen würde, dann wäre das Problem nicht mehr da.«

Ich stellte mir das vor. Wie jemand die Tussi vom Lörmecke-Turm schubste und wie sie dann nach zwei Metern im Gestänge hängenblieb.

»Genausogut könnte sie von der Autobahnbrücke fliegen«, ergänzte Berthold. »Oder Franziska macht einen Ausflug zum Hennesee mit ihr und kommt vom Tretbootfahren alleine zurück.«

Manni feixte. »Oder Jüppel könnte mit ihr Pilze sammeln gehen.«

Allgemeines Gelächter. Plan E machte Spaß!

»Wir lassen das einfach mal sacken«, fasste schließlich Werner zusammen. »Gemäß Plan A nimmt Franziska Kontakt zu der Schnickse auf und versucht, ihr Eversberg schmackhaft zu machen. Wenn das nicht klappt, dann sehen wir weiter. Nächste Woche kann Manni berichten, bis dahin kein Wort zu irgendwem.«

»Wird gemacht«, Jüppel schob seinen Stuhl zurück. »Ich erzähle es nicht mal meiner Schwester.«

Zum Treffen in der kommenden Woche erschienen alle pünktlich – und noch jemand zusätzlich: Franziska.

»Ich habe Jette getroffen«, erklärte Franziska in dem ihr eigenen, sachlichen Ton.

»Jette?« Jüppel guckte irritiert. »Hieß so nicht mal ein Modell bei VW?«

»Das ist die Freundin vom Doc«, wischte Manni mögliche Autodiskussionen vom Tisch.

»Ich hab sie samstagmorgens bei *Droegen* beim Brötchenholen getroffen und gefragt, wie sie sich bei uns im Sauerland fühlt.«

»Und?« Alle hingen an Franziskas Lippen. Sie hatte ganz nebenbei ziemlich aufregende Lippen. Ich war mir nicht sicher, ob Manni das nach zwanzig Jahren ausreichend zu schätzen wusste. Die beiden waren seit ihrer Jugend ein Paar.

»Sie hat gemeint, um das Wochenende zu planen, habe sie im Internet den Mescheder Veranstaltungskalender durchforstet. Sie wüsste nicht, worauf sie sich mehr freuen solle: auf den Almabtrieb in Freienohl oder das kfd-Kaffeetrinken in Remblinghausen.«

»Moment!«, ging Werner grätzig dazwischen. »Die tut ja, als wären wir die letzten Deppen. Weiß die eigentlich, dass wir in Eversberg mit *Markes Haus* eine Künstlerstätte etablieren?«

»Stimmt!«, schimpfte Berthold. »War sie außerdem schon mal in der Abtei Königsmünster? Zu einem Vortrag oder einem Konzert?«

»Rolf könnte auch mal mit ihr zu einem Blaskonzert gehen«, schlug Hannes vor, »Sauerland-Herbst. Das ist richtig international.«

»Was hat sie denn zu Eversberg gesagt?«, versuchte ich zum Thema zurückzukommen.

Franziska überlegte. »Na ja, ganz nett, die alten Fachwerkhäuser und so, aber wohnen möchte sie hier nicht. Zumal sie beruflich keine Perspektive im Sauerland sieht. Sie hat es ganz offen gesagt: Sie will nicht bis in alle Ewigkeit nach Eversberg düsen. Wenn alles gut geht, hat sie den Doc bis zum Sommer nach Hamburg geholt.«

»Schöne Scheiße«, fasste Hannes zusammen und sprach uns irgendwie aus der Seele.

»Wie man's nimmt«, Werner kratzte sich die Stirn. »Dann verfolgen wir eben Plan E.«

»Für E wie Eversberg«, murmelte Hannes.

»Und E wie Ewigkeit«, fügte Berthold hinzu.

»Ihr wollt das wirklich machen?« Franziskas Augen waren tellergroß. Ich weiß noch, dass ich dachte: Es ist nicht gut, dass eine Frau mit an Bord ist. »Wie stellt ihr euch das vor?«

Keiner antwortete. Die Sache mit dem Herunterstürzen war ja auch noch nicht so hundertprozentig zu Ende gedacht.

»Wie wäre es mit den Waffen aus dem Heimatmuseum?«, meinte schließlich Berthold.

Keine schlechte Idee.

»Und was macht ihr dann mit der Leiche?« Franziska verschränkte die Arme und lehnte sich provozierend zurück.

»Mit der Leiche?« Hannes schaute, als hätte das eine mit dem anderen nichts zu tun.

»Ich hab mir auch mal was überlegt!« Jüppel ... Ich holte tief Luft.

»Kotthoffs Gertrud sah letztens in der Messe sehr schlecht aus. Wenn sie ins Gras beißt, dann könnten wir die neue Leiche mit in den Sarg tun.«

Franziska schaute Jüppel eine Weile einfach nur an. Schließlich beugte sie sich vor und sagte mit verschwörerisch zusammengekniffenen Augen: »Jetzt hört mir mal ganz genau zu!«

Ich muss gestehen, am Ende dachte ich: Gar nicht so schlecht, eine Frau mit an Bord.

Zumal es Kotthoffs Gertrud drei Tage später wieder gut ging.

Man kann sagen, was man will – wir haben in Eversberg wirklich eine Menge auf die Beine gestellt: die Altstadt-Pfade erneuert, den Martinsmarkt etabliert, und die Erneuerung des Marktplatzes, die heute gefeiert wird, war auch nicht von Pappe. Plan E allerdings war unsere größte Herausforderung. Am Ende haben wir es nur dank einer super Gemeinschaftsleistung geschafft. Manni im Landrover, ich, weil ich der Tiefbauer bin, und Jüppel, indem er einen perfekten Beinah-Exitus hingelegt hat. Berthold und Hannes waren gut in der Logistik, und Werner ist nun mal derjenige, der die Fäden in der Hand hält.

Wir haben das Ganze an einem Freitagabend erledigt. Diese Jette war in der Dämmerung joggen gegangen, aus Frust, weil Rolf so lange zum Krankenbesuch unterwegs war. Jüppel ging es nämlich wegen vergammelter Pilze sehr schlecht, sodass der Doc ihn quasi ins Leben zurückholen musste. Manni hat indes mit Jette so ziemlich das Gegenteil gemacht – mit seinem Auto. Alles ging Hand in Hand. Nachdem der Doc zu Jüppel unterwegs war, hat sich Franziska mit Jette zum Laufen verabredet, Treffpunkt: oberhalb vom Buchsplitt. Manni hat Jette auf dem Weg dorthin mit seinem Wagen erwischt und sie anschließend im toten Zustand zum Marktplatz transportiert. Ich war dort noch mit Hannes am Baggern und habe sie der untersten Schicht des Fundaments beigemischt. Werner hat sich dann später um Rolf gekümmert. Leider hatte niemand im Dorf Jette gesehen. Man weiß nicht mal, ob sie nicht vor lauter Ärger abgereist ist, denn Berthold hat Jettes Sachen aus Rolfs Haus rausgeholt. Er kennt sich mit Türschlössern aus – Schlüsseldienst halt.

Für Jette ist es natürlich ein tragisches Schicksal, dass sie nun auf ewig in Eversberg bleibt. Aber für uns ist am Ende alles super gelaufen. Wenn man mal davon absieht, dass der Pastor mit der Einweihung des Platzes nicht wirklich vorankommt. Gerade palavert er von »dem guten Grund, auf dem die Dorfgemeinschaft gebaut ist«. Noch ein bisschen und ich nehme Reißaus.

»Wenn wir uns die Blumen anschauen, die hier in den Beeten wachsen, dann sehe ich den reichhaltigen Dünger, der die Aktivitäten der Dorfgemeinschaft nährt.«

Werner behält tapfer seinen feierlichen Gesichtsausdruck bei. Mir persönlich wird es zu viel. Ich trete aus der Reihe und laufe rüber zur Kirche, um den Kopf freizubekommen. Gehe am Haus Plum vorbei, wo der Doc immer noch mietfrei praktiziert. Ich hoffe, es hat sich gelohnt, denke ich, und werfe einen Blick durch die Scheibe – nur um im nächsten Moment zu Eis zu erstarren. Er ist nicht allein. Da liegt eine Frau in seinen Armen. Man könnte auch sagen, sie knutschen hemmungslos rum. Der Doc und Franziska, Mannis Frau. Ich ertappe mich bei dem Gedanken an ihre vollen Lippen beim Küssen. Gleichzeitig ziehen Filme an mir vorbei. Franziska, die mit Rolf eine Herzsportgruppe plant. Franziska, die mit ihm Theater spielt. Franziska, die gern mal allein in die Stadt fährt. Franziska, die mit Manni keine Kinder kriegen kann. Ich wette hundert zu eins, sie hat uns nur benutzt. Ich wette außerdem, dass sie demnächst mit Rolf Sielbeck hier wegzieht. Es sei denn – ja, es sei denn, es fällt uns vorher noch etwas ein.

Plan F sozusagen. Plan F wie Franziska.

Zapfenstreich

Brigitte Glaser

Mehr als dreißig Jahre hat Claire Güllen das Sauerland nicht gesehen, und jetzt, als sie der A 46 in Richtung Brilon folgt, überwältigt sie der dichte Wald mit seinem satten Grün. Durch einen Himmel voller pummeliger Wolken kämpft sich die Sonne, dabei hat Claire fest damit gerechnet, dass es bei ihrer Rückkehr regnet, weil es im Sauerland eigentlich immer regnet. Ihr ist kalt. Zu wenig Schlaf, der Jetlag, der Unterschied zum australischen Outback, die Angst vor dem, was sie erwartet. Claire will sich auf einen Grund für ihr Frösteln nicht festlegen. Ihr Navi teilt ihr mit, dass sie die Ausfahrt Bestwig nehmen muss. Ohne das Gerät wäre sie ganz schön aufgeschmissen, so viel hat sich seit ihrem Weggang in Deutschland geändert. Nur die Wälder sehen noch genauso aus wie damals. Und die, das gesteht sie sich überrascht ein, hat sie im Outback wirklich vermisst. Das üppige Grün, das Wasser im Überfluss, die engen Täler, die windigen Höhen. Gott, tut das gut, all das wiederzusehen.

In Velmede sind die ehemals vertrauten Häuser geglättet, umgebaut, verschwunden. Die B 7 saniert und dichter befahren, als sie das in ihrer Jugend je erlebt hat. Ein Verkehr, wie sie ihn nur von Melbourne kennt. Ihr fallen die blau-weißen Fahnen auf, mit denen die Häuser geschmückt sind. Natürlich, erstes Juliwochenende, Velmeder Schützenfest. *Glaube, Sitte, Heimat.* Wie eine eitrige Wunde platzt die Erinnerung an damals auf. Schnell konzentriert sie sich wieder aufs Fahren, biegt in Richtung Heringhausen ab. Die Häuser herausgeputzt, die Straßen frisch geteert, als ob hier der Wohlstand ausgebrochen wäre! Claire schüttelt den Kopf. Das Sauerland ist arm, war arm, bleibt arm. Zu weit ab vom Schuss, die Bergwerke und Hütten geschlossen, der Tourismus Jahr für Jahr ein Vabanquespiel, immer abhängig von einem launischen Wettergott.

Auf der Straße hoch nach Andreasberg sieht sie schon von Weitem die mickrigen, an die Straße geklebten Bergarbeiterhäuser. Die wirken nicht geliftet, eher würdelos gealtert und so ärmlich, wie Claire sie in Erinnerung hat. Sie parkt vor der Nummer fünfzehn. In dem Haus ist sie groß geworden.

Die Tür steht offen, über der Garderobe hängt die verblichene Fahne der *Bergfreiheit Ramsbeck* und katapultiert Claire in ihre Kindheit zurück. Klara Güllen, das arme Bergmannskind. Sie denkt an die labyrinthischen Bergstollen und an die Gruselgeschichten von den Steinfledermäusen, die der Vater so gerne erzählte. Wenn sie sich in den Albträumen ihrer Kindheit ohne Lampe in einem der Stollen verirrte, dann leuchteten in der Dunkelheit nur die roten Augen der Fledermäuse, die immer näher auf sie zukamen. Nie haben die Tiere sie erreicht, immer war sie davor schreiend aufgewacht.

Was war das für eine leichte, flattrige Angst im Vergleich zu der, die sie seit dem Sommer 1974 heimsuchte! 1974 war ein Scheißjahr, im Januar schloss das Bergwerk und der Vater wurde arbeitslos, im März starb die Mutter an Krebs und im Juli ...

»Klara, du hast es geschafft!«

In der Nase den Kindheitsgeruch aus rostiger Feuchtigkeit und erdigem Kohl fährt Claire herum. Sie sieht Heiner im Türrahmen stehen. Klara hat schon lange keiner mehr zu ihr gesagt.

»Willkommen daheim.«

Claire ergreift die entgegengestreckte Hand. Schrundig ist sie, nicht mehr so schmal und feingliedrig wie die Hände des jungen Heiner. Samthände hat Claire sie damals genannt. Sie hebt den Blick. Heiners Augen strahlen kohlrabenschwarz in der faltig gewordenen Haut, aber sie flackern leicht und erinnern Claire an die alte Schuld, an das nie eingelöste Versprechen. Heiner sagt: »Wenn du den Vater sehen willst ... Noch liegt er in der Leichenhalle, aber die Beerdigung ist in einer Stunde.«

Mit den grauen, kurz geschorenen Locken und in dem dunklen Anzug, der über dem stämmig gewordenen Körper spannt, glaubt Claire, den alten Niggemann, Heiners Vater, vor sich zu sehen. Dreißig Jahre sind eine lange Zeit. Die australische Sonne hat auch ihr Haar grau werden lassen, und an guten Tagen haben die Hitze und das rote Land ihre Wunden ausgetrocknet und sie ruhig schlafen lassen.

»No, no«, sagt Claire, weil sie fürchtet, dass ein Blick auf den toten Vater ihren Groll noch mehr auflodern lässt. Sie hat Johann gehasst für seine Feigheit, aber es waren auch schwierige Zeiten. Vielleicht hätte er ja zu ihr gestanden, wenn die Mutter nicht gestorben, er noch der stolze Hauer gewesen wäre wie vor seiner Entlassung ...

»Den Leichenschmaus habe ich bei *Nieder* in Ostwig bestellt.« Heiner tritt ungelenk von einem Fuß auf den anderen.

»Danke, dass du dich um alles gekümmert hast.« Claire weiß nicht so recht, was sie sonst sagen soll. Die Vertrautheit aus Kindertagen passé, die jugendliche Liebe im Sommer 1974 gestorben. Dreißig Jahre ohne den anderen, dennoch auf ewig verbunden durch die Schmach im Sündenwäldchen und Heiners nicht eingelöstes Versprechen. Ob er hofft, dass sie ihn davon freispricht?

»Was macht die Farm?«, fragt er, und Claire nickt dankbar, weil er das Gespräch auf nicht vermintes Gelände lotst. »Oh, die kommt ein paar Tage ohne mich zurecht. Ich habe einen guten Verwalter. Und du? Bist du im Holzhandel geblieben?«

»Ich habe auf Tannenbäume umgesattelt. Kerstin, meine Älteste, arbeitet schon im Betrieb mit. Sie hat hochfliegende Pläne, aber dafür muss man das nötige Kleingeld haben.«

Claire sieht den Glanz in seinen Augen. Bestimmt ist er ein guter Vater. Sanftmütig, geduldig. Die Vorstellung, dass sie mit Heiner hätte Kinder haben können, sticht ihr ins Herz.

»Tannenbäume?«, fragt sie.

»Tannenbäume. Die Weinberge des Sauerlandes. Ein boomender Markt.«

»Christmas trees from Germany! Dafür würden die Australier viel Geld hinblättern.«

»Wenn ich das Kerstin erzähle, wittert sie ein dickes Australiengeschäft!«

Sie lachen beide, und Heiners Lachen klingt so wie vor dreißig Jahren. Hätte er sich an jenem Samstag nur nicht verspätet! Hätte sie nicht diese hohen Plateauschuhe angehabt! Die Bitterkeit, die sie bei diesen Hätte-Sätzen überkommt, füllt Claire den Mund, kriecht in jede Zahnritze. *»Let's go«,* sagt sie.

»Willst du deinen Wagen stehen lassen und bei mir mitfahren?«

Claire schüttelt den Kopf. Sie hat sich mit Absicht in Frankfurt einen Mercedes der S-Klasse als Leihwagen gebucht. Alle sollen sehen, dass sie es zu etwas gebracht hat.

Heiner fährt in einem rostzerfressenen Lada Niva vor ihr her. So eine alte Gurke würden bei ihnen im Outback nur noch die Kids zum Crashfahren benutzen. Heiners Tannenbaumgeschäft kann nicht allzu gut laufen.

Der Weg führt nach Ostwig. Auf dem kleinen Friedhof am steilen Hang oberhalb des Ortes ist Claire zuletzt bei der Beerdigung der Mutter gewesen. Heiner dirigiert sie ein Stück die schmale Straße hoch, weist ihr einen Parkplatz an einer jungen Tannenschonung zu.

Unten im Ort läuten die Glocken, auf dem Parkplatz klatschen Autotüren, auf dem Friedhof sammeln sich die Menschen. Fast nur alte Männer: ehemalige Kumpels aus Ramsbeck, die Schützenbrüder. Claire merkt, wie sie gemustert wird: die zu spät heimgekehrte Tochter, das arme Kind des Bergarbeiters, die Besitzerin einer riesigen *cattle farm.* Nie hat sie sich in all den Jahren um Kontakt zu ihrem Heimatort bemüht, nur für eines hat sie gesorgt: Alle wissen, dass es Klara Güllen in der Fremde zu Reichtum gebracht hat. Sie schaut in die Gesichter der alten Männer, erkennt den einen oder anderen, grüßt keinen, reckt die Schultern, setzt die Sonnenbrille auf.

Am offenen Grab treten vier kräftige junge Schützen in Uniform vor und lassen den Sarg an Seilen in die Tiefe gleiten. Von rechts löst sich der Fahnenträger der Schützen aus der Menge. Claire zuckt zusammen, sie erkennt den Mann sofort wieder. Der schwere Körper raumverdrängend, der Gang kraftvoll, fedrig vor Anspannung, der kurze Blick in ihre Richtung bemüht, aber ohne eine Spur von spätem Bedauern. Ausgerechnet Siggi Struwe haben die Schützen ausgesucht. Etwas Schlimmeres hätten sie ihr nicht antun können. Claire presst die Handtasche unter die Achsel, bis ihr der Metallverschluss schmerzhaft auf der Brust drückt. Bis zu diesem Augenblick ist sie tatsächlich noch unentschlossen gewesen, vielleicht hätte sie wirklich vergeben können, aber jetzt nicht mehr. Sie will ihn tot sehen, so wie sie ihn in ihrer Fantasie unzählige Male tot gesehen hat. Ja. Claire will den Kopf von Siggi Struwe.

Hände strecken sich ihr entgegen, Beileidsbekundungen werden ausgesprochen, Claire wendet sich abrupt ab, hetzt zu ihrem Wagen zurück, fährt einfach los. Ihr Innerstes aufgewühlt wie eine stürmische See, ringt sie um Fassung, aber nach dem Blick in Struwes Augen lässt sich die Erinnerung nicht mehr unter Verschluss halten.

Wieder zermartert sie sich den Kopf mit Was-wäre-wenn-Fragen. Was, wenn sie in den Schulferien nicht beim Bauern Müller-Wiese gearbeitet hätte? Mit dem verdienten Geld nicht ihren ersten Minirock gekauft, das Geld nicht auch noch für Plateauschuhe gereicht hätte?

Miniröcke wurden damals im Sauerland als Provokation angesehen. Der Vater war außer sich, als sie am Schützenfest-Samstag mit dem neuen Rock aus dem Haus wollte. Sie sollte überhaupt nicht feiern, die Mutter noch kein Jahr unter der Erde, der Rock viel zu kurz, die reinste Aufforderung! Claire lachte, drehte sich vor ihm. Sie war sweet sixteen, sie wollte tanzen, drei Tage nicht um die Mutter trauern, sich drei Tage nicht um den Vater sorgen.

Heiner holte sie ab. Beim Blick auf den kurzen Rock fielen ihm fast die Augen aus dem Kopf. »Klärchen, gehst du heute mit mir ins Sündenwäldchen?«, flüsterte er ihr zu. Sein Blick voller wilder Versprechungen, die sanften Finger liebkosend an ihrem Hals.

Aber zuerst ging's zum Großen Zapfenstreich. Der Spielmannszug, die Fackeln, das Königspaar. Natürlich bemerkte Heiner sie: die geilen Blicke der Männer, die giftigen der Frauen, die bewundernden der gleichaltrigen Mädchen, die sich nicht trauten, einen so kurzen Rock zu tragen. Die Blaskapelle stimmte den Schneewalzer für das Königspaar an. Furchtbare Musik, es würde noch Stunden dauern, bis aktuelle Hits gespielt würden. »Lass uns abhauen«, flüsterte Claire Heiner zu, aber der musste erst noch helfen, die Bierfässer abzuladen. Immer fragten sie Heiner, wenn noch was zu tun war. Sie hätte auf ihn warten sollen.

Es war eine Nacht, wie für die Liebe gemacht: mild und lau, der Duft von reifem Korn in der Luft. Claire war übermütig, ungeduldig, ein bisschen beschwipst. Heute würde sie zum ersten Mal mit Heiner schlafen. In Dortmund hatte sie nicht nur den Minirock gekauft, sondern sich auch die

Pille besorgt. An dieser versteckten bemoosten Stelle fast direkt an der Ruhr, dort würden sie es tun.

Bis zum Sündenwäldchen musste Claire ein Stück gehen, was mit den neuen Schuhen kein Vergnügen war. Natürlich knickte sie damit um. Hinkend lief sie das letzte Stück bis zur Ruhr, war froh, als sie die alte Holzbrücke erreichte. Sie lehnte sich an das Geländer, suchte am Wasser nach der bemoosten Stelle. Ihr Herz hüpfte vor Vorfreude auf und ab. Sie hörte ihn nicht kommen, er war plötzlich da.

»Abend, Herr Struwe.« Sie kannte ihn, jeder in Bestwig kannte den Holzhändler Struwe. Claire sah ihn oft, Heiner ging bei ihm in die Lehre. »Klara! So allein im Sündenwäldchen?« »Nein, nein, der Heiner kommt gleich!« »Und dann?« Er roch nach Bier. Beim Antreten vor dem Schützenkönig-Haus hatten die Brüder schon das erste Fässchen geleert. Aber Struwe war nicht besoffen, sein Blick war klar und gierig. Sie rückte von ihm weg, er folgte ihr. »Ich weiß, was ihr vorhabt, und bevor Heiner kommt, könnten wir beide doch …« »Nein!«, presste sie heraus. Sie hielt nach Heiner Ausschau, nach anderen Liebespaaren, aber da war niemand. Dann lief sie los, hinkend mit den hohen Schuhen, Struwe lachend hinter ihr her. Er packte sie: »Stell dich nicht so an!« Sie trat nach ihm und schrie laut. Er schleppte sie auf die Brücke zurück, presste sie gegen das Geländer, hielt ihr mit der einen Hand den Mund zu und zerriss mit der anderen die Unterhose. Dann presste er von hinten sein Ding in sie hinein, als wäre sie eine läufige Hündin. Als er fertig war, und sie nicht mehr schreien, nur noch wimmern konnte, bückte er sich und steckte ihre Unterhose als Trophäe ein, so als hätte er den Vogel abgeschossen. Da zog sie ihm die Fingernägel durchs Gesicht, und er schlug sie so hart, dass sie zu Boden ging.

Wenig später fand Heiner sie. »Ich bring ihn um«, schrie er in das Sündenwäldchen hinein, als sie ihm erzählte, wer es gewesen war. »Ja«, flüsterte Claire. »Versprich mir, dass du ihn umbringst!«

Claire wischt die Tränen weg, merkt erst jetzt, dass es angefangen hat zu regnen. Sie weicht einem Golf aus, weil sie aus Gewohnheit auf der falschen Seite gelandet ist. Auch nach ihrer Vergewaltigung standen alle auf der falschen Seite: Heiner, der Struwe nicht umbrachte, nur bei ihm kündigte. Der Vater, der ihrem Minirock die Schuld gab, und nicht Nein sagte, als Struwe ihm eine Stelle im Sägewerk anbot. Das ganze Dorf, weil keiner ihre Geschichte hören wollte.

Das laute Hupen eines Lkws schreckt sie auf, wieder fährt sie links, kein Wunder nach dreißig Jahren Australien. Schnell lenkt sie den Benz zurück, zieht ihn weiter nach rechts, bringt ihn zitternd in der nächsten Parkbucht zum Stehen. Sie steigt aus. Silbriger Dunst steigt von der Erde auf. Durch die Wipfel der Tannen blitzt verwaschenes Grau, der Regen summt leise. Wie oft hat sie diesen zarten Regen vermisst!

Heiner kommt ihr in Ostwig auf dem Parkplatz vom Nieder entgegen. »Klara, ich habe solche Angst gehabt, dass dir was passiert ist!« Erleichtert breitet er die Arme aus, aber Claire lässt sich nicht hineinfallen.

»Dass er sich auf die Beerdigung traut! Dass ihr das zulasst!«, fährt sie Heiner an.

»Dein Vater hat fünfzehn Jahre für ihn gearbeitet! Der Struwe wollte ihm die letzte Ehre erweisen und dich um Vergebung bitten.«

»Vergebung! Der Dreckskerl hat mir noch mal ins Gesicht schlagen!« Claire schreit, die alte Wut kocht in ihr hoch.

»Ich weiß, was ich dir versprochen habe«, flüstert Heiner. »Ich habe es nicht tun können. Ein Mord hätte uns noch unglücklicher gemacht. Unglücklich bin ich trotzdem geworden, weil du weggegangen bist, und feige bin ich gewesen, weil ich den Struwe nicht zur Rede gestellt habe. Kannst du nach all den Jahren nicht verzeihen?«

»Ist er da? Die Drecksau säuft und frisst auf meine Kosten?«

Heiner nickt. »Klara!«, fleht er.

Claire lässt ihn stehen und geht hinein in das Gasthaus. Alle sind in dem kleinen Saal versammelt und verstummen, als Claire eintritt. Struwe erhebt sich, kommt auf sie zu, will ihr die Hand reichen. Claire bringt ihn mit einer Bewegung des Kopfes dazu, sich wieder zu setzen. Dann blickt sie in die Gesichter der anderen und weiß, dass ihr alle immer noch die Schuld geben: wegen des Minirocks, weil sie allein im Sündenwäldchen war, weil sie dem Vater das Geld für das Ticket nach Australien geklaut hat. Es wird Zeit, dass sie ihren Trumpf ausspielt. »Hunderttausend Euro! Für den, der ihn erledigt.« Sie zeigt mit dem Finger auf Struwe. Dann dreht sie sich um und geht. Geld, weiß sie, macht jeden schwach, und allein die Vorstellung, dass Struwe sich von nun an Tag für Tag fragen muss, ob nicht doch einer auf ihr schändliches Angebot eingeht, verschafft Claire ein Gefühl der Genugtuung. Heiners traurigen Kohleaugen weicht sie aus, als sie zurück zum Wagen eilt. Am frühen Morgen wird sie im Flieger nach Singapur sitzen. Sie lässt den Benz langsam über den Parkplatz rollen, schreckt zusammen, als es an das Beifahrerfenster klopft. Heiners Kohleaugen in einem Mädchengesicht. Sie lässt die Scheibe herunter.

»Hallo, ich bin Kerstin. Mein Vater hat mir von Ihrer Idee, Tannenbäume nach Australien zu verkaufen, erzählt. Würden Sie uns dabei helfen?«

»Klar«, sagt sie, ohne den Motor auszuschalten. »Dein Vater kennt den Preis.« Dann gibt Claire Gas und fährt davon.

Ein paar Monate später bringt das Postflugzeug Claire einen Brief aus Deutschland. Der Umschlag enthält eine Trauerkarte und zwei Todesanzeigen. Heiners Tochter schreibt:

Ein Unfall, vereiste Fahrbahn, Auf der Steh hat es den alten Lada überschlagen. Struwe war sofort tot, mein Vater hat noch zwei Tage gelebt. Er hat mir gesagt, dass Sie ihm hunderttausend Euro schulden.

Heiner, ihr Heiner! Der Junge mit den Samthänden, der keiner Fliege etwas zuleide tun konnte. Claire tritt nach draußen in die flirrende Hitze, blickt hinaus auf das weite, rote Land, das am Horizont mit dem Himmel verschmilzt. Eine Zeit lang hat diese fremde Erde ihre Wunden heilen lassen, aber jetzt träumt sie wieder Nacht für Nacht von den Wäldern des Sauerlandes, von den Flüssen und Seen, den Hügeln und Tälern. In der bitteren Gewissheit, dass sie Heiner und die Heimat nie wiedersehen wird, kehrt sie ins Haus zurück. Die Geldschuld begleicht sie sofort, die andere wird sie mit ins Grab nehmen.

Der Abt – Reloaded

Theo Pointner

»Boah, Alder, was soll der Scheiß?«

Schwungvoll beförderte Engelbert Krause den leichten Wollschal zurück über seine Schulter und warf Basti einen herausfordernden Blick zu. Der Junge, der sich gerade so abfällig geäußert hatte, war zwar mindestens einen Kopf kleiner als der Theaterpädagoge, hinsichtlich des Gewichts befanden sie sich jedoch in einer Preisklasse.

»Ist das nicht offensichtlich?«, antwortete Krause schließlich. »Genau daraus werden wir ein Theaterstück machen.«

»Och nee, ich kotz gleich«, maulte Jacqueline und verfiel in würgende Geräusche.

»Pass auf deine Ausdrucksweise auf«, mahnte Dorothee Kleefisch-Größchen mit erhobenem Zeigefinger. »Ihr könnt dankbar sein, dass Herr Krause sich bereit erklärt hat, dieses Projekt mit euch in Angriff zu nehmen. Auf eure Alternativen muss ich euch ja nicht extra hinweisen, oder?«

Aus der Gruppe Jugendlicher kamen gedämpfte Kommentare und vereinzeltes Gekicher. Niemand antwortete direkt auf die Bemerkung der Sozialarbeiterin.

Engelbert Krause lächelte zufrieden. Er schaltete den Beamer aus und warf dann einen Blick aus dem Fenster des Tagungsraumes des SGV-Jugendhofs *Wilhelm Münker*. Fast im südlichsten Eckchen Arnsbergs, unweit der A46 gelegen, bot die Jugendbildungsstätte mit dem schmucken Fachwerkbau das beinahe perfekte Ambiente für seine Arbeit mit dem Haufen sozial gefährdeter Teenager. Sogar die Jahreszeit und das Wetter waren passend. Vor dem Fenster durchdrang ein kalter Nieselregen alles, was sich nicht rechtzeitig in Sicherheit gebracht hatte, dazu waberten vom unmittelbar hinter dem Haus beginnenden Wald zunehmend dickere Nebelschleier herüber.

Natürlich waren die Jugendlichen im Moment alles andere als begeistert, das war Krause klar. Wenn er von einem Jugendrichter die Auflage bekommen hätte, entweder bei diesem Theaterprojekt mitzumachen oder ein paar Wochen den Luxus eines Jugendarrests am eigenen Leib zu erleben, läge seine Motivation ebenfalls um den Gefrierpunkt herum.

Doch er sah die Juwelen unter den Kids; diese Ursprünglichkeit, diese Natürlichkeit, der Wille, sich zu behaupten und nicht unterzugehen. Wenn er sie richtig anpackte, würde das Projekt wirklich gut werden, und die Kinder konnten zum ersten Mal spüren, dass Teamwork funktionierte und man von der Zusammenarbeit mit anderen profitieren konnte.

Krause hatte seine Schützlinge beobachtet, als er ihnen den Film zeigte, den sie theatralisch verwerten sollten: *Der schwarze Abt*, der Krimiklassiker von Edgar Wallace aus dem Jahre 1963, damals nur einige wenige Kilometer Luftlinie von ihrem Aufenthaltsort gedreht.

Obwohl sie während der fünfundachtzig Minuten Spieldauer gelacht, gelästert und gebuht hatten, waren alle dageblieben, niemand hatte den Raum verlassen. Und an manchen Stellen waren sie sogar ruhig und aufmerksam gewesen, hatten über die plumpe Komik eines Eddi Arent gelacht, den Zigarettenkonsum Joachim Fuchsbergers kommentiert und das sardonische Grinsen Klaus Kinskis nachzuahmen versucht.

»... und für so was sind meine Alten vor die Glotze gehockt«, kicherte Sascha. »Meine Fresse, so was Beklopptes.«

»Das Zeug kommt doch heute immer noch«, behauptete Sandy. »So auf Kabel und so. Hab ich erst letzte Woche was gesehen.«

»Ich guck nur Porno«, behauptete Marvin. »Sonst kannste doch alles verbrennen.«

»Was willst du denn mit Porno?«, stichelte Metin. »Du kriegst doch gar keinen hoch.«

Marvin sprang auf. »Alder, noch so'n Spruch und ich mach dich Krankenhaus!«

»Jetzt beruhigt euch mal wieder«, rief Kleefisch-Größchen. »Was soll der Herr Krause denn von euch halten?«

»Scheiß ich drauf«, rief Vitali genauso laut zurück.

Die Kids lachten auf.

Engelbert Krause lächelte ebenfalls und breitete seine Hände zu einer einladenden Geste aus. »Was ich denke, ist nebensächlich«, erklärte er, als es wieder ruhiger geworden war. »Ihr solltet euch stattdessen schon mal überlegen, welche Rolle ihr übernehmen wollt. Ich habe den Film so umgeschrieben, dass wir mit euch acht Leuten alles besetzt bekommen.«

»Der meint das echt ernst«, kommentierte Marvin.

»Was dachtest du denn? In den nächsten zwei Wochen werden wir gemeinsam eine Bühnenfassung des Stückes einproben und dann selbstverständlich auch aufführen. Vor Publikum.«

»Ich mach mich doch nicht zum Heinz!«, pöbelte Basti. »Bei so ein Blödsinn! Da kann ich …«

»Weswegen bist du hier?«, unterbrach Krause, obwohl er die Strafakten seiner Truppe komplett gelesen hatte.

Basti verstummte.

»Du knackst Autos, richtig? Und zwar so schnell, dass für die Alarmanlage noch nicht mal genug Zeit bleibt, anzuspringen. Willst du dein restliches Leben damit bestreiten?«

»Wenn mich der Honk nicht verpfiffen hätte, wär gar nix passiert«, maulte Basti, nun allerdings eine Spur leiser.

»Du bist aber hier. Und ich kann dir nur den Tipp geben: Mach die nächsten zwei Wochen konzentriert mit. Erstens, weil dann deine Strafe hinfällig ist, aber hauptsächlich, weil du dann vielleicht merkst, was es dir bringt, mit anderen zusammen etwas auf die Beine zu stellen.«

»Aber wieso dieses verstaubte Zeug?«, fragte Jacqueline. »Können wir nicht was Richtiges spielen? Was Modernes?«

»An was denkst du da?«

»Sowas wie *Alarm für Cobra 11*. Oder …«

Der Rest ihres Vorschlags ging im Gelächter der Gruppe unter.

»Wäre auch reizvoll«, gab Krause grinsend zurück. »Aber es kommt doch darauf an, wie glaubwürdig man etwas rüberbringt.«

»Alder, der Scheiß da ist fuffzich Jahre alt«, intervenierte Sascha. »Damit kriegste einen doch nur zum Gähnen.«

»Keineswegs«, meinte Krause. »Ich gehe jede Wette mit euch ein – wenn ihr mit Herzblut und Engagement in euren Rollen aufgeht, packt ihr die Zuschauer garantiert.«

»Meine Omma vielleicht«, antwortete Basti. »Oder so'n Spasti ausm Heim.«

»Sollen wir wetten?«, entgegnete Krause.

»Wie wetten?«

»Dass man mit diesem Stoff auch heute noch Leute dazu kriegt, richtig Angst zu bekommen.«

»Um was denn? Und wie?«

»Lass das ›Wie‹ meine Sorge sein. Jedenfalls bin ich sicher, dass ihr euch heute Abend noch fürchterlich über den Abt erschrecken werdet.«

»Alder, wenn du das schaffst, mach ich bei dem Scheiß hier mit. Ernsthaft.«

»Das ist doch ein Wort«, grinste Krause. »Übrigens gehe ich davon aus, dass dann alle mitmachen, wenn ich die Wette gewonnen habe. Überlegt es euch. Aber ich will euch noch etwas anderes zeigen. Moment eben.« Damit stand er blinzelnd von seinem Stuhl auf und ging zur Tür.

»Super, du Arsch«, pöbelte Metin, als Krause den Raum verlassen hatte. »Hast du etwa Bock auf den Dreck hier?«

»Metin, überleg dir, was du sagst«, mahnte Kleefisch-Größchen. »Immerhin bist du ...«

»Geh mir nicht auf den Sack«, rief der junge Türke. »Morgen früh hau ich hier ab. Ich lass mich doch nicht verarschen!«

»Willst du echt in den Bau?«, fragte Sandy mit großen Kulleraugen. Das Mädchen war mit ihren höchstens fünfundvierzig Kilo derart unscheinbar, dass niemand auf die Idee kam, sie könne ihre Teilnahme an dieser Maßnahme einer schweren Körperverletzung verdanken.

»Die sollen mich erst mal kriegen«, tönte Metin großspurig.

»Mach dir deswegen keine Sorgen«, meinte Kleefisch-Größchen. »Du hast zu Hause noch nicht den Schlüssel in der Tür, dann steht schon eine Streife hinter dir.«

»Ach, die drei Wochen Arrest sitz ich auf einer Backe ab.«

»Mag sein. Bis du irgendwann in einem richtigen Knast landest. Und dann geht es erst richtig den Bach runter.«

»Na und? Ist doch meine Sache.«

»Jetzt lass den alten Sack doch mal machen«, mischte sich Basti ein. »Bin echt gespannt, was der sich einfallen lässt.«

»Hängt sich bestimmt ein Betttuch über die Rübe und macht einen auf Gespenst«, kicherte Jacqueline. »Buuuh, ich hab schon Angst.«

»Hast du auch noch so eine große Klappe, wenn du morgen an den Orten stehst, an denen der schwarze Abt gemordet hat?«

Jacqueline sah irritiert auf. »Wie jetzt?«

»Wisst ihr das noch gar nicht? Der schwarze Abt wurde hier gedreht. In Arnsberg. Auf Schloss Herdringen.«

»Echt?«, fragte Sascha. »Cool.«

»Meine Fresse, das ist doch scheißegal«, meinte Basti. »Alder, das iss'n Film. Und auch noch steinalt. Wenn du ...« Abrupt brach der Junge ab, denn ein markerschütternder

Schrei war irgendwo aus dem Gebäude zu hören. Instinktiv starrten die Jugendlichen und die Sozialarbeiterin zur Tür. Da, wieder war etwas zu hören, lautes Rufen und dumpfes Gepolter.

Kleefisch-Größchen zögerte kurz und ging dann zur Tür. Vorsichtig drückte sie die Klinke herunter, zog den Türflügel heran und spähte vorsichtig auf den Flur.

»Großer Gott«, rief sie hektisch, nachdem sie einen Blick um den Türrahmen gewagt hatte. »Los, hilf mir mal einer.«

»Was iss'n los?«, fragte Sascha mit deutlicher Nervosität in der Stimme.

»Komm mit, verdammt«, herrschte ihn die Sozialarbeiterin an und sprintete los.

Sascha sah sich einen Moment hilfesuchend um, dann setzte er sich in Bewegung. Fehlte noch, dass die anderen ihn für einen Schwächling hielten.

Als er seinerseits auf dem Flur stand, kam ihm Kleefisch-Größchen schon wieder entgegen. Krause klammerte sich an sie. Erst auf den zweiten Blick erkannte Sascha, dass es dem Theaterpädagogen gar nicht mehr so gut ging wie noch vor wenigen Minuten.

»Scheiße, was ist dir denn passiert?«, hauchte der Schüler.

Krause sah mit schmerzverzerrtem Gesicht auf und schleppte sich am Arm seiner Stütze weiter. Seine rechte Hand presste er auf den Oberkörper, die Finger waren blutverschmiert.

»Der Abt«, hauchte er. »Er hat mich angegriffen.«

Sascha trippelte rückwärts und lachte unsicher. »Erzähl nicht so'n Scheiß!«

»Meinst du, ich lass mich zum Spaß fast abstechen?«, jaulte Krause mit zittriger Stimme.

Inzwischen hatte Kleefisch-Größchen mit ihrer Last wieder den Seminarraum erreicht. Als sie Krause durch die Tür bugsierte, schrien Sandy und Jacqueline schrill auf.

»Mach mal Platz da«, befahl die Sozialarbeiterin, worauf Metin in Windeseile seinen Stuhl freigab.

Krause nickte dankbar und ließ sich schwer auf die Sitzfläche fallen.

»Alder, was iss'n los mit dir?«, wollte Basti wissen. »Was machste denn für einen Punk?«

»Der Abt«, wiederholte Krause leise. »Er ist über mich hergefallen. Beinahe hätte es mich erwischt.«

Sascha und Metin wieherten los. »Willst du uns verarschen?«, fragte der Türke angriffslustig. »Das glaubt dir doch keine Sau.«

»Und was ist das?«, gab Krause ebenso laut zurück. Dabei zog er seine Hand vom Oberkörper. Das Poloshirt war aufgeschlitzt, durch das Loch in der Kleidung war deutlich die Wunde zu erkennen, die blutig-rot glänzte.

»Das ist doch Schwachsinn«, beharrte Basti. »Alder, das war ein Film, nix anderes.«

»Weiß ich selbst«, gab Krause gepresst zurück. »Aber ich weiß auch, dass mich gerade jemand angegriffen hat, der genauso wie der Abt in eine Kutte gekleidet war. Mit einer schwarzen Kapuze über dem Kopf. Und einem verdammt scharfen Messer in der Hand.«

»Am besten rufen wir die Polizei«, schlug Kleefisch-Größchen vor. »Und einen Krankenwagen.«

»Ja. Bevor noch etwas Schlimmeres passiert.«

»Ist der Kerl etwa noch hier?«, fragte Jacqueline erschrocken.

»Kann doch sein«, nickte die Sozialarbeiterin. »Vielleicht versteckt er sich irgendwo im Haus.«

»Boah, hör auf mit dem Zeug«, regte sich Metin auf. »Hier rennt garantiert keiner mit 'ner Kutte rum. Der Kerl spinnt doch!«

»Ist mir egal, ob der eine Kutte anhat oder nicht«, gab Jacqueline trotzig zurück. »Wenn mich einer abstechen will, verstehe ich keinen Spaß.«

»Was genau ist denn eigentlich passiert?«, fragte Kleefisch-Größchen den Theatermann, der inzwischen wie ein Häufchen Elend auf seinem Stuhl zusammengesunken war.

»Ich wollte in mein Zimmer«, flüsterte Krause matt. »Um mich als Abt zu verkleiden und euch dann zu erschrecken. Und als ich auf der Treppe bin, geht plötzlich das Licht aus, jemand stürzt sich aus dem Dunkeln auf mich. Und dann tat es einfach nur noch weh. Ich hab geschrien und mich gewehrt, dann ging das Licht wieder an. Jemand, der so aussah wie der Abt, rannte weg, die Treppe hoch. Da erst hab ich meine Wunde bemerkt und bin so schnell es ging hierhin zurück.«

»Scheiße, ich will hier raus«, bettelte Sandy. »Jetzt. Sofort!«

»Ihr bleibt alle hier«, befahl Kleefisch-Größchen. »Ich bringe Herrn Krause jetzt ins Büro der Hausleitung, da ist ein Erste-Hilfe-Kasten. Und dann rufe ich die Polizei. Solange bewegt ihr euch nicht vom Fleck.«

»Rufen Sie doch vom Handy an«, schlug Sandy zaghaft vor.

»Meins liegt auf meinem Zimmer. Hat jemand von euch eins dabei?«

»Die mussten wir doch alle abgeben«, ätzte Metin.

»Egal«, meinte Kleefisch-Größchen und half Krause vorsichtig auf die Beine. »Dann eben aus dem Büro. Und ihr bleibt hier zusammen!«

Wortlos beobachtete die Gruppe Jugendlicher, wie die Sozialarbeiterin Krause hochhalf und ihn bestmöglich stützte. Erst als die beiden den Raum verlassen hatten, fand Basti seine Stimme wieder.

»Alder, voll krass. Geht ja richtig was ab hier.«

»Flachschädel«, gab Sascha zurück. »Der alte Sack hat sie doch nicht alle. Als wenn hier einer im Mönchskostüm durch die Gegend rennt. Glaubst du das wirklich?«

»Kann doch sein«, meinte Sandy verängstigt. »Geblutet hat der jedenfalls richtig heftig.«

»Der wird halt einem in die Quere gekommen sein, der 'nen Bruch versucht hat«, vermutete Metin.

»Quatsch. Als wenn die Einbrecher hier im Sauerland in Kutten rumlaufen.«

»Und wenn der die Klamotten hier im Haus gefunden hat?«, überlegte Sascha. »Der Krause hat doch selbst gesagt, er hat so ein Kostüm. Wenn der Kerl schon bei ihm im Zimmer war und sich das angezogen hat? Damit ihn keiner erkennt?«

»Alder, wenn dein Vatter nicht deine Mutter gevögelt hätte ...«, begann Basti, brach aber ab, als er Saschas drohenden Blick sah.

»Der kann auch als Donald Duck rumlaufen«, rief Jacqueline ängstlich. »Wenn die Bullen da sind, sollen die mich gleich nach Hause bringen. Ich will hier weg.«

»Klar, die haben auch nichts anderes zu tun, als dich durch die Gegend zu fahren«, gab Metin zurück. »Die liefern dich höchstens im nächsten Heim oder beim Jugendamt ab. Wegen dir machen die sich doch keinen Kopp.«

»Die können doch nicht zusehen, wenn wir hier abgestochen werden«, jammerte das Mädchen.

»Hier wird gar keiner abgestochen«, behauptete Sascha. »Wenn hier in echt einer mit 'nem Messer rumgerannt ist, ist der doch schon längst getürmt. So schlau wird der schon sein.«

Urplötzlich erlosch das Licht.

Sandy schrie auf. »Was ist das?«, gellte ihre Stimme durch den Raum. »Was ist passiert?«

»Meine Fresse, der Strom ist weg«, brüllte Sascha. »Guck dir diesen alten Schuppen doch mal an, das ist doch nichts Besonderes.«

»Bei dem Krause war das auch so«, jammerte Jacqueline. »Erst ging das Licht aus und dann wurde er überfallen.«

»Du hast doch einen an der Waffel.«

»Stromausfall ist jedenfalls nicht«, erklärte Metin. »Guck mal raus. Die Laternen brennen noch.«

Automatisch wanderten alle Augen zum Fenster. Metin hatte recht, vor dem Haus war das diffuse Licht der Außenlaternen zu erkennen, da der Nebel dichter geworden war allerdings nur undeutlich.

»Ist bestimmt 'ne andere Sicherung«, verteidigte Sascha seine Behauptung mit belegter Stimme.

»Ich will hier raus«, schluchzte Sandy.

»Dreh bloß nicht durch«, drohte Metin. »Sonst krieg ich hier auch noch die Krise.«

Ein dumpfer Laut draußen auf dem Flur ließ die Jugendlichen erneut zusammenzucken, gleich darauf knarrte der Fußboden direkt vor der Tür. In dem kümmerlichen Licht, das durch die Fenster hereindrang, war undeutlich zu erkennen, dass sich die Türklinke wie in Zeitlupe nach unten bewegte. Dann ein hohes, leises Quietschen, als die Tür nach innen schwang. Auf dem Flur war das Licht ebenfalls erloschen, trotzdem reichten die Sichtverhältnisse aus, dass die Jugendlichen die hochgewachsene Gestalt erkennen konnten, die sich, gekleidet mit einer bodenlangen Kutte und einer Kapuze über dem Haupt, unaufhaltsam zu ihnen ins Zimmer bewegte.

Jacqueline wich wimmernd bis zum Fenster zurück, Sandy spürte plötzlich etwas Nasses, Warmes in ihrem Schoß. In der aufkeimenden Panik war auch ein metallisches Klicken zu hören, gleich darauf stürzte einer der Jugendlichen auf die Person in der Kutte zu.

Ein weiterer Schrei, ein Röcheln und Ächzen, dann polterte etwas Schweres zu Boden.

»Licht«, schrie Metin. »Scheiße, wir brauchen Licht. Mach doch mal einer Licht!«

Weitere Geräusche auf dem Flur, sich nähernde Schritte,

der Schein einer Taschenlampe. Kleefisch-Größchen hastete herbei, als der Lichtkegel die Szenerie im Seminarraum erfasste, blieb sie wie angewurzelt stehen.

Basti stand mit gebeugten Knien im Türrahmen, das Gesicht wachsbleich und schreckensverzerrt. Seine rechte Hand war blutbesudelt, ungläubig starrte er auf die leblose Gestalt zu seinen Füßen.

Auf dem Boden lag ein Mann in der Verkleidung des Abts, die Beine unnatürlich weggeknickt, aus der Brust ragte der Griff des Klappmessers, das Basti dem Eindringling mitten ins Herz gestoßen hatte. Die Kapuze war verrutscht, sodass das Gesicht des Mannes bis zu den Augenbrauen deutlich zu erkennen war.

Engelbert Krause machte selbst im Tod noch einen überraschten Eindruck.

»Leck mich fett«, entfuhr es Metin. »Als Schauspieler war der wirklich erste Sahne.«

Erster, Zweiter, Loser

Raoul Biltgen

Ein Mal, zwei Mal, beim dritten Mal spürt er den Schmerz, der von seinem Hinterkopf über den Schädel bis zur Stirn zieht, er wird wach, er öffnet die Augen, irgendetwas knirscht.

Schläge fahren in seinen Rücken, rütteln ihn, doch erst, als er in Kurve zwei einfährt, wird ihm bewusst, dass er sich auf einem Rennrodel liegend in der Bobbahn befindet, in der Omega-Kurve. Er fragt sich für den Bruchteil einer Sekunde, warum sie so heißt. Dann weiß er es, die enge Rechtskurve gleich am Anfang der Bahn, hier geht es los, hier beginnt die Fahrt spannend zu werden, wenn die Bob- und Rodelfahrer aus aller Herren Länder um die Medaillen kämpfen.

Ein heller Punkt erscheint im schwarzen Nachthimmel, und er weiß, dass es kein Stern sein kann, auch nicht der Mond. Eine Taschenlampe strahlt ihn von der Panorama-Erlebnisbrücke über ihm an wie ein Verfolgerscheinwerfer, der jede seiner Bewegungen begleitet, wie er sich leicht in der Bahn nach links schiebt, nicht weit rauf, seine Geschwindigkeit ist noch zu gering.

Rogerio will etwas rufen, doch er weiß nicht was. Er weiß nicht wie. Seinem Mund entweicht ein Stöhnen, seine Zunge fühlt sich schwer und geschwollen an, seine Lippen trocken, sie kleben aneinander, als hätte er seit Tagen kein Wort mehr gesagt. Ein Schlag in seine rechte Seite, Kurve drei.

»Na, Schiss?«, hatte Daniel ihn gefragt.

»Nö, du?«, hatte Rogerio gekontert. Und er hatte nicht mal gelogen. Vor zehn Jahren. Oder? Vor zehn Jahren, Schule,

Bobbahn, jedes Winterberger Kind fuhr mindestens ein Mal im Leben mit einem Bob die Bahn runter. Das gehörte dazu. Pflicht. Und Kür. Und Spaß.

»Du hast ja die Hose voll, gib's zu.« Daniel wieder, als sie über die Brücke gingen und in den Kreisel schauten.

»Selber.« Und er schubste ihn ein wenig.

»Selber, selber.« Daniel schubste zurück.

»Du traust dich nicht.«

»Du traust dich nicht.«

»Jeder traut sich.« Der Sportlehrer. Wie hieß er? Es fällt Rogerio nicht ein.

Er wird schneller und schneller, Spaß macht es nicht, keine Schüler stehen am Rand und johlen und lachen und rufen. Ihn ergreift Panik, er muss bremsen, jetzt. Seine Füße befinden sich nur wenige Zentimeter über der Bahn. Er senkt sie, doch schon durchfährt ihn ein heftiger Schmerz, einer seiner Flip-Flops wird vom Fuß geschleudert und schlägt ihm ins Gesicht, verschwindet irgendwo hinter ihm, der Fuß brennt wie Feuer, Blut, Sommer.

Winter. »Dich werden wir so schnell nicht verlieren, wenn du mal aus der Bahn fliegst.« Der Lehrer lachte, Rogerio lachte mit, dabei hatte er die Witze satt. Neger im Schnee, haha.

»Das wird auffallen«, sagte der ernste Mann im roten Skianorak. Er legte Rogerio eine Hand auf die Schulter, so als ob er ihn festhalten müsste. »Jaja, da wackeln die Knie nach dem ersten Mal, nicht wahr?«

Nein, wollte Rogerio antworten, doch er lächelte nur schief und nickte verhalten.

»Bald nicht mehr«, sagte der Mann, »du warst der Beste heut, mit Abstand, ich denke, du solltest weitermachen. Du musst weitermachen.«

Rogerio sagte nichts, grinste sein breitestes Grinsen, er konnte es nicht zurückhalten, obwohl er sich Mühe gab, denn er wollte nicht mehr grinsen, seit er in Deutschland war, weil die

Deutschen das so lustig fanden, wenn man die weißen Zähne des kleinen Schwarzen blitzen sah, haha.

Vielleicht kann er sich mit dem Fuß einhaken, jetzt, Kurve vier, die Doppelsitzerstarteinfahrt rechts vor ihm, dort müsste er ... Er streckt das rechte Bein so weit es geht von sich und macht sich auf den Aufschlag gefasst, doch als sein Fuß am Ende der Schranke gegen den Bahnenrand schlägt und nach hinten weggedreht wird, ist der Schmerz so groß, dass er nicht einmal schreien kann, sein Kopf fällt nach hinten, schlägt wieder auf die Fahrbahn, sein Körper wird gegen die linke Seite geschleudert, Kurve fünf.

Wenn er jetzt weit genug nach links ausscheren würde, um zu kippen, auf dem Bauch zu landen, könnte er zum Stehen kommen. Er ignoriert, dass sein rechtes Bein unerträglich weh tut und will mit dem rechten Arm Schwung holen, doch er kann ihn nicht bewegen. Dann schlägt es ihn wieder zurück, er versucht den Kopf zu heben, um an sich herunterzuschauen, ihm wird kurz schwarz vor Augen, er hat das Gefühl, kotzen zu müssen.

»Das kommt überhaupt nicht infrage«, schüttelte sein Vater energisch den Kopf.

»Warum nicht?«

»Weil ich es sage.«

»Warum nicht?«

»Weil ich das nicht will.«

»Warum nicht?«

»Es geht nicht und aus.«

»Aber warum nicht?«

Die Ohrfeige riss seinen Kopf zur Seite.

»Mama?«

»Nein.«

»Du weißt ja nicht, was getuschelt wird«, hörte Rogerio seinen Vater seiner Mutter zuzischen. »Er soll sich unterordnen, nicht auffallen, nicht noch mehr auffallen, weißt du, was die für

Witze machen über ihn? Nein? Aber Deutschland musste es sein, wo es kalt ist. Das sind nette Menschen, die haben nichts gegen Schwarze, irgendwo, wo Schnee liegt, weil du ja unbedingt Schnee haben wolltest. Schnee.«

»Schnee ist schön.«

»Der Neger, der versteht was anderes unter Schnee ...«

»Sag nicht Neger.«

»Nicht ich sage Neger, die sagen Neger, Bimbo und Drogendealer, Halsabschneider, Schmarotzer, Parasit.«

»Warum wollen deine Eltern denn nicht, dass du Bob fährst?«, hatte Daniel ihn am nächsten Tag gefragt.

»Keine Ahnung. Weil sie blöd sind.«

Kurve sechs, Einfahrt in den Kreisel, der Rodel trägt ihn nach außen, dann, Mitte der Kurve, schlenkert er zurück. Als er auf die Brücke zufährt wieder auf die andere Seite. Kurve sieben, er ist schon viel zu schnell unterwegs, sich drehen ist eine schlechte Idee, eine sehr schlechte Idee, er würde auf das Gesicht fallen, er würde sich nicht abfangen können, warum kann er seine Arme nicht bewegen? Er zerrt panisch, reißt, dann bemerkt er, dass er an den Rodel gefesselt ist, ein zentimeterdickes glattes Seil schnürt über seinen Brustkorb, er ist gefangen, er hat keine andere Wahl, er muss sich erinnern, zurückerinnern an die Zeit, als er ohne Angst die Bobbahn gemeistert hatte, schneller, schneller, als er lachte, laut lachte, als er Bester war, er muss sich konzentrieren, das ist die einzige Chance, die er hat, ankommen, Zielgerade, auslaufen lassen. Überleben. Er sieht die Brücke über sich.

»Ich bin jetzt doch im Team, nachgerückt. Super, oder? Super.«

»Ja, super.« Rogerio fand es nicht super, dass nun Daniel seinen Platz einnehmen konnte, es war sein Platz, seiner, er war der Beste, nicht Daniel. Er.

»Vielleicht ändern deine Eltern ihre Meinung ja noch.«

»Nein.«

»Meine Mutter kann ja mal mit deiner Mutter sprechen.«

»Meine Mutter ist bei deiner Mutter Putze.«

»Na und?«

»Mein Vater sagt, ich soll Fußball spielen.«

»Fußball in Winterberg?«

Niemand spielte Fußball in Winterberg, in Winterberg machte man Wintersport. Aber er, der kleine Brasilianer mit dem Namen Rogerio, das hat er doch im Blut.

Kurve acht. Linie halten, Beine hoch. Er schaut an sich hinab, der rechte Fuß steht schief, wahrscheinlich ist er im Gelenk gebrochen, Rogerio spürt den Schmerz nicht mehr, das Adrenalin schießt durch den Körper, er kann es schaffen. Sein Kopf ist schwer, doch er hält ihn oben, er muss sehen, was kommt, soweit das in der Finsternis möglich ist, der Strahl der Taschenlampe hat ihn verlassen, nein, er ist außer Sichtweite, die Brücke liegt weit oberhalb. Luftwiderstand erhöhen, Gesicht in den Fahrtwind, seine Wangen brennen, seine Augen tränen, egal, er kommt durch, Kurve neun.

Bei Daniels erstem Rennen stand er bei der Zieleinfahrt und jubelte ihm zu.

Als Daniel Dritter wurde, gratulierte er ihm. Daniel lächelte matt. »Dritter, ja, nur Dritter.«

Als Daniel den Rodel wegbrachte, legte der Trainer mit den ernsten Augen seinen Arm um Rogerios Schultern und sagte: »Nein, dein Talent hat er nicht, nicht im Bob, nicht im Rodel.«

Rogerio sagte nichts, er biss sich auf die Unterlippe. Er hatte noch nicht einmal die Chance, Dritter zu werden.

»Und? Fußball?«, fragte der Trainer. »Macht's Spaß?«

»Es ist Winter«, antwortete Rogerio. Er war Stürmer und hatte in der letzten Saison die meisten Tore geschossen, denn es lag ihm ja im Blut, haha, doch selbst im Sommer waren die Neuigkeiten über die Bobfahrer und Rennrodler wichtiger in den Zeitungen. Sie hatten Rogerios Namen falsch geschrieben, seitdem nannte Daniel ihn Roger. »Alles roger, Roger?«

Alles paletti.

In Kurve zehn gelingt es Rogerio, die richtige Linie zu finden, den Rodel halbwegs unter Kontrolle zu halten, sich in der nächsten Kurve nicht zu früh nach außen drängen zu lassen, er weiß, was jetzt kommt, er kennt die Bahn, er weiß, wo sie schwer ist, wo sie schnell ist, wo es Daniel geschmissen hat.

Er hätte gewinnen können, er war schnell, sehr schnell. Zu schnell. Rogerio wartete bei den Klos, hier hatte er den Überblick. Warum brauchte Daniel so lange? Dann schlitterte der Rodel vorbei, danach Daniel, er hielt sich die Nase, die Hände waren rot von Blut, er kam ins Krankenhaus, Nase gebrochen, Schürfwunden im Gesicht, eine leichte Gehirnerschütterung. Als sie Daniel aus der Bahn fischten, stand Jasmin neben Rogerio. Sie lief nicht zu ihrem Freund, um ihm die Hand zu halten, sie hielt Rogerios. Fest. Hatte sie Angst um Daniel? Rogerio hielt Jasmins Hand und stand da und schaute zu, wie der Krankenwagen seinen besten Freund wegbrachte. Dann drehte er sich zu ihr und sah, wie eine Träne über ihre Wange lief. »Das wird schon wieder, du wirst sehen.«

Eine Woche später sagte Daniel mit einer quäkenden Stimme, weil seine Nase immer noch geschwollen war: »Sie hat Schluss gemacht.«

»Scheiße«, sagte Rogerio.

»Die hat sicher einen anderen.«

Rogerio schaute weg. »Mädchen stehen auf Sportler.«

»Mädchen stehen auf Sieger«, antwortete Daniel.

»Du warst schon mal Dritter«, sagte Rogerio.

»Vor Jahren.«

»Das schaffst du wieder.«

»Zweiter geht noch, Silber, aber Dritter? Bronze ist der erste Verlierer.«

»Nicht alle Mädchen stehen auf Sportler.«

»Aber ich bin Sportler, nur ein mieser.«

Wann war das? Genau, an dem Tag als Rogerio seinen Fußballklub entgegen aller Erwartungen und Hoffnungen bis ins Finale geschossen hatte. Rogerio hatte keine Freundin.

Das Labyrinth. Ausfahrt Kurve elf, rein in die zwölf, Höchstgeschwindigkeit, jetzt darf nichts mehr passieren, jetzt nicht, jetzt ist es am gefährlichsten. Er schlägt von einer Seite auf die andere, sein Kopf wird hin und her geworfen, trotz des Seils, das ihn auf dem Rodel hält, rutscht er mit dem Hintern ab und schleift mit dem linken Oberschenkel über den Beton, er verliert die Kontrolle, er ist zu schnell, er ist viel zu schnell, er darf nicht kippen, nur nicht kippen, wenn er Kurve dreizehn schafft, wenn er die heil übersteht, dann …

Jens, Martina, Rogerio, Ayla und Daniel. Sie hatten es geschafft, Abitur.

»Prost«, rief Daniel und warf seine leere Bierflasche in hohem Bogen den Hang hinab. Rogerio hörte, wie sie ein paar Sekunden später dumpf ins Gras schlug.

»Mist«, sagte Daniel, er hatte die Bahn treffen wollen. Er humpelte zum Bierkasten, den sie im Viererbobstart deponiert hatten, durch das Gipsbein konnte er sich nur mühsam nach unten bücken, um sich eine neue Flasche zu krallen, doch er schaffte es. Er wollte es schaffen, das letzte Bier, das Rogerio ihm gebracht hatte, hatte er nur widerwillig angenommen. Er war doch kein Krüppel.

»Und jetzt?«, fragte Jens, den Arm um Martinas Hüften gelegt.

»Keine Ahnung«, meinte Rogerio, »und du?«

Jens küsste Martina auf die Wange. »Wir wollen zusammen irgendwo hin, Berlin, Köln, mal sehen. Auf jeden Fall zusammen.«

Ayla drehte sich zu Rogerio. Er schwieg. Er fragte nicht, ob Daniel mit ihr gemeinsam weggehen wollte.

Daniel schleppte sich nach vorn, wo es steil nach unten ging. Das war nicht sein Start, er war Rodler, deren Start befand sich genau über ihren Köpfen. Nein, er war kein Rodler, nicht mehr, der letzte Unfall hatte ihm das Knie verdreht, Meniskus weg, Karriere beendet, noch bevor sie richtig losgegangen war.

»Scheißrollen«, murmelte er vor sich hin, doch Rogerio verstand es trotzdem, es war nicht das erste Mal, dass er das sagte. »Scheißrollen, Scheißsommertraining, das bringt überhaupt nichts, die wackeln und rattern und das ist sowas von nicht das Gleiche wie auf dem Eis.« Daniel warf die noch fast volle Flasche über die Bahn. Kurz vor Kurve null schlug sie auf und zersplitterte.

»Und? Fußball?«, fragte Jens, um von der besoffenen Aktion abzulenken.

»Ja, von welchem Verein lässt du dich denn kaufen?«, schrie Daniel über die Schulter. »Oder geht es an die Uni?«

Rogerio schwieg, weil es besser war zu schweigen. Daniel hatte sein Abi nur mit Müh und Not bestanden. Dass er gerade in der letzten Zeit viel im Krankenhaus gewesen war, hatte ihm die ganze Angelegenheit nicht unbedingt erleichtert. Und auch nicht, dass er absolut keine Ahnung hatte, was er machen sollte, jetzt, wo er sich das Rodeln in die Haare schmieren konnte. Rogerio hatte Daniel nicht gesagt, dass er Jahresbester der Stadt geworden war. Besser nicht.

»Du wolltest doch überhaupt nicht Fußball spielen«, machte Daniel weiter. »Nie. War doch nur so, weil du nicht auf die Bobbahn durftest, oder? Ha, der Neger im Schnee, weißt du noch, Roger? Der Neger im Schnee, da haben wir gelacht. Neger im Gras ist langweilig.«

Rogerio presste sich ein Lächeln auf die Lippen.

»Da, nimm Ayla mit«, Daniel machte eine wegwerfende Bewegung zu seiner Freundin.

»Was?«, fragte Rogerio leise.

»Ayla. Sie steht auf dich, nimm sie mit an die Uni.«

»Sie ist deine Freundin«, warf Rogerio ein.

»Ach ja? Aber lieben tut sie dich. Da, schau, schau nur, wie sie dich anschaut.«

»Du hast zu viel getrunken«, versuchte Ayla ihn zu beruhigen.

»Selber«, schrie Daniel.

Sie hatten alle zu viel getrunken.

»Genau wie Jasmin, kannst du dich noch an die erinnern?« Daniel fuchtelte mit den Armen, sodass Rogerio Angst hatte, er könnte das Gleichgewicht verlieren und hinfallen, die Rampe runter. Doch Daniel schien das nicht zu merken. »Ich lag im Krankenhaus und die dumme Kuh verlässt mich. Wegen dir.«

»Blödsinn.«

»Hat sie mir gesagt.«

»Wann hat sie dir das gesagt?«

»Sie war nur mit mir zusammen, um in deiner Nähe zu sein.«

»So ein Quatsch.«

»Das hat sie mir aber gesagt, Roger, sie hat es mir gesagt.«

»Ich …«

»Was?«

Rogerio wollte sagen, dass er nie eine Freundin gehabt hatte, die ganze Zeit über nicht, weder Jasmin noch sonst wen. Doch er schluckte es runter. Wie er seit Jahren alles runterschluckte.

»Anpassen solltest du dich, nicht auffallen. Aber das hast du nicht geschafft, nein, das nicht. Du warst ja immer in allem so toll. Und bescheiden, so bescheiden. Sag mal, was ist dein Notendurchschnitt? Ich weiß es, musst gar nicht so tun. Alle Mädchen wollten immer nur dich, den Exoten, den feurigen Brasilianer. Stimmt es eigentlich, dass die Schwarzen so gut bestückt sind, hä? Ja, der Rogerio, schwarz wie die Nacht, aber ein Talent hat der Bengel, aus dem wär was geworden.«

»Ist ja gut, Daniel, komm jetzt, setz dich …«

»Was? Fall ich sonst runter? In die Bahn? Und dann?« Daniel balancierte auf dem gesunden Bein stehend, das andere im Gips so weit von sich gestreckt, wie es ihm gelang. »Ich wette, wenn wir jetzt ein Rennen machen würden, du und ich, Roger, selbst dann würdest du mich noch schlagen, weil du ja so talentiert bist.«

»Du hast ein Gipsbein«, wandte Rogerio ein.

»Na und?«, schrie Daniel. »Gegen meine beste Zeit. Ich hol meinen Rodel.«

»Setz dich jetzt.«

»Nein, hier, ein faires Angebot, meine beste Platzierung, Dritter, mein erstes Rennen, ja? Da war ich zwölf oder so, ich wette, du bist besser.«

»Ich habe so was doch nur ein Mal in meinem Leben gemacht und das ist Ewigkeiten her.«

»Eben, trotzdem, besser. Der Gewinner kriegt Ayla.«

Rogerio seufzte und trank sein Bier aus.

»Feigling«, spuckte Daniel aus, humpelte zurück zum Bierkasten, nahm sich eine neue Flasche und setzte sich auf die seitliche Rampe. Die Stimmung war dahin.

Rogerio sieht Kurve vierzehn grau vor sich aufragen wie eine Wand, er hat es durch das Labyrinth geschafft, jetzt geht es bergauf, ab jetzt wird er langsamer werden, noch durch die letzte Kurve und dann hoch, dann ist es gut, dann ist alles gut.

»Ich sollte mich einfach die Bahn runterhauen, mit dem Gips, dann würde ich in der Zeitung stehen: Hoffnungsträger des BSCW bei tragischem Unfall ums Leben gekommen. *Nein, kein Hoffnungsträger, eher:* Hoffnungsloser Fall hat auch noch seine letzte Abfahrt voll vergeigt.«

Rogerio lachte, was sollte er auch anderes tun. Jens, Martina und Ayla waren längst weg, nur Daniel und er waren übriggeblieben und kämpften sich durch die letzten Biere.

Als Rogerio sich bückte und eine Flasche nach der anderen kurz anhob, um noch eine volle zu finden, spürte er einen festen Schlag auf den Hinterkopf. Er fiel mit dem Oberkörper auf den Kasten, drehte sich um und sah Daniel über sich stehen, die volle Flasche in der Hand, die er ihm gerade auf den Schädel geschlagen hatte.

Dann verlor Rogerio das Bewusstsein.

Das Dach vor Kurve vierzehn endet, der Rodel hebt sich nach rechts in die Kurve hinein, Rogerio schließt erleichtert die Augen, öffnet sie wieder. Was ...?

Mitten in der Bahn ist etwas, etwas Rotes, ist das ein Rodel? Ein roter Rennrodel? Rogerio schießt mit höchster Geschwindigkeit darauf zu. Im letzten Moment erkennt er, dass auf dem Rodel Kufen liegen, lose Kufen, fünf, sechs, sie zeigen auf ihn, glänzen im Mondlicht, im Sternenlicht, im Taschenlampenlicht, in irgendeinem Licht, er schreit, er presst beide Füße mit aller Kraft gegen die Bahn, zu spät, er kracht hinein.

Mit dem Rodel am Rücken fliegt er hoch, er sieht unter sich die Betonrinne, er sieht, wie die Kufen zwischen ihm und der Bahn in der Luft stehen, oder bewegen sie sich?, bewegen sie sich auf ihn zu?, bewegt er sich auf sie zu?

Eine der Kufen schlägt in seinen Hals, eine zweite in den Oberbauch. Das Gewicht seines Körpers drückt ihn fest auf das Metall, er spürt, wie es sich kalt in das Fleisch bohrt. Dann fällt er, das Gesicht voran, auf den harten Untergrund.

Er weiß, dass seine Zähne ausgeschlagen sind, obwohl er es nicht spürt, nichts mehr spürt, nichts.

Er versteht nicht, was Daniel zu ihm sagt, als der das Seil, das immer noch um seine Brust gewickelt ist, löst und wegzieht.

Daniel öffnet Rogerios Hand und drückt ihm etwas hinein. Rogerio will schauen, was es ist, doch er kann den Kopf nicht bewegen. Daniel hebt Rogerios Hand zu seinen Augen.

Rund, braun, ein Band daran. Eine Bronzemedaille. Daniels Bronzemedaille.

Jetzt hört er, was Daniel ihm ins Ohr zischt: »Die hast du dir verdient.«

Eingenetzt

Angelika Schröder

»Hallo, Lucy-Liebling, ich bin's, Hans-Bernd. – Nun hör schon auf zu maulen, schließlich rufe ich aus gutem Grund an. Ich möchte dir nämlich meine herzlichsten Glückwünsche aussprechen. – Wozu? Na, rate doch mal. – Schade, aber wenn du keine Lust zum Raten hast, muss ich es dir wohl sagen. Du bist seit, warte, ich will eben auf die Uhr sehen, seit genau sieben Minuten Witwe. Was sagst du dazu? – Du und sprachlos? Das erste Mal in deinem Leben, was? Aber sag mal, freust du dich denn gar nicht? Wir beide können jetzt endlich heiraten und dein und mein Land zusammentun. Dann werden wir die Größten hier. – Wie es passiert ist? Ach, es ergab sich so. Ein ganz natürlicher Unfall. Dein Erwin kam auf den Hof und wollte sich wieder mit mir vertragen, du weißt schon, weil er mir das Grundstück vom alten Soer weggeschnappt hat, das, was ich so dringend für die Erweiterung meiner Weihnachtsbaumkulturen gebraucht hätte. Aber so viel wie dein Raffke habe ich natürlich nicht bieten können. Was ich eigentlich sagen wollte: Du kennst ja meinen Hof und weißt, was da alles so rumsteht. Aufräumen ist nun mal nicht mein Ding. Ich hab's ein paar Mal versucht, aber ich krieg das einfach nicht hin. Es fehlt eben die Frau im Haus, Lucy-Liebling. Außerdem bin ich gerade dabei, Bäume einzunetzen, und zusätzlich zu all dem anderen Kram liegen da auch noch die Reste vom Schnittgrün rum. Wahrscheinlich ist er darüber gestolpert, und irgendwie ist dann noch ein Stein auf seinem Kopf gelandet. Jedenfalls ist er tot und du bist eine reiche Witwe. –

Seine Leiche? Die bringe ich nachher, wenn es dunkel ist, in den Fledermaustunnel. Da kann sie liegen, bis im April wieder aufgemacht wird. Nach so langer Zeit kann man mich mit seinem Tod nicht mehr in Verbindung bringen. Fressen Fledermäuse eigentlich Fleisch? – Was? Schrei doch nicht so. Weshalb kann ich deinen Erwin nicht in den Tunnel bringen? Das Loch über der Tür ist groß genug, das schaffe ich schon. Ich bin schließlich kein Schwächling wie dein Ex. – Wieso brauchst du seine Leiche? Sei froh, dass du den Kerl los bist. Wirklich, Lucy-Liebling, ich verstehe dich nicht. – Ach so, sag doch gleich, dass ihr einen Ehevertrag und strikte Gütertrennung habt. Schließlich bin ich kein Idiot und weiß, dass es ohne Leiche keinen Totenschein gibt, und ohne den keinen Erbschein! Hat der Kerl dir denn keine Vollmacht fürs Geschäft gegeben? – Nein? So ein misstrauischer Bursche. Hatte der etwa Angst, du würdest ihn betrügen? Hm, das ist dumm. – Beruhige dich, ich verstehe ja, dass du nicht bis April warten willst, bis man die Leiche findet. Lass mich mal überlegen. Er muss also irgendwohin, wo man ihn sofort sieht. Vielleicht unter die Hellebrücke? Das gäbe schöne Schlagzeilen. – Warum geht das nicht? Was hast du gegen die Hellebrücke? – Ach so, womöglich denken die Bullen, dass er gesprungen ist, und das wäre Wasser auf die Mühlen derer, die das Tal zuschütten wollen. Hm ja, das sehe ich ein. Das Verhindern weiterer Selbstmorde wäre ein gewichtiges Argument für das Zuschütten. Und wir wollen ja nicht, dass dieses schöne Tal ruiniert wird. Schade, es wäre ein prima Platz gewesen, aber Naturschutz geht vor. Statt einer Leiche solltet ihr dort besser das gestreifte Kreuzblatt finden oder so. Ha, ich hab's, wie wäre es mit einem gehörnten Hasen? Mit so einem Fund hättet ihr sogar die Bildzeitung auf eurer Seite. – Was? Wieso rede ich Blödsinn? Also wirklich, Lucy-Liebling, denk doch mal nach. – Wie, das sollte ich besser tun? Du siehst Probleme, wo keine sind, ich finde schon einen Weg, deinen Ex zu entsorgen. Vertrau mir!«

»Hallo, Lucy-Liebling, ich bin's, Hans-Bernd. Ich hab doch gesagt, ich finde eine Möglichkeit. Also hör zu, morgen wird dein Männe gefunden und dann kannst du über seine Weihnachtsbäume verfügen. – Was ich gemacht habe? Na, du weißt doch, ich war beim Einnetzen, und da habe ich ihn eben mit durch die Netzmaschine geschoben und auf den Wagen gepackt, der nach Köln fährt. Die werden sich morgen in Nippes über eine Tanne mit gelben Gummistiefeln wundern. Ich schätze, dass spätestens übermorgen die Polizei hier sein wird. Bis dahin kann ich mir eine schöne Geschichte ausdenken, wann ich ihn zum letzten Mal gesehen habe und wo ich heute Abend bin. Und auch, warum der Kerl ausgerechnet zwischen meine Tannen geraten ist. Bei dem Neid und der Rücksichtslosigkeit im Weihnachtsbaumgeschäft gibt es genug andere Verdächtige. Keine Sorge, ich kenne solche Verhöre aus dem Fernsehen, schließlich schaue ich mir jeden *Tatort* an und weiß ganz genau, was die Bullen fragen werden. Glaub mir, alles wird wunderbar klappen.«

»Lucy-Liebling, ich bin's, Hans-Bernd. Waren die Bullen schon bei dir? Ich meine, hast du was von deinem teuren Verblichenen gehört? – Nein? Ich auch nicht. Das verstehe ich nicht. Der Wagen müsste längst in Köln entladen worden sein. Ich meine, so ein … äh … schmales Netz zwischen den Bäumen, das fällt doch auf. Das übersieht doch keiner. Auch wenn unsere Bäume besonders schlank und gerade gewachsen sind. Ich finde, es hätte etwas in der Zeitung stehen müssen. – Na gut, warten wir noch einen Tag. Sag mal, hast du deinen Erwin eigentlich vermisst gemeldet? – Ja, das ist gut. Vielleicht solltest du den Nachbarn zeigen, wie viele Sorgen du dir machst. Ein kleines Tränchen hier und da ist sicher angebracht. Schließlich müssen wir uns ganz natürlich benehmen. Tschüss, Lucy-Liebling.«

»Hallo, Lucy-Liebling. Hast du schon die Zeitung gelesen? – Nein? Dann hör zu. Ein ganzer Lkw mit Weihnachtsbäumen ist verschwunden. Die Polizei vermutet, dass der Fahrer statt nach Köln nach Rumänien gebrettert ist, weil er daher stammt. Irre was? Laut Zeitungsbericht gestalten sich die Nachforschungen schwierig, weil die rumänische Polizei nicht sehr kooperativ ist. Klar, die wollen schließlich von den Weihnachtsbäumen auch ihren Teil abhaben. Und außerdem ... Weihnachtsbaumdiebstahl ist ja nun kein Delikt für Interpol. Ich habe die dumpfe Vermutung, dass dein Erwin auch in Rumänien gelandet ist. – Nun hör schon auf zu schimpfen, es konnte doch kein Mensch ahnen, dass so etwas passiert. Ich weiß ja, dass du eine Leiche brauchst, von wegen der Erbschaft und Geschäftsfähigkeit und so. Aber ich kann doch nichts machen. Schließlich ist das Weihnachtsgeschäft gelaufen. Die Verträge wurden doch alle schon im Sommer abgeschlossen, jetzt wird nur noch geschlagen und aufgeladen. – Nun sei nicht gleich so böse. Du tust ja fast so, als hättest du deinen Erwin geliebt. Freu dich und sei dankbar. Immerhin habe ich dir einen großen Gefallen getan. Selbst wenn du momentan ein paar finanzielle Probleme hast, macht das doch gar nichts. Später werden wir uns zusammentun und klotzig verdienen. Warte erst einmal ab. Vielleicht taucht er ja wieder auf. Ich meine, was wollen die Rumänen mit einer deutschen Leiche? Also beruhige dich. Ich melde mich wieder.«

»Lucy-Liebling, ich bin's. Was habe ich dir gesagt? Er ist wieder da. – Wer? Na, dein Erwin natürlich. – Wie, du hast noch keine Zeitung gelesen? Dann wird es aber Zeit. Also, die Bullen haben in München einen Lkw aus Rumänien angehalten, eigentlich wegen abgefahrener Reifen und ähnlicher Kleinigkeiten, dann haben sie geschmuggelte Zigaretten entdeckt und genauer nachgesehen. Und was glaubst du, haben sie zwischen den Kartons gefunden? – Richtig, eine Leiche. In einem Netz für Weihnachtsbäume. Nach Aussagen des Fahrers wollten sie die irgendwo am Straßenrand abladen, weil sie angeblich nach Deutschland gehört. Ich vermute mal, dass es sich um deinen Erwin handelt, weil ... so viele Tote in Weihnachtsbaumnetzen wird es nicht geben. Wenn ich recht habe, taucht die Polizei bald hier auf. Also mach dich auf eine traurige Nachricht und entsprechende Verhöre gefasst. Ach ja, vergiss nicht, dass du überrascht und entsetzt sein musst. Aber wem sage ich das? Frauen sind die geborenen Schauspielerinnen. Ich drück dir die Daumen und melde mich morgen wieder.«

»Hallo, Lucy-Liebling, was gibt's denn? – Was, die Bullen waren immer noch nicht bei dir? Hm, du musst bedenken, dass die Leiche aus Rumänien kommt, vermutlich wird die Polizei erst einmal in die Richtung ermitteln und wenn Erwin keine Papiere bei sich hat, dauert die Identifizierung sowieso länger. Du musst ein bisschen Geduld haben. Schließlich kannst du schlecht hinfahren und erklären, der Tote im Netz sei der Deinige. Das könnte verdächtig wirken. – Nun reg dich doch nicht auf. Wenn du kein Geld von seinem Konto kriegst, helfe ich dir aus. Keine Sorge. Bis später.«

»Hallo, Lucy-Liebling, ja, ich bin's. Wollte nur mal hören, wie es dir geht. Vorhin waren die Bullen bei mir. Die sind anscheinend im ganzen Ort unterwegs und versuchen herauszufinden, von wem das Netz stammt. Aber das werden die nicht schaffen, schließlich bin ich nicht der Einzige, der diese Netze benutzt. Mach dir meinetwegen keine Sorgen, es gibt viele Verdächtige, praktisch alle, denen er immer wieder Land weggeschnappt hat. Du kennst doch die Konkurrenz hier. Wer bloß einen neuen Dünger oder ein wirksameres Pflanzenschutzmittel gefunden hat, schweigt still wie die Glocken am Karfreitag. Dazu kommen noch die alten Leute denen er mit seinem großkotzigen Gehabe auf die Nerven gegangen ist. Musste immer den reichen Großgrundbesitzer spielen. Auch wenn er das gar nicht war. Ich kenne keinen, der nicht noch eine Rechnung mit ihm offen hatte, aber das werde ich den Bullen nicht auf die Nase binden, wenigstens vorläufig noch nicht. Also mach's gut, Lucy-Liebling.«

»Ja, ich bin's, Lucy-Liebling. Die Bullen waren schon wieder da und wollten mein Alibi überprüfen. Irgendwer muss denen gesteckt haben, dass wir beide … na ja, du weißt schon. Dabei war ich so sicher, dass niemand etwas gemerkt hat. Du hast doch nicht etwa … – Entschuldige, ich habe es nicht so gemeint. Ich bin nur ein bisschen nervös, weil die mich wie einen Verdächtigen behandeln. Warum musstest du auch in allen Einzelheiten erzählen, wann du deinen Erwin zum letzten Mal gesehen hast? – Nun hör schon auf zu schimpfen! Wieso habe ich mich selbst verdächtig gemacht? – Ach Unsinn, den hätte jeder auf den Lkw packen können. Der stand doch den ganzen Nachmittag auf meinem Hof und ich musste auch mal eine Pause machen. Die sollten lieber das Alibi von Klaucke überprüfen. Schließlich hat der deinem Erwin den Ärger mit der Steuer zu verdanken und mich kann er nicht leiden, weil ich bessere Preise für meine Bäume erziele. Das habe ich den Bullen erzählt und auch, dass es keinen Grund gibt, mich wie einen Verdächtigen zu behandeln! Falls es eng für mich werden sollte, werde ich sagen, dass wir zusammen waren. Das stimmt doch, nicht wahr? Dass ich so lange geschwiegen habe, ist leicht zu erklären.

Schließlich bist du die Witwe des armen Mannes. – He? Was? Das kannst du doch nicht machen! Was hat denn Barbara Salesch damit zu tun? – Die hat gesagt, für Meineid gibt's ein Jahr oder mehr? Das ist doch Unsinn! Und überhaupt, wer will dir denn etwas nachweisen, wenn wir uns einig sind? Und das sind wir doch, oder? – Was heißt das, du willst nicht? Ich habe alles nur für dich getan. Für uns und unser Glück. Ich hätte den Kerl in den Fledermaustunnel geworfen, da hätte er bis April auf Eis gelegen und keiner hätte mich verdächtigt. Nur deinetwegen, weil du unbedingt einen Totenschein brauchtest, bin ich das Risiko eingegangen. – Was? Hör mal, Lucy, das kannst du mir nicht antun. Was soll ich den Bullen denn jetzt sagen? – Wie? Das ist meine Angelegenheit? Ich denke, du liebst mich? Das Risiko ist dir zu hoch? Aber Lucy! – Was soll das heißen? Wir zwei gehören doch zusammen! – Lucy, du enttäuschst mich. Sehr sogar!«

»Hallo, Dora-Darling. Ich bin's, Hans-Bernd. – Ach, so lange ist das doch noch gar nicht her, dass wir uns getroffen haben. Das war doch erst am Samstag vor zwei Wochen. – Wie, kann gar nicht sein? Du musst dich doch erinnern. Überleg mal. Ich habe dir den Ring mit dem grünen Smaragd geschenkt, den du immer schon haben wolltest, und dann haben wir beide Schampus getrunken und gefeiert. – Wie, den Ring hast du nicht? Also wirklich, ich habe ihn doch extra für dich gekauft, Dora-Darling. Sollte ich etwa vergessen haben, ihn dir zu geben? Zugegeben, wenn ich dich sehe, habe ich andere Dinge im Kopf, ich meine, nicht gerade im Kopf, na ja, du verstehst schon. Du bist einfach eine tolle Frau, so sexy und wunderschön. Jeden Tag denke ich an dich. Du erinnerst dich doch bestimmt, dass ich dich besucht habe und wir den ganzen Nachmittag und Abend auf der Couch verbracht haben, ja? – Wie, du warst an dem Nachmittag in Fredeburg in der Sauna? Denk doch noch einmal nach. – Was verstehst du nicht? – Doch, das könnte schon sein, dass es sich um den Samstag handelt, an dem Erwin verschwunden ist, aber was hat das mit uns zu tun? – Ach, die Bullen haben dich auch ausgefragt. Na und? Das ist schließlich deren Job. Und unser Verhältnis geht die gar nichts an. – Nun sei doch nicht so misstrauisch, Dora-Darling. Was denkst du denn von mir? Ich bin doch kein Killer. Also wirklich, Dora, du enttäuschst mich schwer. Das hätte ich nicht von dir gedacht. So ein klitzekleines Entgegenkommen, du musst nur richtig nachdenken, dann fällt dir sicher alles wieder ein. – Wie, das brauchst du nicht? Na schön, Dora, dann eben nicht. Ich hoffe nur, dass du deine Vergesslichkeit nicht eines Tages bereust! Tschüss!«

»Hallo, Lucy, ich bin's, Dora. Zuerst mal meine herzlichsten Glückwünsche zu deiner Hochzeit. Ist die Polizei denn nicht misstrauisch geworden? So kurz nach Erwins Tod? – Ach, das konnte sie nicht, weil ihr euch damals noch gar nicht kanntet? – Auf dem Weihnachtsmarkt in Meschede hat es gefunkt? So schnell und so plötzlich? – Na ja, wenn du das sagst. Hast du übrigens gehört, dass Hans-Bernd freigesprochen wurde? Zwar nur ganz knapp aus Mangel an Beweisen, aber immerhin. Kein Wunder, so wie die Heinemann ausgesagt hat. Angeblich ist er den ganzen Nachmittag und Abend bei ihr gewesen. Sie haben gleich nach dem Prozess geheiratet, noch vor dir. Aber sag mal, die Susi Heinemann ist das nicht die aus Kückelheim, deren Mann vor zwei Jahren beim nächtlichen Spritzen der Bäume diesen seltsamen Unfall hatte? Angeblich hatte er einen Herzanfall, weil er zu viel von seinem Gift eingeatmet hatte. – Ja, das ist schon komisch, das finde ich auch. Was glaubst du denn, wie lange Hans-Bernd und sie zusammenbleiben? – Gesund und munter, meine ich natürlich. – Hm, so lange? Wollen wir wetten, dass nicht?«

Showdown!

Tatjana Kruse

Zwölf Uhr mittags. High Noon. Bindfadenregen statt gleißender Sonne. Matschschlieren statt Staubwirbel. Irgendwo unsichtbar, aber umso hörbarer, kläfft ein Rauhaardackel statt eines Präriehundes.

Aber sonst ist alles echt. Sogar die Ennio-Morricone-Musik. Nicht aus dem Off, sondern aus den Kopfhörern von Hotte.

Hotte in seiner Regenkombi. Da hätte Kalle mal dran denken sollen. Hat er aber nicht. Er ist klatschnass bis auf die Knochen.

Wo's doch im Sauerland durchaus häufiger mal regnet, da war Allwetterschutz eigentlich Pflicht. Kalle könnte sich in den Hintern beißen, aber momentan hat er dringlichere Sorgen.

Die Sorgen haben einen Namen. Sie heißen Hotte.

Unerträgliche Spannung liegt körperlich greifbar in der Luft.

Kalle umklammert den Metalldetektor, bis seine Fingerknöchel weiß anlaufen.

Hotte schließt die Augen zu schmalen Schlitzen, in der Rechten ebenfalls einen Metalldetektor.

Der Dackel kläfft.

Die Morricone-Musik pfeift.

Kalle und Hotte starren sich blinzellos an.

Ein Kampf auf Leben und Tod. Sie wissen beide: Es kann nur einen geben!

In der Gemeinde der Hobby-Numismatiker hießen sie ›die vier Münzketiere‹: Schorsch, Walter, Kalle und Hotte. Man sprach mit Respekt von ihnen. Vier, die ihresgleichen suchten – an Hingabe, Eifer und Wissen. Gemeinsam waren sie unschlagbar.

Zweimal im Jahr trafen sie sich, reihum rollierend, nur nicht bei Kalle, der wohnte noch bei seiner Mutter, und die wollte keine Fremden im Haus und auf ihren guten Plastikschonbezügen.

Man zeigte sich die jeweils neuesten Schätze, fachsimpelte und diskutierte. Freute sich über die seltenen, aber doch vorkommenden spektakulären Münzfunde. Wie beispielsweise damals in Schmallenberg. Genauer gesagt, Schmallenberg Ortsteil Bödefeld.

Eine urlaubende Familie aus dem Norddeutschen hatte mitten im Wald, direkt neben dem Wanderweg, eine unglaubliche Entdeckung gemacht. Der neunjährige Sohn der Familie hatte im Grün etwas Goldenes funkeln sehen und geglaubt, es mit einem Schokotaler zu tun zu haben. Doch wie sich nach kurzem Buddeln zeigte, handelte es sich mitnichten um einen Schokotaler, sondern um rund einhundertdreißig Münzen (nicht essbar) von 1577 bis 1696 in einem zerbrochenen Krug. Eine Sensation!

In der Fachwelt wurde viel spekuliert über diesen Fund am Wegesrand. Anno dunnemals waren die Münzen etwa fünfzig Taler wert gewesen, ein kleines Vermögen. Hatte ein reisender Händler es aus Angst vor marodierenden Räuberbanden hastig vergraben? War es der Sparstrumpf, will heißen Sparkrug, eines ansässigen Bauern? Das würde wohl auf ewig ein Rätsel bleiben. Die Welt – und auch die vier Münzketiere – hatte den Schatzfund bald darauf wieder vergessen.

Und dann kam der letzte Sommer. Schorsch, der einzige Ehemann unter ihnen, war von seiner Gerda zu einem Kurzurlaub genötigt worden. Während Gerda in Schmallenberg shoppen ging – das konnte man dort ausgiebig und enorm gut –, fuhr Schorsch mit seinem Metalldetektor ins vorgelagerte Bödefeld.

Und da war es passiert. Das Unglaubliche. Das Unfassbare. Sein Metalldetektor schlug an, mitten im farnigen, moosigen Wald, mehrheitlich Fichtenwald, neben rosa blühendem Ziegenzucker. Und als Schorsch mit seinem Klappspaten zu buddeln begann, wurde er auch gleich fündig. Eine mit Grünspan überzogene Münze! Schorsch war außer sich. Es handelte sich um eine *Franckfurter Stadt Müntz* von 1694, Wert sechzig Kreuzer, noch prägefrisch bei seiner Versteckung. Genau so eine Münze hatte sich auch im Schatz von Bödefeld befunden. Schorsch war sich sicher: Da lag noch mehr im Boden!

Das hätte er melden sollen.

Das hätte er melden *müssen*.

Tat Schorsch aber nicht.

»Melden kann man das immer noch«, sagte er. »Zuerst muss der Rest gehoben werden. Damit gehen wir in die Geschichte ein! Und werden reich!« Er sagte das nicht zu sich, sondern nach seiner Rückkehr zu seinen drei Mitmünzketieren. Hätte er mal schön bleiben lassen sollen.

»Wir heben den Schatz gemeinsam. Alle für einen, einer für alle!«, erklärte Schorsch, ein Kerl wie eine deutsche Eiche, und strahlte in die Runde.

»Ich kann nicht schwer heben, das wisst ihr. Ich hab Rücken«, warf Walter ein. Klein, schmächtig, schütter. Finanzbeamter, wegen mehrmaliger Bandscheibenvorfälle im Vorruhestand.

»Der Kalle soll heben, der ist noch jung«, scherzte Hotte, was keine Verballhornung von Horst war, sondern von Englisch *hot* kam, was so viel hieß wie *heiß*. Denn Hotte hielt sich für heiß. Das sah man an seinen offenen Hemden, den

Goldkettchen um den Hals, der Dauerwelle. Und an den wechselnden Blondinen an seinem Arm.

»Äh«, wandte Kalle ein. Muttersöhnchen. Loser.

»NRW ist fair zu seinen Findern. Wir kriegen die Hälfte des Schätzwertes«, verkündete Schorsch, als hätten sie den Schatz schon gefunden. »Dann teilen wir fifty-fifty. Fünfzig für mich und fünfzig für euch. «

Hotte und Walter sahen sich an. Nur Kalle stutzte nicht.

»Moooment«, unterbrach Walter, der schon immer gut mit Zahlen gekonnt hatte, deshalb war er ja auch Finanzbeamter geworden und nicht, sagen wir mal, Müllmann.

»Wieso kriegen wir drei zusammen so viel wie du allein?«, verlangte Hotte zu wissen.

»Ich habe den Schatz aufgetan! Ohne mich wüsstet ihr gar nicht, dass es in Schmallenberg noch was zu holen gibt.« Für Schorsch war die Sache sonnenklar.

»Das sehe ich anders«, gab Walter zu bedenken. »Wir heben ihn alle gemeinsam. Also teilen wir das Geld gleichmäßig auf. Will heißen: fünfundzwanzig Prozent pro Nase.« Wie gesagt, er konnte gut mit Zahlen.

»Was soll das werden? Meuterei?« Schorsch lief krebsrot an.

»Meuterei? Sind wir hier auf der *Bounty?* Bist du der Kapitän?« Hotte gab den Fletcher.

»Was?«, rief Kalle, der insgesamtheitlich nur Bahnhof verstand.

»Wir machen es so, wie ich es sage!«, brüllte Schorsch und wurde noch roter. Hummerrot. »Nur *ich* kenne den Fundort der Münze. Ohne mich seid ihr aufgeschmissen.«

Walter und Hotte blickten auf die Wanderkarte *Schmallenberg im Hochsauerland* im Maßstab 1:10.000, auf der ein dickes X die Fundstelle markierte.

Schorschens Augen folgten ihrem Blick.

Hotte fuhr seinen Arm am schnellsten aus.

»Ich sage, jeder für sich!«, rief Hotte noch, dann rannte er auch schon aus dem Nebenraum der Kneipe *Honoria*, in der sie sich zu dieser außerplanmäßigen Sondersitzung getroffen hatten.

»Geht's jetzt los?«, fragte Kalle.

Aber da machten Schorsch und Walter schon Jagd auf Hotte.

»Macht fünfunddreißig fuffzich!«, sagte der Wirt zu Kalle und baute sich mit verschränkten Armen im Türrahmen auf.

Kalle seufzte.

Nur noch 384.403 Kilometer bis zum Mond. Von Schmallenberg aus. Stand zumindest auf dem Holzwegweiser Weststraße, Ecke Hackwiese.

Schmallenberg. Perle im Hochsauerland. Der *Homo Schmallenbergensis*, der gemeine Schmallenberger also, war ein jovialer, dem Frohsinn zugeneigter Mensch. Was man ihm meist erst anmerkte, wenn man ein Sauerländer Bier mit ihm getrunken hatte. Dann aber umso mehr. Tat man das nicht, mochte man ihn für stur halten. Stur, aber effizient. Darum ging es Schmallenberg auch so gut. Zeugnis davon legten die unzähligen, proper gepflegten Häuser im sauerländischen Fachwerkstil mit und ohne Schieferverkleidung ab. Dazu viel Grün und lecker Essen. Ein wahres Eldorado für Touristen, vornehmlich Familien, Ältere, Wanderer und Niederländer sowie Schnittmengen dieser Gruppen.

Für Schorsch, Walter, Hotte und Kalle sollte Schmallenberg also nun zum Shangri La werden.

Natürlich waren sie alle am Tag nach der Sitzung mit Goldgier im Blick losgefahren. Statt ›einer für alle‹ nun eben ›jeder für sich‹.

Schorsch kam mit seiner Frau im *Hotel Störmann* unter. Für ihn nur das Beste. Vollpension, Zimmer mit Blick auf die *Falke*-Fabrik.

Hotte, der als Einziger von ihnen mit Frauen Sex hatte, schlief bei einer Zufallsbekanntschaft namens Annika, die er mit seinem geballten Hotte-Charme um den Finger gewickelt hatte.

Walter, dessen Vorruhestandspension nicht gerade üppig zu nennen war, buchte eine Ferienwohnung unten an der Lenne.

Kalle lieh sich, auf Anraten seiner Mutter, die ja im Grunde gegen seinen Ausflug war, den Camper seines Onkels, ein Uraltmodell. Dafür wohnte er dann auf dem Campingplatz Bödefeld, fußläufig vom Fundort des alten und des mutmaßlich neuen Schatzes entfernt.

Am Abend ihrer Anreise aßen Schorsch und Gerda ein köstliches Drei-Gänge-Menü aus ›Allerlei Köstlichkeiten von Heinz seine Damhirsche‹.

Hotte bekam von Annika immerhin noch zwei Gänge, selbst gekocht, und Annika konnte wirklich gut kochen. Sie konnte auch noch andere Dinge, aber die waren nicht jugendfrei.

Walter gönnte sich einen exzellenten Zander an Rotweinsoße bei *Dornseifer*.

Und Kalle machte sich Dosenravioli auf dem Feldkocher heiß.

Der Morgen der Schatzsuche brach an.

In sattem Grün lag das Sauerland rund um Schmallenberg. Wäre man eine Kuh, man würde hineinbeißen und wiederkäuen wollen. Das viele Grün hatte seinen Grund: Es regnete bisweilen. Auch die Nacht über hatte es geregnet. In diesen frühen Morgenstunden lagen wattebauschige Nebelschwaden in den Tälern, schmiegten sich weich an die Hänge.

»Die Füchse rauchen«, raunten sich die Einheimischen zu und grinsten.

»Und die Hasen kochen Kaffee«, witzelten andere weiter.

Vier Männer standen derweil einsam im Wald. Genauer gesagt, standen sie an einer Weggabelung. Hügelaufwärts hinter dem Damwildgehege Bödefeld.

Schorsch hatte den teuersten Metalldetektor. Ein protziges, tausend Euro teures Riesenteil, das noch in fünf Meter Tiefe millimetergenau Metall detektieren konnte und ohne komplizierte Menüführung für gute Tiefenleistung auskam. Schorsch trug eine Barbour-Jacke in Jägergrün und farblich passende Hunter-Gummistiefel. Das einzig Bunte an ihm war sein Gesicht. Schon wieder leuchtend rot.

»Ohne mich findet ihr den Schatz nie!«, grölte er. Weit oben im Geäst flog etwas Gefiedertes auf. Schorsch drehte sich um und zog in Richtung Norden davon.

»Du kannst mich mal!«, rief Walter seinem verschwindenden Rücken hinterher und stapfte in südliche Richtung, seinen mediokren Metalldetektor für immerhin noch fünfhundert Euro hinter sich herziehend.

»Ich hab mich noch nie so köstlich amüsiert«, freute sich Hotte und entschied sich für den goldenen Mittelweg, den er jodelnd entlangschritt.

Kalle blieb noch eine Weile unschlüssig an der matschigen Weggabelung stehen. Dann schaltete er seinen Billigdetektor aus Plastik – Schnäppchenangebot für zwanzig Euro bei Amazon – ein. Sofort schlug das Gerät an. Kalle freute sich.

Und die Freude schwand auch nicht, als er mit seinem Spaten kurz darauf ein Eurocentstück ausgegraben hatte. Es war der Glückscent eines Waldarbeiters, allerdings ein eigensinniger Glückscent, der – wie sich in den kommenden Tagen zeigen würde – sein Glück nicht wahllos verteilte. Also, zumindest nicht an Kalle.

Keiner der vier Männer hatte es eilig. Irgendwo hier musste der Schatz sein. Sie würden ihn finden und wenn sie bis zum jüngsten Tag mit ihren Metalldetektoren den Wald durchstreifen mussten. Ruhm und Ehre warteten auf sie, vom Finderlohn ganz zu schweigen.

Jeden Morgen um halb sieben trafen sie sich an der Weggabelung und musterten sich minutenlang feindselig – vier Münzsucher, die dem anderen spinnefeind waren und ihm nicht das Grünspangrün unter dem Fingernagel gönnten.

Da der ursprüngliche Münzfund am Wegesrand erfolgt war, hielten sich Schorsch, Walter und Hotte an die Wege und nur Kalle sondierte die Gabelung.

Die Wut köchelte in ihnen.

Am dritten Morgen kochte sie über.

»Ihr seid ein ganz fieses Pack!«, donnerte Schorsch und das Rot seines Gesichts fand sich auf keiner natürlichen Farbskala mehr. »Der Schatz gehört mir!«

»Große Klappe, nichts dahinter«, schmauchte Walter, der seine Pfeife nicht aus dem Mund nahm und beim Reden demzufolge kleine Wölkchen ausstieß. »Wer's findet, darf's behalten.« Das war so nicht ganz richtig, taugte aber als Argument in diesem Kleinkrieg.

Hotte sagte nichts, er feilte sich die Nägel. Annika hatte sich in der Nacht beklagt.

Kalle sagte auch nichts. Er war am Abend zuvor rein zufällig in ein Schützenfest geraten, als er sich auf dem Weg nach Schmallenberg verfuhr, hatte mit den einheimischen Schützen – also quasi mit allen Männern des Dorfes, weil man hier schon bei der Geburt in einen Schützenverein eintrat – ein Bier getrunken und noch eins und noch eins und hatte gemerkt, dass er nicht mithalten konnte, aber da war es schon zu spät, und so hatte er unter einer Bierbank genächtigt und litt jetzt unter Gliederschmerzen und einem ausgewachsenen Kater.

»Ich sage euch: Das lasse ich mir nicht gefallen! Ich werde Maßnahmen ergreifen!«, warnte Schorsch. »Das hier ist noch nicht mein letztes Wort!«

War es dann aber doch. Denn noch am selben Abend fand man ihn tot im Schindergraben.

»Da hat man früher Fleischabfälle entsorgt«, sagte Kalle am nächsten Morgen. Er war erschüttert, seit er im Ort von dem Leichenfund erfahren hatte.

»Dann passt das ja!«, meinte Hotte, der vor nichts Respekt hatte, auch nicht vor den Toten. Einst hatte jemand aus dem Grab des alten Schmallenberger Friedhofs, das in Rufweite zum Schindergraben lag, der Leichenschmausgesellschaft zugerufen: »Die Ewigkeit gibt es doch!«, aber Kalle konnte lauschen so viel er wollte, er hörte Schorsch nicht rufen.

»Und? Wer von euch beiden ist es gewesen?«, fragte Walter und paffte hektisch an seiner Pfeife.

»Was gewesen?«, fragte Kalle.

»Das war doch kein Unfall. Eben droht er uns noch und gleich darauf ist er tot.« Walter schüttelte wissend den Kopf. »Hotte? Hast du ihn mit einer deiner Goldketten erwürgt?« Walter lachte trocken. »Oder du, Kalle? Hast du ihn mit deinem billigen Plastikklappspaten erschlagen?«

»Was?« Kalle guckte entgeistert.

Hotte blieb ganz ruhig. »Ich nehme dann jetzt die Strecke, die der Schorsch sonst immer gelaufen ist«, sagte er und ging los.

»Das wirst du nicht!« Walter warf sich ihm in den Weg.

»Werd ich doch! *Du* wirst mich nicht daran hindern.« Ein Schweißtropfen kullerte über Hottes Stirn und anschließend im Slalom durch seine Dreitagebartstoppeln.

»Und wie ich das werde!«, schmauchte Walter wie eine Dampflok.

Gleich darauf musste Kalle fassungslos zuschauen, wie sich Hotte und Walter im Matsch windelweich kloppten.

Kalle machte da nicht mit. Am nächsten Tag ging er ins Stadtarchiv und ließ sich dort sehr freundlich erklären, dass es sich bei den ursprünglich gefundenen Münzen – die mittlerweile in einem Schaukasten der Schmallenberger Sparkasse ausgestellt waren – mit hoher Wahrscheinlichkeit, ja höchster Wahrscheinlichkeit um einen Einzelfund handelte und es keine weiteren Münzen geben würde. »Die Fachleute aus Münster haben sich das ganz genau angesehen. Sie verschwenden nur Ihre Zeit.«

Kalle wollte sich aber von niemandem mehr sagen lassen, was er zu tun oder zu lassen hatte. Weder von Mama noch von einem Historiker, mochte er auch noch so freundlich sein. Und überhaupt fand er es an der Zeit, das Steuerruder seines Lebens herumzureißen. Kalle pumpte sich mit Optimismus auf wie ein Maikäfer, bevor er in die Lüfte geht. Seine Siegesgewissheit war grenzenlos.

Bis er abends auf dem Campingplatz von einem Standnachbarn hörte, dass man in einer Ferienwohnung in Schmallenberg einen Toten gefunden hatte. Einen Walter irgendwas. Mit eingeschlagenem Schädel. Die erkaltete Pfeife noch im Mundwinkel.

Kalle schluckte schwer.

Und nun war es so weit.

Sie standen sich gegenüber. Mit geblähten Nüstern. Die Metalldetektoren im Anschlag.

»Du glaubst allen Ernstes, dass du gegen mich eine Chance hast?«, lästerte Hotte.

Kalle würdigte ihn keiner Antwort. Gary Cooper oder Clint Eastwood sagten auch nichts, wenn sie sich mit dem Bösewicht ein Duell lieferten. Spuckten höchstens in den Sand. Kalle hätte gern in den regennassen Matschboden gespuckt, aber vor Angst war er völlig dehydriert und somit spuckelos.

Kalle starrte Hotte an. Dieser Fatzke, den er für einen Freund, ja einen Numismatiker*bruder* gehalten hatte, war verantwortlich für den Tod von zwei Menschen. Unvorstellbar. Die Gier nach Gold hatte aus Hotte ein Monster gemacht. Hotte würde ihn mit seinem Metalldetektor erschlagen, da war sich Kalle sicher.

Hotte wiederum starrte Kalle an. Hatte er ja schon immer gewusst, dass dieses mickrige Kerlchen einen an der Waffel hatte. Dieser Noch-bei-Mutti-Wohner. Dieser Loser. War zum psychopathischen Serienkiller mutiert. Vor Kalles Plastikdetektor hatte er eigentlich keine Angst, aber man wusste ja, dass diese Durchgeknallten übermenschliche Kräfte entwickeln konnten und womöglich hatte Kalle Schorsch und Walter sogar mit bloßen Fäusten erschlagen.

Die Zeit verstrich.

Man hörte nur das Plätschern des Regens.

Und das Rauschen des Blätterdaches.

Ein Käuzchen rief.

Ein Wildschwein grunzte.

Der Moment der Entscheidung nahte …

– Ende –

PS:

Gerichtsmediziner Plassberg schaltete das Diktiergerät aus. Zwei verdächtige Todesfälle binnen einer Woche, das hatte man im idyllischen Hochsauerland nicht oft. Aber wie sich zeigte, hatte einer der beiden beim Abendspaziergang mit seiner Frau einen schweren Herzinfarkt erlitten und war tot zusammengebrochen – hatte offenbar schon seit Langem an akutem Bluthochdruck gelitten –, und der andere war vor den Augen dreier entsetzter Nachbarn betrunken die Treppe zu seiner Ferienwohnung heruntergefallen und hatte sich das Genick gebrochen.

Plassberg zog den weißen Kittel aus. Ausnahmsweise mal pünktlich Feierabend. So lobte er sich das.

PPS:

»Gironimo!« und »Fandango!« schreiend rennen Hotte und Kalle aufeinander zu, ihren jeweiligen Metalldetektor schwingend, Mordlust in den Augen blitzend.

Auf halber Strecke stolpert Kalle und fällt bäuchlings in den Matsch.

Und gerade als Hotte ihn erreicht hat und den Detektor schwer auf Kalles Hinterkopf sausen lassen will, fährt Kalles durch den Sturz tief in den Schlamm gekrallte Rechte triumphierend nach oben. Etwas in ihr glitzert.

Eine original *Franckfurter Stadt Münz* …

Der Reiz des Tötens

Nina George

»... einundneunzig Prozent aller Männer und vierundachtzig Prozent aller Frauen haben sich mindestens ein Mal ausgemalt, wie sie jemanden töten. Auf einen Mord kommen Abertausende Mordfantasien. Was rein statistisch bedeutet, dass Ihr Sitznachbar ein potenzieller Mörder ist. Was ihn davon abhält?«

Ich mache eine Kunstpause, sehe von links nach rechts durch das ehemalige Kirchenschiff des Klosters Bredelar, ohne den Kopf zu bewegen. Das ist der ›Bannblick‹, so hat ihn mein Doktorvater bezeichnet, der Richter; vor Jahrzehnten, als ich jung war, die Haut frisch, das Fleisch fest, der Geist naiv. ›Kleines‹ hat er mich genannt. Ich liebte ihn. Er mich nicht.

Warstein, Brilon, heute Marsberg; die Frühjahrsvortragsreisen. *Der Reiz des Tötens* läuft besser als *Serienmörder: Das Grauen wohnt nebenan* und *Massenmob und Lynchjustiz: Wie Gemeinschaften zu Killern werden*. Manchmal frage ich mich, wie vielen Mördern ich in den letzten fünfzehn Jahren gegenübersaß, in Klostern, Scheunen, Hörsälen. Rein statistisch: eins komma zwei. So viele Morde bleiben unentdeckt. Jede Woche.

Mir fällt ein Mittdreißiger auf, er lächelt mich an. Großstadtbrille, Kleinstadthemd, muss ich ihn kennen?

Ich bin siebenundvierzig. Mollig. Kurz geblieben. Mein Titel – Frau Prof. Dr. phil., Lehrstuhl für forensische Psychologie – ist ein natürliches Verhütungsmittel. Attraktive Männer schlafen sich nie nach oben, sie wollen oben *sein*.

Ich lebe mit einer Katze zusammen, Nella.

»Das Böse ist wie ein Herpesvirus. Es schläft. In jedem von uns. Ein evolutionärer Schalter, der auf einen ganz bestimmten Reiz reagiert. Manche von uns werden geboren, leben und sterben, ohne dass das Virus erwacht. Bei anderen bricht es aus, weil ihr Reizschalter aktiviert wird. Das Baby, das schreit. Rachlust. Oder ein bestimmtes Wort. Gute Bürger werden zu Totschlägern, obwohl sie so normal sind wie Sie und ich. Herzlichen Dank für Ihre Aufmerksamkeit.«

Die Stille ist plötzlich, es dauert ein bisschen, bis der erste klatscht; schließlich tun es alle. Dann folgen Publikumsfragen. Ob Mörder nicht verrückt sind? »Vier Prozent«, sage ich, die Kollegin aus dem hiesigen Maßregelvollzug nickt, sie weiß auch, wie normal das Böse ist. Wie Stolpern auf einem geraden Lebensweg. Aber kann Mordlust vererbt werden, gibt es das Killergen? »Nein. Gene wirken nicht deterministisch.« Skepsis. Lustmord, sexuelle Befriedigung? »Mord aus Liebeskummer ist häufiger!«, wissendes Schmunzeln. Und, natürlich: Welches *meine* Reizempfindlichkeit sei, wann ich Mordfantasien habe. Das Kleinstadthemd fragt das. Dunkle Schokoladenstimme.

»Nervige Beifahrer«, antworte ich. Befreite Lacher, Applaus, Stühlerücken, Rotwein und *Westheimer Pils* am Büchertisch, der harte Kern bleibt noch, jede Stadt hat so einen. Und jede Stadt hat ihre Mörder.

In Marsberg ist es Detlev-Claus Holm-Menhardt alias Arwed Imiela, heute Nachmittag sah ich das Haus, in dem der selbst ernannte Astrologe bis 1967 lebte. Ein paar Jahre später wurde er in einem hysterischen Schnellverfahren als vierfacher Frauenmörder verurteilt, weiterhin des Mordes an zwölf weiteren verdächtig. Er hat nie gestanden. Dem Haus merkt man nichts an.

Der harte Kern trinkt, redet, die Frauen über Liebeskummer und die Entlass-Fete der Realschule, jemand hat den

Zehntklässlern Wodka besorgt. »Solche Leute sind Mörder. Waffenhändler!«

Die Männer reden über Heldenmorde: »Zur Verteidigung, klar, heidewitzka.«

Ach ja. Wenn das Böse zur Tugend wird. Wenn Retter morden, werden sie bewundert. Würde einer von denen, die sich jetzt erzählen, wie sie einen Angreifer stellen würden – »Mit dem Bogen, im Pirschparcours.« »Mit dem Mehrlader, liegend.« »Mit meiner Ollen, die labert ihn tot.« –, es wirklich tun? Angst ist der Feind der Mordlust. Angst und Denken. Soldaten lernen, sich zu deindividuieren. Um sich selbst in Gefahr zu bringen und andere zu schützen, muss man aufhören, zu denken. An *sich* zu denken.

Ich signiere. Auch Schokoladensamtstimme hat mein Buch gekauft: *Lieben ist tödlich – Taktiken gegen mordende Partner*. Ein Bestseller.

»Für Sie oder ein Geschenk?«, frage ich.

Er lächelt, flirtend, würde ich meine High Heels ausziehen, wäre ich vierzig Zentimeter kleiner als er. Gefährlich, sagt mein Instinkt, zu schwer, er kann dich ersticken. Haben wollen, sagt der Rest. Meine Eitelkeit ist nur älter, nicht schlauer geworden, sie sagt: Es könnte dein letzter Sex sein. Holen wir ihn uns! Gegenüber ist ein Saunaklub, die vermieten Spielzimmer für fünfundsiebzig Euro!

»Ein Geschenk«, sagt Schokoladenmann.

Gut, holen wir ihn uns nicht. Sex ist eh überschätzt.

»Für meine Mutter. Ich lebe allein«, ergänzt er.

Ich mache alles falsch, was eine Frau falsch machen kann, wenn sie das potenziell tödliche Risiko eines sexuellen Abenteuers eingeht: Wir verlassen die Veranstaltung nacheinander. Sollte er mich töten, wird sich niemand an ihn als meine Begleitung erinnern. Ich lasse ihn meinen Jaguar zu sich fahren (ich habe Rotwein getrunken), weil es mir peinlich ist, mich mit einem jüngeren Mann durch *Zeitlers Hotel* zu schleichen. Ich werde ungeschützt sein, er hat womöglich Waffen vorbereitet, Spritzen, Eisenstangen. Einen schallisolierten Keller, von dem weder seine Mutter noch das Bauamt wissen.

Meine Katze Nella wird vor Kummer sterben.

Schokoladenmann riecht gut. So jung. Pfeffrig, süßholzig.

Ich achte nicht darauf, wohin wir fahren, da seine kraftvollen Finger mir unter das Kostüm spaziert sind und ein Loch in die Strumpfhose gerissen haben. Er erzählt von Marsberger Nibelungen und Drakenhöhlen, von Robin-Hood-Spielen im Bogenschützendorf, und dass er mich faszinierend findet. Übersprungskonversation, wir müssten uns nicht unterhalten, alles ist klar. Wir fahren höher, halten neben einer gotischen Kirche, schauen aufs Diemeltal und die Unterstadt. Wunderschön, ein Nest aus Bergen. Es ist eine milde Mainacht, wir laufen über eine Wiese, zu einem Festungsturm, darin ein Verließ, fünf Meter tief.

»Ich heiße«, beginnt Hot Chocolate, ich lege ihm den Finger auf die Lippen. Und behalte das meiste an, während wir es tun, auf dem Turm, beide mit Blick auf die Kirche. Seine Hände machen, dass ich mich schöner fühle. Eine Hand legt er auf meinen Hals.

Bei meiner Studie über Tötungsfantasien während des Koitus kam heraus, dass sich acht Komma sechs Prozent aller Männer vorstellen, die Frau zu verletzen, mit der sie schlafen. Um zu sehen, ob ihr Körper in Todesangst erregbarer ist. Enger.

Ich nehme allein den Weg zurück ins Tal.

Was ich da eben gemacht habe, beschämt mich.

Als sich sein warmes Becken an meinen Po schmiegte, da hat er gestöhnt: »Oh, verdammt, das war so gut, Kleines …« – und ich? Einen losen Stein in der Brüstung des Buttenturms herauslösen, ihn auf seinen schönen Schädel donnern, die Hirnhaut spalten. Eine halbe Sekunde lang blitzte diese Fantasie auf. Ich atmete sie weg. Leute wie ich können das, wir kennen unsere Reizschalter, wir haben gelernt, sie zu zähmen. Doch, doch.

Kleines – ich hasse es. Ich hasse, hasse, hasse es!

Ich ließ ihn sitzen. Mit heruntergelassener Hose.

Zwischen Nacht und Dunkel suche ich den Weg zum *Zeitlers*, es muss in der Nähe der Bahn sein, dieser lästigen Linie Hagen-Kassel, die die Unterstadt spaltet, zu jeder Stunde wird der Durchgangsverkehr in Niedermarsberg lahmgelegt, drei Minuten siebenundvierzig Sekunden Herzstillstand. Was macht die Polizei dann eigentlich? Und der Krankenwagen?

Achtzehn Selbstmorde pro Woche im Zugverkehr, meist Montag und Dienstag, jede siebte Bahnverspätung ein Schienensuizid.

Ich weiß zu viel über das Töten.

Ich erkenne Marsberg bei Nacht nicht wieder. Mein iPad mit den GPS-Straßenkarten liegt im Zimmer, mein Handy ist ohne Saft.

Ich fahre langsamer, nichts kommt mir bekannt vor, in den Restaurants brennt kein Licht, menschenleere Straßen. Als ich die Zäune der LWL-Psychiatrie passiere – eine Stadt in der Stadt, bevölkert von am Leben Verzweifelten und ihren Versorgern; Friedhof, Kapelle, Pathologie; eigene Straßen, Gesetze, Lieben; weiße Häuser, alte Bäume, schlimme Geheimnisse – und immer noch herumirre, ahne ich, dass ich falsch abgebogen bin. Ich wende nicht. Ich kann es nicht ertragen, denselben Weg zurückzufahren!

Oft wünsche ich, ich wäre ein Mann; viereckiger, schwerer. Weniger KLEIN! Ich würde Jeff heißen, oder Norman, Cowboystiefel tragen und nie wieder in mein Leben zurückfahren.

Marsberg dünnt sich aus, nach einer Kurve sehe ich den Maßregelvollzug für suchtabhängige Straftäter; man nennt sie ›Patienten‹, weil sie unter Drogen raubten, zuschlugen, vergewaltigten.

»Liebe ist eine Droge, aber für ihre Verbrechen wird sie nicht eingesperrt.« Ich rede, als ob Nella neben mir sitzt. »Hände haben auch Marsberge. Ist der Große Marsberg dick und hart, prägt Brutalität die Persönlichkeit. Ist der Kleine Marsberg groß, ist der Liebeshunger zügellos. Beides zusammen macht verliebte Mörder. Alte Handleserweisheit.«

An was man eben so denkt, nachts, angetrunken, nach einer Vögelei, deren Anmoderation besser war als der Rest.

Meine High Heels stören. Ich rumpele auf die Zufahrt zum Besucherbergwerk, direkt hinter der Forensischen. Als ich mich nach hinten drehe, um die Tüte mit den Boots zu holen, sehe ich aus dem Augenwinkel eine Bewegung, dicht über dem Boden. Ein Turnschuh, der hinter gelben Loren verschwindet. Mein Blutdruck schnellt hoch. Ich spähe in die matte Dunkelheit.

Nichts.

»Kleines, da guckt der Rotwein aus dir.«

Doch! Ein rosafarbener Sneaker. Und ein Bein. In Glanzstrumpfhosen, eine Kombination, die sich nur pubertierende Teenager leisten!

»Du warst nach dem Sex schon immer desorientiert, Hanne. Du siehst Sachen, die es gar nicht gibt, Kleines: Verbindlichkeit, Zukunftspläne oder …«

Schnauze, Euer Ehren!

Die grünen Flügeltüren des Kilianstollens sind offen. Ein schreiendes Spundloch. Sollten die Gitter nicht geschlossen sein?

Löcher in Bergen, aus denen etwas auf mich zukommt, weil es mich SEHEN kann, weil es mich fressen wird, weil …

Ich verzichte, die Boots gegen die Pumps zu tauschen, knalle den Automatikhebel von P in R, gebe Gas.

Zurück auf der Straße, zurück nach Marsberg, einfach nur um die Forensik herum, dann richtig abbiegen, über die Bahn, links. Ins Hotel, Schokoladentafeln auf dem Kissen, morgen früh Obstsalat und Plaudern mit der Hausherrin, ciao.

Im Rückspiegel sehe ich zu dem Spundloch.

Etwas zieht das Mädchen in Richtung des Stollens. Ruckartig, als sei sie schwer und in Blutsoße getränkt.

»Sie bringen dem Drachen die Jungfrau zum Fressen, Nella«, sage ich, aber meine Katze ist zu Hause und demoliert meine Schuhe. Mein Puls klopft hart im Gaumen, alle Härchen stehen stramm, es tut weh, wie sich meine Haut zusammengezogen hat. Die Angst wütet in meinem Bauch. Ich gebe Gas, der tapfere Jaguar rollt, meine Hände krampfen sich klitschnass um das Lederlenkrad.

Bloß weg, weg!

Aber das Mädchen – vielleicht lebt es noch!

Egal! Weg!

Und wenn ich nichts tue?

»Bitte«, flüstere ich. »Ich kann das nicht. Ich WILL das nicht!«

Das tote Telefon? Vergiss es.

Bis zur nächsten Polizeiwache? Bis ich die gefunden habe! In der Zwischenzeit könnte …

Ich weine, als ich anhalte, das Innenlicht abschalte, die Tür öffne. Niemand soll mein Gesicht sehen. Wie die faltige Alte von der Uni, im Vortragskostüm und Laufmaschenstrümpfen, schlecht gevögelt und heulend, sich die Cowboystiefel anzieht und dann etwas tut, was nur solche Leute wie sie können.

Den Reizschalter drücken.

»Na? Auf Krawall gebürstet, junge Dame? KLEINES?«

Mach nur weiter so, Euer Ehren. Ist vielleicht das erste und das letzte Mal, dass du zu was zu gebrauchen bist.

Ich fahre zum Kilianstollen zurück. Unterwegs öffne ich das Schiebedach. Und versuche, nicht mehr zu denken.

Der tropfnasse Stollen wird bis zum Verschiebebahnhof beleuchtet. Ich bin mit dem Jaguar bis direkt vor das Spundloch gebrettert, habe alle Scheinwerfer, Nebelscheinwerfer und Fernlicht eingeschaltet. Ich klettere durch das Schiebedach, renne auf den Kerl zu, der paralysiert dasteht, ein Reh in Duldungsstarre.

Seine Hände hat er unter den Achseln des Mädchens. »Lass los, Wichser!«, brülle ich, das müsste eine Sprache sein, die er versteht, und schwinge den abgesägten Baseballschläger, den ich immer zwischen Fahrersitz und Türschwelle liegenhabe.

»Kleineskleineskleines« hämmert es in mir, ich bin so gottverdammt SAUER und sehe den Kopf des Richters vor mir, als ich aushole und ...

Mein Schlag trifft den Mann an der Schulter, er lässt das Mädchen los. Will er etwa vor *mir* davonlaufen?! Mir, Jeff Norman, Erfinder des Totschlag-Völkerballs?

»Scheiße, du bist fällig, Arschloch«, sage ich. Meine Handinnenflächen werden warm. Großer Marsberg, riesengroß.

Ich steige über das Mädchen hinweg. Aufgeplatzte Lippe, blaues Auge; ich sehe, dass unter ihrer jungen, frischen Haut am Hals etwas pumpt, ein Vögelchen, ein Puls.

Der Mann verschwindet rechts in einer Grotte. Über mir schimmert es, türkis und rot und weiß und kupfern. Bergtränen.

»Was ist, wenn er ein Messer hat? Was ist mit dem Mädchen? Was ist mit DIR?«

O nein, Jeff braucht jetzt keine Unituse, die diskutiert und nur an SICH denkt, an ihren kleinen faltigen Hintern.

»Bitte, es tut mir leid«, höre ich. Hätte nicht damit gerechnet, eine dermaßen ... *vernünftige* Stimme zu hören.

Ich hole die Taschenlampe raus, die ich aus dem Handschuhfach in meinen Push-up-BH geräumt habe, und leuchte die Höhle aus. Sie glitzert, da oben wacht die Heilige Barbara. Drunter steht er, die Hände vor dem grauen Gesicht. Er trägt Brille.

»Es wird dir gleich noch mehr leid tun«, sage ich.

»Wer sind Sie?«, wimmert er.

»Ich? Ich bin Kleines«, sage ich, »und du, nimm deine Brille ab.«

»Was, aber, ich ...«

»NIMM DEINE SCHEISSBRILLE AB!«

Ich schlage ihm mit dem Holz die Knie weg, als er zur Seite fällt und seinen Hinterkopf mit den Händen schützt, dresche ich ihm auf den Rücken. Während das Holz herabsaust, schaltet sich die zu Tode erschrockene Dozentin wieder ein: »Nicht so fest, du tust ihm weh!«, ich versuche, den Schwung zu bremsen, aber nicht allzu sehr.

»Nimm die Hand runter, damit du mich hören kannst.«

Ich trete ihm in die Rippen. Verdammt, ist das gut.

Er nimmt seine Brille ab. In seinem Schritt: Urinflecken.

»Die Brille auf den Boden«, verlange ich. Ich ramme den Schläger fest von oben auf das Glas. Es splittert. Interessant, dass man in solchen Situationen so kreativ ist.

»Was in aller Welt hast du mit der Kleinen angestellt?«, frage ich.

Jetzt weint er, hemmungslos. »Ich hab ... ich hab nur ...«

Mann, was für eine Heulsuse.

»Reiß dich zusammen!« Ich stemme das Holz zwischen seine Schulterblätter.

»Ich liebe sie! Aber sie benutzt mich nur! Macht mich lächerlich ... mal will sie mich, dann wieder nicht. Da bin ich eben ... ausgerastet. Ich habe getrunken. Ich kann nichts dafür, sie provoziert mich! Ich wollte doch nur, dass sie auch mal so leidet wie ich!«

Ausreden.

»Ach. Hat sich der Alkohol von ganz allein in deinen Körper geschüttet? Wurde deine Faust von einem Geist geführt?«

Es wäre am allerbesten, wenn ich dafür sorgen würde, dass dieser Kerl nie wieder trinkt. Vielleicht nur noch durch die Schnabeltasse. Wie würde es sich wohl anhören, wenn das Ding hier Bekanntschaft mit seiner Schläfe machte? Wie eine Wassermelone – oder wie eine platzende, aufgepustete Brötchentüte?

Und die Kleine, die würde so einen doch nicht vermissen!

»Nein, nein! Marcel!«

Sie hört sich an wie ein kleines Kätzchen. So besorgt um ihren Typen, der sie verdrischt. Aber sie will ihn nicht verlieren. Nicht so.

Wer weiß, vielleicht will sie Liebling Marcel selber erledigen? »Erledigen? Komm mal runter! Du bist Hanne, Doktor der Philosophie und forensischen Psychologie, Katzenliebhaberin, Rotweintrinkerin!«

Ich löse mich nur langsam von dem Bild der Wassermelone, deren Schale aufbricht und rotes Hirn herausquellen lässt. Jedes Kernchen ein »Ich kann nichts dafür, sie hat mich provoziert … der Alkohol war's … die Eifersucht …«

»Ich werde ihn in Ruhe lassen, wenn du mit mir zur Polizei gehst«, sage ich und bin auf einmal entsetzlich müde.

Die Hitze in meinen Händen wandelt sich in Schmerz.

Als ich das Mädchen vor der Polizei in Marsberg absetze, sage ich ihr: »Ich weiß, wo Marcel wohnt. Wenn du ihn nicht anzeigst, sondern mich, werde ich wiederkommen. Und dann bin ich nicht mehr so nett.«

Es fällt mir schwer, das zu behaupten; denn Jeff Norman, Cowboybootsträger, Erfinder des Totschläger-Völkerballs und Retter undankbarer Jungfrauen in Drachenhöhlen, hat sich an einen Ort in mir zurückgezogen, wo mein Virus abends schlafen geht.

»Erstaunlich, Kleines, was du alles kannst!« Die Stimme des Richters. Voller Bewunderung.

»Ich liebte dich so«, flüstere ich.

Wusste er denn nicht, dass Liebeskummer das Virus weckt?

Gebrochene Herzen sind die gefährlichsten – sie haben nichts mehr zu verlieren.

Das Glück wohnt auf dem Friedhof

Jürgen Siegmann

Terroristen im Sauerland! Hammerhart. Al Kaida in Medebach. Klar, da dachten alle, das wär in hundert Jahren nicht zu toppen. Erster Weltkrieg, Zweiter Weltkrieg ... Okay, zugegeben, das war auch nicht gerade ein Klacks. Aber Krieg war ja überall, also auch in Medebach. Aber das ist eine andere Geschichte.

Also, wo war ich? Ach ja, die Sauerlandbomber. Ich weiß noch, wie mich an dem Tag Bergmanns Harald angerufen hat.

»Mach schnell die Glotze an, Willi«, hat er ganz aufgeregt gesagt. »Medebach ist im Fernsehen.«

Und ich sag noch, so voll aus Scherz, »Was'n los, hamse Osama Bin Laden bei uns erwischt?« Ich konnte ja nicht ahnen, dass ich damit gar nicht so falsch lag. Mannomann, ich weiß nicht, was schlimmer war. Die Terroristen oder die Fernsehteams, die dann hier eingefallen sind. Du brauchtest bloß die Haustür aufmachen – zack, warste im Fernsehen. Ich weiß noch, wie ich so 'nem Vollpfosten von Sat 1 einen Hunni aus dem Kreuz geleiert habe. Im Gegenzug hab ich ihm erzählt, wie ich diese Typen an der Tankstelle gesehen habe, wie sie ein paar Benzinkanister vollgemacht haben. Nee, was haben wir gelacht. Gesendet haben die das ja leider nie, aber der Hunni war meiner.

Na ja, das ist eigentlich auch eine andere Geschichte. Also wie gesagt, damals haben alle gedacht, das wär nicht mehr zu toppen. Das wär's jetzt für Medebach gewesen, für immer und alle Zeiten, also publicitymäßig. Hätte sich ja auch keiner vorstellen können, was dann bei uns im Ort los war. Ich auch nicht. Ist ja auch nicht so, dass ich das alles geplant hätte. Die ganze Geschichte ist halt irgendwie aus dem Ruder gelaufen. Wenn mir das jedenfalls einer vorher erzählt hätte, den hätte ich für verrückt erklärt.

Vorher, das war vor diesem Freitagnachmittag. Denn da hat die ganze Geschichte angefangen. An einem Freitag bei Homberger im Lottoladen. Ich weiß es noch ganz genau. Es war nämlich so, dass Oma Geburtstag hatte und ihre letzten beiden Freundinnen zu Schwarzwälderkirsch und Eierlikörchen eingeladen hatte. Das ist zwar auch wieder eine andere Geschichte, aber wenn die alte Oma Freese den dritten Eierlikör intus hatte, dann fing sie immer an, mir so komische Blicke zuzuwerfen. Und wenn ich nicht aufpasste, dann hatte ich auch schon mal ihre Hand auf meinem Knie. Ich möchte das jetzt hier nicht im Detail ausführen. Nur so viel: Bei drei Eierlikörchen ist es in den letzten Jahren selten geblieben.

Also, jedenfalls hatte Oma Geburtstag. War jetzt keine echte Überraschung, das war ja schließlich schon ihr neunundachtzigster. Aber ich Hirni hab es natürlich mal wieder voll verpennt. Fünf Minuten, bevor ich die alten Ladys aus dem Altersheim abholen sollte, fiel es mir wieder ein. Ich also rein in den Rettungswagen und ab die Post.

Okay, okay, das war jetzt vielleicht nicht so ganz korrekt, dass ich den Krankenwagen dafür genommen habe. Aber mal echt, ich riskier hier tagein, tagaus mein Leben in der Kiste. Da werde ich doch wohl ein Mal im Jahr Omas Freundinnen zum Geburtstag kutschieren können.

Also, ich hatte jetzt noch ein Zeitfenster von circa siebenunddreißig Sekunden und ein Budget von acht Euro vierzig, um ein Geschenk zu besorgen. Und seien wir doch mal ganz ehrlich. Das machte die Sache in Medebach nicht gerade einfach.

Ich also voll Karacho zu Hombergers Lottobude. Motor laufen lassen. Rein. Ein Los der Glücksspirale gekauft. Und wieder raus. Hatte ich sogar noch zwölf Sekunden und drei Euro fünfzehn über. Und ich hab die alten Damen absolut pünktlich bei Oma abgeliefert.

Omas Party war dann so lala. Aber ihr Kuchen – erste Sahne, das musste man ihr lassen. Und bevor sie jetzt fragen … Eierlikör gab es wieder mehr, als für einige gut war. Mehr möchte ich dazu wirklich nicht sagen.

Also, das war Freitag. Und dann am Samstag, ich guck bei Oma aufm Sofa schön Sportschau, Schalke gegen Dortmund. Also, ich bin ja mehr so der Bayern-Fan. Aber das darfste hier ja gar nicht laut sagen. Da gucken sie dich ja an, als wärste auch bei Al Kaida. Na jedenfalls, nach der Sportschau kommt ja immer die Glücksspirale.

Ich sag so: »Omma, wo is'n dein Los?«

Und sie: »Genau vor deiner Nase aufm Tisch, Junge.«

Sie müssen wissen, ich hab ja damals bei Oma gewohnt. Das bisschen, was man als Rettungssani verdient, reicht ja vorne und hinten nicht.

Ich guck also auf das Los und denk erst noch: War ja klar, wieder nichts gewonnen. Doch dann liest die Tante im Fernsehen die Nummern von den Leuten vor, die die monatliche Rente gewonnen haben und ich denk: Das gibt es doch gar nicht.

Gab es aber doch! Liest die doch tatsächlich Omas Losnummer vor. Siebentausendfünfhundert Euro Sofortrente! Monat für Monat! Ein Leben lang!

Ich also voll aus dem Häuschen. Logo. Oma natürlich auch. Und dann, als ich mich wieder eingekriegt hatte, denk ich so: Eigentlich blöd, dass Oma die Kohle gewonnen hat mit ihren neunundachtzig Jahren. Ist ja eine monatliche Rente, und wenn Oma stirbt, ist Schluss mit lustig.

Jetzt müsst ihr wissen, auf dem Los, da stand ja nicht

Omas Name drauf. Nur eine Nummer, sonst nix. Und ich hab es ja auch gekauft im Laden. Also frag ich Oma so ganz nebenbei, ob es nicht eine gute Idee wäre, wenn wir sagen, dass ich der Gewinner bin. Da würde es ja wahrscheinlich etwas länger Rente geben.

Ja, wenn ihr jetzt denkt, ganz schön clever der Junge, dann kennt ihr offensichtlich die Oma nicht. Oma war nämlich voll katholisch, so was gibt's heutzutage gar nicht mehr.

Oma guckt mich ganz komisch an und sagt erst mal volle zwei Minuten gar nichts. Dann schüttelt sie den Kopf und sagt: »Das wäre Sünde.«

Diskussion beendet.

Tja, und da war nix mehr dran zu rütteln. Oma bekam die Sofortrente. Mit neunundachtzig! Prima. Wie schlau das jetzt war, da kann man vielleicht drüber streiten, aber auf meiner ganz persönlichen Skala von eins bis zehn habe ich minus fünf Punkte vergeben.

Aber eins musste man Oma lassen. Geizig war sie nicht. Und ich kann euch sagen: An Geld in der Tasche kannste dich verdammt schnell gewöhnen. Eine Rakete ist nichts dagegen.

Und dann kam es natürlich, wie es kommen musste. Einen Tag nach ihrem neunzigsten Geburtstag fällt Oma tot um. Gerade steht sie noch in der Küche und redet mit mir und im nächsten Moment – zack, bumm, alles vorbei.

Mal unter uns – wenn das nicht die Nachwirkung vom Eierlikör war, dann weiß ich auch nicht. Ich sag dazu nur so viel: Die Hand von der alten Freese lag schon wieder auf meinem Knie, und wenn ich nicht energisch eingeschritten wär … aber lassen wir das.

Na ja, wie auch immer, Oma liegt also plötzlich auf dem Küchenboden und ist mucksmäuschentot. Und ich will ganz offen sein, ich hab jetzt nicht gedacht: Arme Oma, das tut mir ganz dolle leid, oder irgendwas, das ich vielleicht in dem

Moment hätte denken sollen. Nee, ganz ehrlich, das Erste was ich gedacht habe, war: Mist, was wird denn jetzt aus der Sofortrente? Und das war auch das Zweite, Dritte und Vierte, was ich gedacht hab.

Ich steh da also einfach nur doof rum, guck auf die tote Oma auf dem Fußboden und kann an nichts anderes denken, als an die Sofortrente, die ich gerne weiter bekommen wollte.

Jaaa ... wie sag ich das jetzt am besten ... also um es kurz zu machen, am Abend lag die Oma in der Kühltruhe.

Aber mal ehrlich, so ganz zu Ende gedacht war dieser Plan nicht. Einerseits kam ich jetzt nicht mehr an die Pizza ran. Und andererseits hab ich ein schlechtes Gewissen bekommen. Auch, weil die Oma ja katholisch war. Ich hab mich gefragt, ob ihre Seele überhaupt in den Himmel kommen konnte, wenn der Deckel von der Kühltruhe so fest verschlossen war. Der Pfarrer hätte mir das bestimmt beantworten können, aber den konnte ich ja schlecht fragen. Klare Sache, ein vernünftiger Plan musste her.

Jaaa ... wie sag ich das jetzt am besten ... also jedenfalls, zunächst haben die vom Bestattungsinstitut sich etwas geziert, als ich dem Chef von meiner Idee erzählt habe. Aber als ich ihm dann fünfhundert Euro jeden Monat von Omas Sofortrente angeboten habe, da ging alles ganz schnell. Der hat die Oma einfach eine Woche später bei der Beerdigung von Niemanns Gerd mit in den Sarg gelegt. Hat kein Schwein bemerkt, nur einer von den Sargträgern hat so komisch geguckt.

Oma war also beerdigt und alles war bestens. Ich hatte zwar jetzt fünfhundert Euro im Monat weniger, kam aber wieder an die Pizza ran und am nächsten Ersten kam pünktlich Omas Sofortrente. Soweit alles in Butter.

Na ja, dass die Oma jetzt den ganzen Tag auf dem ollen Niemann liegen musste, das war jetzt vielleicht ... sagen wir mal ... suboptimal. Wo sie den ja noch nie hat ausstehen können. Noch nicht mal, als er noch gelebt hat.

Eigentlich hätte die Geschichte hier zu Ende sein können und diese Bombenbastler wären für die nächsten fünftausend Jahre tatsächlich das Aufregendste geblieben, was je in Medebach passiert ist.

Tja, wenn da nicht der Pfarrer gewesen wäre. Eines Abends, ich hatte mir gerade 'ne Pizza in den Ofen geschoben, steht der plötzlich vor der Tür. Ob er mal die Oma sprechen könnte. Ich wollte ihn abwimmeln. Der Oma würde es in letzter Zeit nicht so gut gehen. Die wär bettlägerig. Das war natürlich blöd von mir. Klar. Pfarrer. Katholisch. Da hätte ich auch gleich 'nem Pfadfinder erzählen können, dass ich über die Straße muss. Jetzt wollte der Pfarrer natürlich erst recht sofort zur Oma.

Also, jedenfalls hat die Kirche jetzt einen neuen großzügigen Spender für das marode Kirchendach. Wenn die Kirche ein Fußballverein wär, dann würde der Pfarrer jeden Sonntag bei der Predigt ein T-Shirt mit meinem Namen drauf tragen.

Ich meine, das war ja alles noch nicht so tragisch. Siebentausendfünfhundert Euro muss man schließlich erst mal ausgeben jeden Monat. Leider konnte der Pfarrer seinen Mund nicht halten. Denn plötzlich stand der Bürgermeister eines Tages vor der Rettungswache und erzählte mir, dass ja bald wieder Wahlkampf wäre und ob ich ihn nicht ein wenig unterstützen könnte. Alles selbstverständlich nur zum Wohle der Gemeinde. Was ich dann natürlich auch tat, blieb mir ja auch gar nichts anderes übrig.

Tja, was soll ich sagen. Der Bürgermeister, dieses alte Plappermaul, hatte nichts Besseres zu tun, als die Geschichte Bergmanns Harald zu stecken. Von mir hatte der nämlich nichts erfahren, obwohl er mein bester Freund ist. War er auch erst ein bisschen sauer drüber. Aber jetzt fährt er einen schicken neuen Audi. Ist schon klar, wer die Leasingraten zahlen durfte.

Hab ich übrigens erwähnt, dass ich mich dann auch entschlossen habe, die Feuerwehr und den Heimatverein großzügig zu unterstützen?

Jedenfalls war das Ende vom Lied, dass ich nach einem halben Jahr noch genau tausend Euro von Omas Sofortrente hatte.

Wir haben inzwischen so eine Art Interessenvertretung gegründet. Ich, der Pfarrer, der Bestatter, der Bürgermeister ... und Bergmanns Harald natürlich. Dem seine Oma war inzwischen auch verstorben.

Jaaa ... und in der ganzen Hektik war wohl irgendwie vergessen worden, das zu melden. Und jetzt läuft Bergmanns Harald seine Oma ihre Rente schon seit fünf Monaten weiter. Das eröffnete unserem kleinen Sparverein natürlich ganz neue Perspektiven. Aber die Ausgaben waren ja auch dramatisch angestiegen. Den Doktor mussten wir nämlich auch noch mit ins Boot holen, damit der vergaß, den Todesfall zu melden.

Jedenfalls lief es gerade so richtig gut. Denn vor einigen Wochen hatte erfreulicherweise auch die Tante vom Bürgermeister das Zeitliche gesegnet. Und wir hatten sie ganz unauffällig mit einem schönen Doppelbegräbnis unter die Erde gebracht, als plötzlich dieser Typ auftauchte.

Das Verhängnis nahm mal wieder seinen Anfang in Hombergers Lottobude. Wir saßen gerade alle bei mir im Wohnzimmer, monatliche Vereinssitzung. Und ehrlich gesagt wurde es allmählich etwas zu eng bei mir. Ich hatte schon nicht mal mehr genug Stühle. Immer, wenn einer aufs Klo ging, zack, war sein Platz weg. Na jedenfalls, wie gerade mal wieder alle total durcheinanderquatschen, klingelt das Telefon. Ich steh auf und zack, sitzt der dicke Doktor auf meinem Platz. War ja klar, der hat schon die ganze Zeit gelauert, als hätte er gewusst, dass das Telefon klingelt. Na jedenfalls, am anderen Ende war der Homberger. Da wäre gerade einer von der Zeitung in seinem Laden gewesen. Und der hätte nach meiner Oma gefragt. Wollte eine Serie für die Wochenendbeilage machen. So mit spannenden Geschichten von früher und Zeitzeugen.

Oma war nämlich mal richtig berühmt für ein paar Tage. Weil sie als kleines Mädchen in einen Brunnen gefallen ist, damals, noch vor dem Krieg. Drei Tage hat es gedauert, bis man sie wieder rausgeholt hat. Ja, und diese olle Kamelle hatte der jetzt im Archiv ausgebuddelt und wollte Oma interviewen.

Kaum hatte ich aufgelegt und den anderen eine Kurzzusammenfassung gegeben, da klingelte es auch schon an der Tür.

Ich machte nur einen Spalt auf und wollte den Typen schnell abwimmeln. Aber das war schwieriger als gedacht. Nassforsch! Das war das Wort, was mir sofort durch den Kopf ging. Keinen Schimmer, was das eigentlich genau bedeutet. Aber eins wusste ich. Der Typ war es definitiv. Nassforsch. Abwimmeln ging gar nicht. Er würde gar nicht lange stören, aber er müsste Oma unbedingt kurz sprechen, sonst hätte er keine Story fürs Wochenende undsoweiterundsofort. Na ja, das Ende vom Lied war, dass ich ihn notgedrungen reinbitten musste.

Da hat er natürlich geguckt, als er ins Wohnzimmer kommt. Rappelvoll die Bude, aber keiner sagt ein Wort. Mir war klar, dass schleunigst etwas passieren musste, wenn das hier nicht böse enden sollte.

Und dann hatte ich einen Geistesblitz. »Oma ist beim Arzt«, sag ich zu ihm. »Ich hol sie mal schnell ab.«

Alle gucken mich an, als hätte ich verkündet, dass gerade ein Ufo im Garten landet. Aber noch bevor einer was sagen konnte, war ich schon raus.

Mit dem Krankenwagen, der vor der Tür stand, voll Karacho zum Altersheim. Zum Glück hatte die Sissi an dem Nachmittag Dienst, sonst hätte ich es gleich vergessen können. Okay, die war erst ein bisschen sauer, weil ich mich seit Wochen nicht bei ihr gemeldet hatte. Aber als ich sie dann für nächsten Freitag zum Italiener eingeladen hatte, war die Sache geritzt.

Keine zehn Minuten später stand ich wieder vor meiner Haustür. Ich hatte mir von der Sissi die Oma Schüngel geborgt, die sowas von tüdelig war, dass ich mich schon auf das Gesicht des Reporters freute, wenn er versuchte, der etwas zu entlocken.

»Darf ich vorstellen, meine Großmutter«, sagte ich schnell, als wir das Wohnzimmer betraten. Bevor sich einer der anderen verplappern konnte.

Hat dann auch nur fünf Minuten gedauert, bis der Reporter eingesehen hatte, dass die Oma Schüngel nur sinnloses Zeugs brabbelte. Ich dachte schon, dass alles noch mal gutgegangen ist, und will ihn gerade zur Tür bringen, als der plötzlich seine Kamera rausholt und ohne zu fragen ein Foto von Oma macht. Also, von der falschen Oma natürlich.

Jaaa ... wie sag ich das jetzt am besten ... also jedenfalls lag der Kerl kurze Zeit später auch in meiner Kühltruhe. Aber klar, man lernt ja dazu im Leben. Diesmal hab ich die Pizza vorher rausgenommen. Viermal Hawaii, zwei Diavolo und zwei Margherita. Die habe ich gleich an die anderen verteilt.

Sein Auto haben wir dann bis nach Olsberg gefahren und im Parkhaus abgestellt. Drei Tage später war die Polizei da und hat nach ihm gefragt. Aber bei uns im Ort hatte ihn keiner gesehen. Ach so, der Homberger war natürlich inzwischen auch Mitglied in unserem kleinen Klub. Und drei Wochen später haben wir den Reporter dann zusammen mit Oma Schüngel beerdigt. Das passte ja irgendwie prima.

Wurde auch Zeit, dass ich wieder Platz in der Kühltruhe kriegte, ich hatte schon überlegt, mir 'ne zweite zu kaufen.

Jaaa ... also jedenfalls war am Ende des Jahres unsere Gruppe auf zehn Leute angewachsen und außer Omas Sofortrente kassierten wir noch sechs weitere Renten. Wir hatten nämlich noch die Sissi dazugeholt. Mit dem Altersheim im Rücken ergaben sich da ja ganz neue Möglichkeiten.

So, an der Stelle hätte die Geschichte eigentlich zu Ende sein können. So wie im Märchen: Und sie lebten glücklich bis ans Ende ihrer Tage ...

Wenn da nicht eines Morgens dieser Kerl vor der Tür gestanden hätte.

»Guten Tag. Frickenstein mein Name. Ich komme von der Glücksspirale. Könnte ich mal mit Frau Schäfer sprechen?«

Damit hatte er mich so richtig auf dem falschen Fuß erwischt. Ich dachte sofort nach, ob die Sissi gerade Dienst im Altersheim hatte, damit ich mir bei ihr noch mal eine Oma leihen konnte. Aber dann sah ich, dass der eine Mappe mit irgendwelchem Papierkrams in der Hand hielt. Und obendrauf lag ein Foto von Oma. Damit war dann klar, dass es diesmal nichts werden würde mit Rent-a-Oma bei Sissi.

Ich steh also nur da und starre ihn an. Der guckte schon ganz komisch. So schwierig war seine Frage ja nun nicht gewesen. Also bitte ich ihn erst mal rein, um Zeit zu gewinnen.

»Oma ist beim Arzt«, sage ich.

Und dann rief ich Bergmanns Harald an und tat so als wär der die Arztpraxis. »Ja, guten Tag. Hier spricht Schäfers Willi. Ich wollt nur mal hören, ob die Oma schon beim Herrn Doktor dran war. Hier ist nämlich ein Herr von der Glücksspirale, der sie sprechen möchte.«

Zum Glück kapierte der Harald sofort und keine fünf Minuten später stand er auch schon vor der Tür. Nun ist es ja so, dass Bergmanns Harald im Schützenverein ist. Na ja, wer ist das nicht, bei uns in der Gegend. Ich erzähl das bloß, weil der gleich sein Jagdgewehr mitgebracht hatte. Lange gefackelt hat er ja noch nie. Ich sag mal so … ganz unbeteiligt war er nicht, dass seinerzeit dieser Reporter in meiner Kühltruhe gelandet ist.

Dieser Frickenstein von der Glücksspirale kriegte ganz große Augen. Merkte wohl, dass das heute nicht sein Glückstag war, als ich sagte: »Mensch, Harald, so geht das nicht. Die Sache muss wie ein Unfall aussehen.«

Na ja, jedenfalls springt der mit einem Mal auf, schubst Harald zur Seite und weg isser. Wir natürlich sofort hinterher, aber da saß der schon in seinem Auto.

Wenn der jetzt vorne am Friedhof einfach rechts abgebogen wär, dann hätten wir ihn nie wiedergesehen. Aber stattdessen nahm der fast die kleine Verkehrsinsel mit und bog nach links ins Wohngebiet ab. War wohl ein bisschen durch den Wind, der Gute. Ich sach mal, das hätte er besser sein gelassen. Für uns wär's im Nachhinein betrachtet aufs Gleiche rausgelaufen. Aber noch dachten wir, dass wir die Sache geradebiegen könnten. Wir also nix wie hinterher in Haralds neuem Audi. Der genau genommen mein Audi war, schließlich zahlte ich ja die Raten. Aber egal, das tut jetzt nichts zur Sache.

Der preschte also in einem Höllentempo durch die kleinen Straßen und Harald immer dicht dran. Hätte ich ihm gar nicht zugetraut. Respekt! Wir nahmen ganz locker einem Bus die Vorfahrt und brachten eine alte Oma an den Rand des Herzinfarkts, aber irgendwie schafften wir es unfallfrei bis oben zur Kirche.

Man muss dem Glücksspiralenheini wohl zugutehalten, dass er sich jetzt nicht sooo gut auskannte in Medebach, sonst wäre er bestimmt nicht zum Amtsgericht abgebogen, denn da geht es definitiv nicht weiter. Ja, außer man nimmt die Treppe zum Marktplatz runter. Und das tat er dann auch. Und Harald volle Pulle hinterher. Nun war ja kein

Markt an dem Tag und wir hätten da unsere Runden drehen können, bis einem das Benzin ausging, denn runter kam man da nicht mehr.

Wir hätten an der Stelle vielleicht besser aufgegeben. Bei dem Aufsehen, das wir schon erregt hatten, war uns ein Platz in der Zeitung eh schon sicher.

Ich will mich jetzt nicht rausreden, aber den Harald hatte wohl irgendwie das Jagdfieber gepackt. Denn statt anzuhalten, rammte er den Golf hinten an der Stoßstange. Ja, und das hat dem guten Mann wohl irgendwie den Rest gegeben, so rein nervlich.

Wenn ich jetzt sage, dass es da keinen Weg runter vom Marktplatz gibt, dann ist das natürlich nicht ganz richtig. Denn da war ja noch die andere Treppe neben der Touri-Info. Die runter zum Rathaus.

Und die hat der gute Mann dann auch genommen. Mit Anlauf vom Amtsgericht. Musste wohl inzwischen leicht in Panik geraten sein, anders kann ich mir das nicht erklären.

Der gibt also Vollgas und kachelt über den leeren Marktplatz.

Harald leicht links dahinter.

Der Golf nimmt die Lücke rechts vom Geländer und hebt ab.

Harald die andere Seite.

Sah bestimmt toll aus, wie die beiden Wagen da so synchron durch die Luft segelten. Und es kam einem Wunder gleich, dass genau in dem Moment kein anderes Auto auf der Kreuzung war. Der Golf flog einige Meter, setzte dann hart auf und holperte unkontrolliert vorwärts. Eine Sekunde später krachten wir auch auf die Straße.

Jaaa, wie soll ich es sagen. Irgendwie war da plötzlich unser schönes neues Rathaus … frisch renoviert, mit so griechischen Säulen davor. Sah ein bisschen aus wie das Weiße Haus in Washington. Vielleicht, damit der Bürgermeister 'ne schöne Rede halten kann, wenn der amerikanische Präsident mal zu Besuch kommt.

Tja, daraus wird jetzt wohl erst mal nichts mehr. Denn der Golf holperte quer über die Straße, nahm den Bordstein und die Stufen mit Schwung und krachte gegen die rechte Säule. Haralds Audi tat es ihm gleich und krachte gegen die linke Säule. Dass bei der ganzen Aktion keiner ernsthaft verletzt wurde, obwohl das ganze Vordach runterkam, haben sie mir erst zwei Tage später im Krankenhaus erzählt. Da war natürlich die ganze Sache mit unserem Sparverein schon längst aufgeflogen. Schade, das hätte ich schon gerne gesehen, wie die den Bürgermeister, den Pfarrer und all die anderen verhaftet haben. Aber ich sag mal, man kann nicht alles haben. Dafür war ich im Fernsehen. Sat 1. War ein bisschen peinlich, das war der gleiche Kerl, dem ich damals bei dieser Al-Kaida-Sache den Hunni abgeknöpft hatte. Aber ich glaube, der hat sich gar nicht mehr an mich erinnert.

Hier in meiner Zelle habe ich jetzt ja viel Zeit, über das Ganze nachzudenken. Ein schlechtes Gewissen habe ich eigentlich nur wegen Oma. Ich denk in letzter Zeit oft an sie. Nächste Woche hätte sie ja wieder Geburtstag. Und wissen Sie was? Ich kann es selbst kaum glauben – aber ihre kleinen Eierlikörpartys, die fehlen mir wirklich.

Fracht kotzt nicht

Jutta Profijt

»Und?«, fragt Beppo, während er über die Theke wischt, und stößt mich an. »Habe ich zu viel versprochen?«

Ich presse die Lippen aufeinander. »Mach den Mund zu, es zieht«, sagt Oma immer.

Ich kann den Blick nicht von ihr wenden – er hat nicht zu viel versprochen. Die Neue, die gerade in die *Pinte* gekommen ist und sich erst an das Dämmerlicht gewöhnen muss, ist ein Kracher. Eine Silvesterrakete ist die. Wahnsinn.

»Hallo«, sagt sie zu Beppo. »Ein Bier, bitte.«

Dann dreht sie sich um. Zu mir. »Hi, ich bin Susanne.«

»Ich weiß.« O Mist, wieso sage ich so was, dann wissen die Mädels gleich, dass sie mir schon aufgefallen sind. »Ich bin Chris.« Christoph nennt mich Oma nur, wenn ich etwas falsch gemacht habe. »Ich bin Berufspilot.« Das gefällt den Frauen, hat Oma gesagt.

Susannes Augen werden groß. »Wow, ist ja cool. Was fliegst du denn?«

Jetzt kommt der schwierige Teil, aber da soll ich einfach cool bleiben, meint Oma. »Ich fliege Cargo. Zwei Mal die Woche nach Berlin, ein Mal Sylt, ansonsten überallhin. London, Kopenhagen, Oslo, Bilbao, …«

»Cargo? Du meinst … Fracht?«

»Fracht kotzt nicht, Fracht motzt nicht«, sage ich lässig. Ich sage das immer an dieser Stelle. Meist drehen die Mädels sich dann weg und reden mit anderen Männern.

Aber Susanne strahlt. »Hey, was für ein Zufall! Genau so jemanden brauche ich.«

Der Rest des Abends verschwimmt in Susannes blauen Augen, die an meinen Lippen hängen. Ich hätte gern, dass da noch mehr von ihr an meinen Lippen hängt. Aber das kann ja noch kommen.

»Du hattest recht«, sagt Susanne zu Max. »Der ist echt langsam in der Birne. Wie der den Pilotenschein geschafft hat, ist mir ein Rätsel.«

»Seine Oma denkt für ihn mit.«

»Von ihr hat er dauernd gesprochen. Leben denn seine Eltern nicht mehr?«

»Die sind mit dem Auto verunglückt, als er sechs war. Die Oma war damals in Ecuador, ist aber für ihren Enkel nach Meschede zurückgekommen. Sie hat die Bäckerei von Christophs Eltern übernommen und unterstützt weiterhin das Waisenhaus in Ecuador. Sie ist so eine Art Heilige … und noch dazu mit Köpfchen.«

»Im Gegensatz zu Chris«, seufzt Susanne.

Max grinst. »Deshalb ist er für uns auch genau der Richtige.«

Ach je, denkt die Oma, schon wieder eine neue Schwärmerei. Von der schönen Susanne hat sie natürlich auch schon gehört. Eine Städterin, die aufs Land zieht und die alte Gärtnerei übernimmt. Allerdings zieht sie keine Geranien, sondern Biokräuter für Gourmetrestaurants. Was es heute alles gibt.

»Und sie hat sich den ganzen Abend mit mir unterhalten«, erzählt Chris.

Die Oma ist angenehm überrascht. »Worüber habt ihr denn geredet?«

»Ich habe ihr von unserem Oldtimertag erzählt …«

Hoffentlich nicht sämtliche technischen Details der ollen Flugzeuge, Autos und Motorräder, die sich jährlich am Flugplatz treffen. Baujahr, Drehmoment, Startgewicht, Ersatzteilbeschaffung – das hält der treueste Freund nicht aus. Geschweige denn eine junge Gärtnerin.

»Sie sucht eine neue Lieferkette«, berichtet Chris weiter, wobei er das Wort ›Lieferkette‹ wie ein Wort aus einer fremden Sprache betont, »weil die Kräuter für die Restaurants ja frisch sein müssen. Ich habe ihr angeboten, dass sie Frachtplatz bei uns haben kann. Das kann sie doch, oder?« Er strahlt sie mit vor Aufregung geröteten Wangen an.

Die Oma lächelt zärtlich. Er ist ein guter Pilot – wenn man ihn in Ruhe lässt. Und damit er seine Ruhe hat, fliegt er Fracht. Neben dem Talent für das Fliegen hat er ein Herz aus Gold.

Es wäre schön, wenn diese Susanne endlich die Richtige für ihn wäre. Mit fünfunddreißig ist er alt genug zum Heiraten. Die Oma beschließt, die beiden in ihr Abendgebet einzuschließen.

»Wahnsinn«, stammele ich. Natürlich war ich schon oft über die alte Gärtnerei geflogen, aber von oben wirkt sie nicht so riesig.

Tatsächlich sind die Gewächshäuser zehn Meter breit und vier Meter hoch, mehrere stehen hintereinander. Aber die Scheiben sind alle mit weißer Farbe angestrichen, sodass ich nicht hineinschauen kann.

Dabei wollte ich Susannes Kräuter so gern sehen. Mit Grünzeug kenne ich mich nämlich nicht aus. Oma benutzt zwar alle möglichen Zutaten in der Küche, aber immer, wenn ich glaube, etwas erkannt zu haben, ist es wieder falsch. Petersilie und Koriander sehen sich aber auch zu ähnlich.

»Wozu ist die Farbe auf den Scheiben gut?«, frage ich.

»Direktes Sonnenlicht würde die Gewächshäuser zu stark aufheizen und die Blätter verbrennen. So ist es besser.«

»Darf ich die Kräuter denn mal sehen?«

Susanne lacht. »Na klar. Ich freue mich über dein Interesse.«

Wir gehen in das erste Gewächshaus hinein. Selbst unter den undurchsichtigen Scheiben ist es sehr warm. Und es riecht gut.

»Basilikum, Rosmarin, Thymian, Salbei, Melisse, Pfefferminze, Oregano, Kerbel, Majoran, Agastachen, Anis, Ysop, Estragon …«

Ich höre nicht mehr zu. Das heißt, ich höre schon zu, aber nicht mehr den Worten, sondern nur noch der Stimme. So eine helle Stimme, eine schöne Melodie. Susanne spricht schneller als die Leute hier bei uns. Sie kommt von Berlin weg. Aus der Hauptstadt in unser schönes Meschede. Weil hier die Luft gut und das Leben entschleunigt ist. Ent-schleu-ni-gung. Das hat mir Sorgen gemacht, weil ich doch Beschleunigung mag, aber da hat sie nur gelacht.

»Wenn alle Kräuter hier sind, was ist dann in den anderen Gewächshäusern?«, frage ich.

»Auch Kräuter. Überall Kräuter.«

Sie zieht mich hinaus in die Sonne, wo ihr blondes Haar leuchtet. Mir springt das Herz, würde die Oma jetzt sagen, es ist ein Gefühl wie bei einem Start an einem klaren Tag. Dreiachtelhimmel, Nebelschleier in den Tälern und ich darüber.

»Was ist ein Dreiachtelhimmel?«, fragt sie.

Oje, ich habe wieder laut gedacht. Susanne scheint das aber nicht komisch zu finden.

»Überwiegend frei mit nur wenigen Wolken«, erkläre ich.

Sie hört mir zu. Mir! Noch nie hat eine Frau mir zugehört. Außer Oma. Mein Himmel ist auf der Erde angekommen.

»Wie läuft's?«, fragt Max.

Susanne erkennt an seinem Tonfall, dass er sauer ist. Eigentlich sollte er sich freuen, denn alles läuft prima, aber nein: Er ist sauer. Wegen Chris.

»Du glaubst doch nicht, dass da was zwischen diesem Hinterwäldler und mir läuft?«, fragt Susanne belustigt.

»Und warum hängst du dann dauernd bei ihm auf dem Flugplatz herum?«, mault Max.

»Weil wir in der *Pinte* unter Menschen sind. Da kann ich ihm Honig ums Maul schmieren, ohne Angst zu haben, dass er zudringlich wird.«

»Warum musst du ihm überhaupt Honig ums Maul schmieren? Du zahlst doch für die Fracht.«

Susanne hat keine Lust, auf Max' ewige Nörgelei einzugehen und zuckt die Schultern. Die Wahrheit ist, dass sie sich in der mit schönen Wandgemälden verzierten Vereinskneipe wohlfühlt. Auch in den Flugzeugsitzen des *Himmelsstürmers* oder auf der Außenterrasse mit Blick auf die Startbahn kann sie das Leben genießen. Die Flieger sind fröhlicher als Max, der immer was zu meckern hat. Ohne ihn fühlt sie sich frei, deshalb geht sie ihm aus dem Weg.

»Scheiße«, sagt Max und zündet sich einen Joint an.

»Wie oft habe ich dir schon gesagt, dass du hier nicht rauchen sollst, du Idiot!«, brüllt Susanne.

Scheiße, denkt Max, langsam übertreibt sie wirklich. Anfangs war die Vorsicht ja ganz gut, weil man nicht wusste, wie die Nachbarn sich verhielten. Würden sie aus Neugier zur Gärtnerei kommen oder um ein paar Kräuter zu kaufen? In den ersten zwei Wochen waren ein paar Schaulustige vorbeigekommen, seitdem nicht mehr. Bis auf Chris.

Obwohl seit vier Wochen alles glattläuft, ist Max sauer. Weil er sich nicht mit Susanne zeigen darf, damit der Pilot nicht dahinterkommt, dass seine Flamme vergeben ist. Weil Max offiziell nur der Hilfsgärtner ist, wühlt er im Boden herum, sobald der schwachsinnige Pilot hier herumscharwenzelt. Was dauernd vorkommt. Inzwischen holt er die Kisten mit den Kräutern eigenhändig ab.

»Mach die Tüte aus und komm endlich aus dem Bett«, ruft Susanne aus dem Bad. »Ich bin bei Christoph und seiner Oma zum Mittagessen eingeladen.«

Max kann es nicht mehr hören – er springt auf, streift die Klamotten von gestern über und steckt den Autoschlüssel ein. Wütend schmeißt er die Tür hinter sich zu. Von dieser Tussi muss er sich gar nichts sagen lassen. Immerhin war die ganze Sache seine Idee gewesen.

Es ist ja nur ein ganz schwacher Hauch, redet die Oma sich ein. Vermutlich täuscht sie sich. Ja, sicher täuscht sie sich. Die junge Frau ist von morgens bis abends von Kräutern umgeben, die alle ein ausgeprägtes Aroma haben. Deshalb werden sie ja von den besten Restaurants in Berlin gekauft. Die Kräuter sind so wichtig, dass die Köche ihre Kisten höchstpersönlich am Flughafen in Empfang nehmen, hat Chris ihr erzählt. Aus Hamburg gibt es jetzt auch schon Interesse, vielleicht fliegt er demnächst auch dort noch hin. Es kann nicht schaden, wenn er neben ihren Backwaren und den Kurierflügen für die ortsansässige Industrie noch weitere Kunden gewinnt. Und Biokräuter scheinen sich zu lohnen. Die junge Frau zahlt einen ordentlichen Preis.

»Und was genau ist das Besondere an den Brötchen?«, fragt Susanne gerade.

Bei dieser Antwort gerät Chris immer etwas ins Schwimmen, deshalb schiebt Oma die Gedanken an den schwachen Marihuana-Geruch beiseite und übernimmt das Gespräch.

»Es sind Spezialitäten, viele davon auch für Allergiker geeignet. Ich mache glutenfreies Brot aus Yamswurzelmehl, aus Tapiokamehl, aber auch Weizen- und Maisbrötchen mit südamerikanischen Getreide- und Hirsesorten wie Amarant und Quinoa gemischt. Die Zutaten bekomme ich vier Mal im Jahr aus meinem Waisenhaus in Ecuador.«

»Und das lohnt sich?«, fragt die junge Frau.

Die Oma verkneift sich ein Lächeln. Als Geschäftsfrau interessiert sich Susanne natürlich für den finanziellen Aspekt.

»Es gibt zwar inzwischen ein recht ordentliches Angebot an Lebensmitteln für Allergiker oder Zöliakiepatienten, aber oft schmecken die Alternativen nicht, weil die Rohstoffe minderwertig sind und das Wissen um die richtige Verarbeitung fehlt. In Südamerika ist dieses Wissen vorhanden, weil immer schon mit diesen Zutaten gebacken wurde.«

»Die Brötchen liefern Sie an Restaurants, richtig?«, fragt Susanne.

»Ich liefere sowohl fertige Backwaren als auch Mehl und Backmischungen an Restaurants und Spezialitätenbäckereien. Zusätzlich zu dem Ladengeschäft hier in Meschede reicht der Ertrag aus, damit Chris und ich davon leben und die Ausbildung der Kinder aus dem Waisenhaus unterstützen können.«

»Respekt«, lobt Susanne.

Chris grinst selig, die Oma lächelt. Eine nette Frau, die Gärtnerin. Aber wegen des Geruchs würde sie weiter wachsam sein müssen. Eine Frau, die Drogen nimmt, ist nichts für ihren Enkel.

»Kommst du mich abholen?«, fragt Max ins Telefon.

Susannes Blut kocht, ihr Blick ist eng, ihr Herzschlag rast, über den Blutdruck denkt sie lieber gar nicht nach.

»Halt vor allen Dingen die Klappe, bis ich da bin«, zischt sie in ihr Handy und beendet das Gespräch.

Auf der Treppe vor dem Polizeirevier wartet Max.

»Bist du vollkommen bescheuert?«, brüllt Susanne, sobald er neben ihr sitzt und sie wieder auf der Straße sind. Am frühen Sonntagabend ist im beschaulichen Sauerland nicht viel los, außer ihnen ist kein Auto unterwegs.

»Schrei mich nicht so an«, brummt Max. »Es war ein dummer Zufall.«

Ein Wildunfall mit einem Holzlaster, die Straße noch gesperrt und Max, der in seinem Marihuananebel mit Vollgas in die Absperrung rauscht. So viel hat sie inzwischen kapiert.

»Welche Adresse hast du angegeben?«, fragt Susanne.

»Die aus Berlin, die noch im Personalausweis steht.«

»Von der Gärtnerei hast du nichts …«

»Hältst du mich für doof?«, fragt Max wütend.

Susanne beißt die Zähne zusammen, während Max den Kopf an das Fenster lehnt und einschläft.

»Na los, sonst ist das gute Wetter vorbei und du willst doch etwas sehen von oben«, drängelt Chris.

Auf dem Weg nach Berlin will er mit Susanne eine Runde über ihre neue Heimat drehen. Die junge Frau sperrt die drei Schlösser der Gewächshaustür ab und steckt den Schlüssel ein. Dass die Scheiben mit einer Alarmanlage versehen sind, sieht man von außen nicht. Die weiße Farbe hält neugierige Blicke fern und seit sie Max mitsamt seinem frisch reparierten Auto im Hennesee entsorgt hat, ist sie deutlich ruhiger geworden. Nur das Abschließen zelebriert sie weiterhin mit Sorgfalt. Es wäre wirklich zu blöd, wenn jetzt noch etwas dazwischenkäme, wo sie nicht einmal mehr teilen muss.

»Wow, was für ein heißes Geschoss«, staunt Susanne eine halbe Stunde später auf dem Flugplatz. Eine zweimotorige Conquest steht schimmernd zwischen den kleinen Propellermaschinen und Segelfliegern der örtlichen Vereine.

»Ach, da ist Rico ja schon.«

»Rico?«, fragt Susanne irritiert.

»Aus dem Waisenhaus. Omas erstes Patenkind. Er fliegt inzwischen für einen reichen Rancher und alle drei Monate liefert er uns die Backzutaten.«

Susanne beobachtet den athletischen schwarzhaarigen Mann mit Fliegerbrille, der große Säcke voller Mehl in den Lieferwagen der Bäckerei lädt.

»Er landet hier aus Südamerika und muss nicht durch den Zoll?«, fragt Susanne.

»Die Zolldienststelle in Anröchte wird vorher über die Landung informiert, aber meistens kommen sie nicht raus. Sie kennen Rico und sie kennen Oma, es ist ja immer dasselbe.«

Susanne beobachtet, wie Chris und Rico sich begrüßen, dann holt Chris seine Maschine aus der Rundhalle und lädt neben ihren Kräutern und den Kisten mit den duftenden Broten auch zwei Säcke von Ricos Mehl ein. Dann heben sie endlich ab.

Endlich sind sie in der Luft, denkt die Oma. »Rico, wir müssen auf dem Weg zur Bäckerei noch einen kleinen Umweg machen.«

Rico nickt. Er stellt ihre Entscheidungen nicht infrage. Auch nicht, als er kurz darauf vor weiß gestrichenen Gewächshäusern steht, deren Türen mit Alarmanlagen und drei Schlössern gesichert sind. Er grinst lässig. Kinderkram.

»Marihuana«, zischt die Oma wenige Minuten später. »Habe ich es mir doch gedacht.«

Chris lässt den Kopf hängen. Seine Traurigkeit betrübt die Oma. Susanne war clever gewesen – aber Gras? Also bitte! Die jungen Frauen von heute haben einfach kein Format. Pech für Susanne, dass es nur einen Frachtflieger in Meschede gab. Das Risiko, dass das Marihuana in den Kräuterbündeln entdeckt und dann auch der Rest der Lieferung untersucht würde, war einfach zu groß gewesen. Die Oma konnte ihr jahrzehntelang etabliertes Geschäft mit reinstem, südamerikanischem Koks nicht von einem Hippiemädchen aufs Spiel setzen lassen. Deshalb hatte Rico Susanne noch am selben Abend beseitigt, an dem sie die Gewächshäuser überprüft hatten.

Wie gut, dass Rico keine Fragen stellt.

Nur Chris fragt jeden Tag, wenn er nach Hause kommt: »Hat jemand für mich angerufen?«

»Nein, mein Herzblatt«, sagt die Oma dann und streicht ihm zärtlich über den Kopf. »Niemand.«

Über dem Atlantik checkt Rico Windrichtung, Windgeschwindigkeit und Wettervorhersage. Keine Probleme zu erwarten. Auch die Sorgen, die er auf dem Hinflug noch hatte, sind verschwunden.

Ewig wird die alte Frau in Meschede nicht leben, dann will Rico das Geschäft übernehmen. Für das drängendste Problem, nämlich eine Partnerin für das Deutschlandgeschäft, hat das Schicksal ihm endlich eine Lösung präsentiert. Die steckt gerade den Kopf ins Cockpit.

»Wann sind wir endlich da?«, fragt Susanne schlaftrunken.

»Bald, meine Schöne«, sagt Rico. »Bald sind wir am Ziel.«

Vergessen

Jürgen Reitemeier

GRAUSIGER LEICHENFUND AM ZIEGENKNOCHEN

Brilon (hsk) Bei Erschließungsarbeiten am Ziegenknochen wurde gestern eine schreckliche Entdeckung gemacht. Beschäftigte eines Tiefbauunternehmens fanden drei mumifizierte Leichen.
Wie die Männer berichteten, verschob der Fahrer eines Radladers am gestrigen Nachmittag Geröll, um eine Sprengung im dortigen Steinbruch vorzubereiten. Bei diesen Erdarbeiten wurde eine etwa fünf Meter tiefe Höhle freigelegt. Die von den Arbeitern sofort durchgeführte Inaugenscheinnahme des Stollens hatte eine furchtbare Entdeckung zur Folge. Im hinteren Teil des Ganges lagen drei Bündel, die sich bei genauerer Betrachtung als drei menschliche Körper entpuppten. Die Polizei wollte zum jetzigen Zeitpunkt aus Ermittlungsgründen noch keine näheren Angaben zu dem Leichenfund machen.

Die Türklingel schrillte. Franz Hillebrand quälte sich aus seinem Sessel hoch. Er hatte das Gefühl, dass jemand seinen Rücken mit einer glühenden Messerklinge malträtierte.

Alt werden ist ja ganz schön, aber alt sein ist eine Plage, dachte er, während er sich mit schmerzverzerrtem Gesicht zur Wohnungstür schleppte. Viel Besuch bekam der Alte nicht mehr. Doch heute war Freitag. Da kam regelmäßig sein Sohn Johannes, um ihm etwas Gesellschaft zu leisten.

Viele Jahre hatten Vater und Sohn sich nichts mehr zu sagen gehabt. Wenn sie miteinander redeten, stritten sie. Vor zehn Jahren war es dann zum endgültigen Bruch gekommen. Johannes war mit seiner Familie aus dem elterlichen Anwesen an der Schulstraße ausgezogen. In ein neues Haus am Kalvarienberg, das er mit hohen Krediten finanziert hatte.

Der Vater hatte ihn einen Großkotz genannt. Hatte geschworen, seinen Sohn mit keinem Pfennig zu unterstützen. Das Hillebrand'sche Anwesen bietet Platz für mindestens drei Familien, hatte der Alte gewettert. Und was tat Johannes? Anstatt sich mit dem zufriedenzugeben, was das Familienvermögen hergab, schmiss er den Banken das Geld in den Rachen.

Doch an ihrem Sterbebett hatte die Mutter den Sturköpfen das Versprechen abgerungen, ihren Streit beizulegen. Das da gegebene Ehrenwort der Männer hatte zunächst zu einer vorsichtigen Annäherung geführt. Später entschloss sich Johannes, seinen Vater regelmäßig zu besuchen.

Es gab zwei Termine in der Woche, auf die sich Hillebrand freute. Das war das sonntägliche Fußballspiel des *SV 20 Brilon* und auf diese eine Stunde mit seinem Sohn, in der er vorübergehend aus seiner Einsamkeit erlöst wurde. Vater und Sohn tranken dann eine Flasche Bier miteinander, der Alte erzählte Geschichten aus der guten alten Zeit und Johannes Anekdoten, die er als Polizist in Brilon erlebt hatte.

»Komm rein, Junge, und setz dich«, ächzte der Greis. Schweigend saßen sie erst einmal vor ihren Bierflaschen. Jedes Mal verlief das Treffen so.

Nach Minuten begann Hillebrand, wie er es immer in den letzten Jahren tat, zu lamentieren: »Es ist ja nichts mehr so wie früher. Ich bin alt. Die Knochen tun mir weh. Meine Freunde sind alle schon tot. Es wird Zeit, dass auch ich abtrete.«

Sein Sohn erhob sich, auch diese Geste war bereits ein Ritual. Er klopfte dem Alten aufmunternd auf die Schulter und entgegnete: »Komm Vater, du springst doch noch über Hecken. Du machst es noch ein paar Jahre, glaub mir. Unkraut vergeht nicht!«

Beide nahmen nach diesen aufmunternden Worten einen Schluck aus der Flasche. Hillebrand sah versonnen in eine imaginäre Ferne, verzog seinen Mund zu einem fast nicht erkennbaren Lächeln und seine Augen begannen zu leuchten.

»Hart wie Kruppstahl, zäh wie Leder und flink wie ein Wiesel, so war ich früher«, brach Hillebrand das Schweigen. »Ich war der beste Fußballer Brilons. Sogar Schalke hat mal bei mir angeklopft. Aber ich bin natürlich bei den *Schwatten* vom *SV 20* geblieben. Zu einem anderen Verein gehen, das wäre damals undenkbar gewesen. Mein Vater hätte mich totgeschlagen! Schließlich war er 1920 Gründungsmitglied des Sportvereins. Was für Schalke die Glückauf-Kampfbahn war, war für unsereinen die Lehmkuhle an der Jakobuslinde. Ja, das war damals und jetzt kann ich kaum noch laufen.«

Die Stimme des Alten wurde brüchig. Seit einiger Zeit erlaubte sich der Greis mehr Sentimentalität vor seinem Sohn.

Noch vor einigen Jahren hätte sein Vater gefühlsbetontes Verhalten als weibisch geächtet und es sich selbst niemals erlaubt, dachte Johannes. Doch er war seit dem Tod der Mutter weicher geworden.

Hillebrand wischte sich mit dem Handrücken über die wässerigen Augen und wechselte das Thema. »Was gibt es Neues bei der Polizei, Junge?«

»Du hast es sicher in der Zeitung gelesen. Am Ziegenknochen sind drei Leichen gefunden worden. Ich bearbeite den Fall. Es gibt aber noch keine zieldienlichen Hinweise.«

Der Alte schwieg.

Johannes wunderte sich über diese Reaktion des Vaters. Sonst war der Alte bestens über das, was in Brilon geschah, informiert, hatte sich längst eine Meinung gebildet. Oft versuchte er sogar, seinem Sohn zu erklären, was er, der Polizist, als Erstes zu tun habe. Warum nicht auch heute?

Um seine Unsicherheit zu kaschieren, redete der Polizist einfach weiter: »Wir gehen zum jetzigen Zeitpunkt davon aus, dass es sich bei den Toten um drei vermisste Jugendliche aus dem Jahre 1972 handelt. Von denen gibt es bis heute keine Spur. Wahrscheinlich muss der Fall noch einmal neu aufgerollt werden.«

Der Greis schwieg weiterhin und starrte mit leerem Blick ins Zimmer.

»Vater, was ist los mit dir?« Johannes fühlte sich unwohl. Denn jetzt sah er den Grund für das Schweigen seines Vaters: Er weinte und sein Gesicht hatte einen gequälten Ausdruck angenommen.

Der Alte vermittelte auf einmal den Eindruck, in einer anderen Welt zu sein. Er stierte in den Raum, als hätte er eine Erscheinung oder eine Halluzination.

Doch dann begann er zu sprechen, leise und bedächtig. »Es war schrecklich. Die amerikanischen Flugzeuge hatten Brilon in Richtung Edersee überflogen. Aber wie aus dem Nichts waren sie plötzlich wieder da und ließen einen Bombenhagel auf die Stadt niederprasseln. Ich war damals bei der Hitlerjugend. Einer der Führer, der Name fällt mir nicht mehr ein, war ein ganz fanatischer Kerl. Der ließ uns trotz des Fliegeralarms auf dem Schulhof der Engelbertschule exerzieren und faselte noch was von Endsieg, als die Amis uns schon angriffen. Die Bomberpiloten müssen uns gesehen haben. Vielleicht dachten sie, wir seien Soldaten. Warum sonst hätten die ihre Bomben ausgerechnet über der Schulstraße abwerfen sollen?«

Johannes konnte es nicht begreifen. Wieso redete sein Vater jetzt vom Krieg?

Hillebrand wurde von einem Weinkrampf geschüttelt. Sein Sohn stand auf und schlang seine Arme tröstend um den Vater. Johannes hatte selbst niemals zuvor so viel Schmerz, Leid und auch Wut gefühlt, wie sein Vater jetzt zum Ausdruck brachte. Er wollte den alten Mann beruhigen und wiegte ihn wie ein kleines Kind. Doch der schien ihn gar nicht wahrzunehmen. Wie von einem inneren Zwang geleitet, erzählte er weiter.

»Obwohl dieser Verrückte uns zwingen wollte, das Exerzieren fortzusetzen, haben mein Freund Martin und ich unsere Beine in die Hand genommen und sind abgehauen. Um uns herum fielen Bomben. Dachstühle stürzten ein, Häuser brannten und Menschen schrien. Nach einer halben Stunde war der Angriff vorbei. Ich hatte Martin verloren. Die Derkere Straße lag in Trümmern. Sirenen heulten, die Feuerwehr rückte an. Es war ein wildes Durcheinander. Martin blieb verschwunden. Ich suchte ihn verzweifelt in den Ruinen der zerstörten Häuser. Dann plötzlich hörte ich ein leises Wimmern, ein Weinen. Ich dachte sofort an Martin! Wie ein Besessener begann ich Steine und Schutt wegzuräumen. Nach einer gefühlten Ewigkeit hatte ich es geschafft und einen Zugang zu einem Kellerraum freigelegt. Das Loch war noch nicht groß, aber jemand streckte mir seine Hand entgegen. Ich grub weiter und weiter. Nach wenigen Minuten war der Durchschlupf so groß, dass der Eingeschlossene hinauskriechen konnte. Aber es war nicht Martin, der da vor mir stand! Es war ein Mädchen in meinem Alter. Das Gesicht dreckverschmiert, es trug Männerkleider und der Kopf war kahlgeschoren. Es sagte etwas. Ich verstand es nicht. Was sollte ich tun? Ich vermisste meinen besten Freund Martin. Wahrscheinlich lag er irgendwo unter den Trümmern und ich hatte eine junge Polin gerettet. Wieder sagte sie etwas. Ich bedeutete ihr, mir zu folgen. Da mir nichts Besseres einfiel, brachte ich sie in unseren Holzschuppen. Dann lief ich zurück in die Schulstraße. Aus dem Durcheinander waren chaotische Zustände geworden. Tote wurden aus den Trümmern gezogen, Häuser brannten, Menschen schrien und Kinder weinten. Es war schrecklich. Ich wollte mir die Ohren zuhalten, doch dann hörte ich jemanden rufen.«

Hillebrands Körper verkrampfte sich, als müsste er höllische Schmerzen ertragen. Er hatte aufgehört zu weinen. Nach einem tiefen Seufzer fuhr er fort.

»Jemand rief meinen Namen. Es war Martin. Er lebte!«

Der alte Mann fing wie befreit an zu lachen. Dann liefen ihm wieder Tränen über die Wangen, diesmal vor Freude.

»Martin lebte! Dieser Sauhund! Er grinste mich an, und zeigte mir hinter einer Hausecke eine Pistole, eine *Luger 08*.«

Dann wurde Hillebrand wieder schweigsam. Sein Gesichtsausdruck war konzentriert. Es sah so aus, als versuche er sich an etwas zu erinnern. Nach geraumer Zeit entspannten sich seine Züge etwas und er erzählte weiter.

»Wir sind dann wieder zu unserem Schuppen gegangen. Auf dem Weg dorthin erzählte ich Martin von der jungen Frau, die ich gefunden hatte. Wir überlegten hin und her, was wir mit ihr machen sollten. Offenbar war sie Fremdarbeiterin und geflüchtet. Uns war bewusst, dass man sie erschießen würde, wenn wir sie verrieten.«

Der Greis stierte wieder in eine imaginäre Ferne. Sein Sohn sah ihm an, dass er versuchte, sich an damals zu erinnern.

»Uns erschien dieser verdammte Krieg nun völlig unsinnig. Bei dem Bombenangriff an diesem Januartag waren viele Menschen umgekommen. Und das vielleicht nur, weil ein größenwahnsinniger Nazi den Amerikanern zeigen wollte, dass eine Gruppe der Hitlerjugend sich nichts aus deren Bombenangriffen machte. Wegen dieser verrückten Aktion auf dem Schulhof der Engelbertschule mussten achtunddreißig Personen sterben, dreizehn Kinder waren darunter. Für Martin und mich war plötzlich ganz klar: Wir mussten das Mädchen verstecken, selbst wenn wir Gefahr liefen, dafür an die Wand gestellt zu werden. Die Nazis sollten sie nicht bekommen.«

Hillebrand wirkte jetzt selbstbewusst, geradezu kämpferisch. »Ich weiß heute nicht mehr, wie wir es angestellt haben, Kinga, so hieß die junge polnische Frau, über Monate an den verschiedensten Orten zu verbergen. In Schuppen und Scheunen, auf Dachböden und in Erdhöhlen. An manchen Tagen war es so kalt, dass ihr Trinkwasser in der Flasche gefroren war, bevor sie sie leer getrunken hatte. Glücklicherweise schöpfte niemand Verdacht. Dennoch: Kinga irgendwo zu verbergen, wurde von Tag zu Tag schwieriger. Schließlich mussten wir sie auch mit Lebensmitteln versorgen, und die wurden selbst bei uns in Brilon immer knapper. Die meisten Briloner gingen längst davon aus, dass der Krieg verloren war. Das führte dazu, dass die Nazis in unserer Stadt mit jeder Hiobsbotschaft nervöser und aggressiver wurden.

Kurz vor Ostern hatte ein SS-Mann Kinga beinahe entdeckt. Wir mussten schnellstens einen neuen Unterschlupf finden. Da fiel Martin ein, dass wir als Kinder am Ziegenknochen, in einem dichten Wäldchen eine Felshöhle zu einer Art Bunker ausgebaut hatten. Wir inspizierten unseren alten Unterschlupf und nach kleinen Ausbesserungen war daraus ein genialer Zufluchtsort geworden.«

Johannes konnte es nicht fassen. Sein Vater hatte ihm jahrelang spannende Kriegserlebnisse erzählt, in denen die deutschen Soldaten immer die Guten waren. Nazis kamen in seinen Erzählungen fast nicht vor – und jetzt dieser Sinneswandel.

»Am Gründonnerstag war es so weit«, fuhr der Alte fort und unterbrach so die Gedanken seines Sohnes. »Martin und ich kamen gerade vom Ziegenknochen, wo wir Kinga versteckt hatten. Wir waren kaum in der Stadt, da hörten wir es. Die Amerikaner hatten Brilon kampflos und ohne einen Schuss einnehmen können, nachdem der Martini und der Hoffmann, zwei Männer der Stadtverwaltung, den Verzicht auf Widerstand verkündet hatten. Martin und ich freuten uns wie zwei kleine Jungs. Der Krieg war vorbei. Kinga musste sich nicht mehr länger verstecken. Endlich! Wir schlenderten durch die Bahnhofstraße und malten uns die Zukunft in den buntesten Farben aus, als einige amerikanische Soldaten aus der *Sektkellerei Lohmann* auf die Straße stürzten. Jeder von ihnen hatte mehrere Flaschen Wein und Sekt im Arm. Sie riefen ihre Kameraden zusammen und machten sie auf ihre Entdeckung aufmerksam, indem sie mit den Flaschen schwenkten. Innerhalb weniger Minuten war der Teufel los. Scharenweise stürmten die Amis den Weinladen. Die Soldaten soffen, als wäre es das letzte Mal, dass sie etwas zu trinken bekämen. Ungeöffnete Flaschen rollten über die Straßen. Martin schnappte sich zwei davon und war im nächsten Moment hinter einer Hausecke verschwunden. Der Wahnsinnige! Er meinte, wir müssten feiern und schlug vor, dass wir zurück zum Ziegenknochen gehen sollten, um Kinga die frohe Botschaft mitzuteilen und um die Sektflaschen zu köpfen.«

»Dann ist ja doch noch alles gut ausgegangen, Vater!«, meinte Johannes aufmunternd. Doch der alte Mann begann wieder zu weinen, herzzerreißender als vorher.

»Ich hatte das alles vergessen, Junge! Einfach vergessen. Kannst du dir das vorstellen?« Mit brüchiger Stimme erzählte er weiter. »Du kannst dir nicht vorstellen, wie sich Kinga freute, als wir ihr erzählten, dass die Amerikaner Brilon eingenommen hatten. Wir umarmten uns und öffneten die erste Flasche Sekt. Wir lachten, tranken und träumten von der Zeit nach dem Krieg. Plötzlich stand ein SS-Offizier mit vorgehaltener Pistole im Eingang der Höhle. Wir waren zu unvorsichtig gewesen, zu laut und zu voreilig in unserer Freude. Er hatte uns feiern gehört und unser Versteck gefunden. Wir hatten nicht gewusst, dass in Altenbüren einige deutsche Offiziere das Kommando an sich gerissen hatten. Sie holten alle Soldaten von den Wehrmachtswagen, die auf der B 7 fuhren, herunter und befahlen ihnen, Stellungen zu errichten und das Dorf zu verteidigen. Besonders ein Offizier, er war der Abgesandte des Gauleiters, gebärdete sich wie toll, er schlug und trat gegen die Haustüren. Er soll immerzu geschrien haben: ›Bauern heraus, Axt und Säge mitbringen zum Panzersperren bauen! Wer nicht kommt, wird erschossen!‹ Er ließ die Sirene aufheulen und schickte den Ortsdiener mit der Dorfschelle durch Altenbüren, der musste die Befehle und Drohungen des Bonzen ausrufen.« Hillebrand konnte nicht mehr weitersprechen.

Sein Sohn versuchte ihn zu trösten. »Ist schon gut, Vater, du musst nicht weitererzählen, wenn es dich zu sehr anstrengt.«

Da spannte sich der Körper des Alten. Energisch wischte er sich den Rotz mit seinem Hemdsärmel ab. »Doch, ich muss!«, sagte er mit fester Stimme. »Ich muss es endlich erzählen!«

Nochmals wischte er sich mit dem Ärmel über die Augen.

»Der SS-Offizier, der uns entdeckt hatte, war wohl auf der Suche nach geflüchteten Altenbürenern gewesen, als er uns hörte. Er befahl uns herauszukommen. Zuerst ging Kinga. Sie schien am gefasstesten. Der Mann griff ihr in die wieder nachgewachsenen Haare und zog sie nach draußen. Ich nutzte diesen Moment aus, um die Luger, die unter einer Decke auf dem Boden lag, in meine Tasche zu stecken. Martin ging als Zweiter. Der SS-Mann trat nach ihm und brüllte ihn an. Er solle sich schämen, sich mit dieser polnischen Hure einzulassen. Das würde er noch bereuen. Martin wurde mit einem weiteren Tritt ins Freie befördert. Als ich ihm folgen wollte, schlug mir der Mann seine Pistole mit voller Kraft ins Gesicht. Ich ging sofort zu Boden. Der Nazi griff meinen Mantelkragen und zerrte mich nach draußen. Ich versuchte mich aufzuraffen, da feuerte er schon einen Schuss ab. Kinga wurde nach hinten geschleudert. Sie lag am Boden. In der Mitte ihrer Stirn sah ich einen schrecklichen roten

Punkt. Sie starrte mich mit leeren Augen an. Ich war für einen Moment stocksteif vor Angst. Dann überfiel mich eine unbändige Wut. Vorsichtig griff ich in meine Manteltasche. Martin begann zu rennen. Der SS-Mann feuerte hinter ihm her. Martin brach getroffen zusammen. Jetzt drehte sich der Kerl zu mir um. Doch ich hatte die Luger bereits in der Hand und schoss. Der Offizier stürzte zu Boden. Ich schoss wieder und wieder, bis das Magazin leer war, acht Mal. Erst nach endlosen Minuten setzte mein Denkapparat wieder ein. Wenn der tote SS-Offizier entdeckt würde, wäre der Teufel los. Wie von Sinnen zerrte ich die Leichen in den Stollen hinein und zog dem Toten seine Uniform aus, um sie verschwinden zu lassen. Dann verbarrikadierte ich den Eingang mit Steinen.«

Johannes war leichenblass geworden. Das, was sein Vater erzählte, konnte nicht wahr sein. Zu dem unendlichen Mitleid mit seinem Vater über das, was er hatte durchleben müssen und das er nur durch Vergessen hatten ertragen können, gesellte sich bei Johannes ein starkes Gefühl der Angst und der Verzweiflung hinzu.

Angst vor der Wahrheit, Angst vor seiner Verantwortung, wie er als Polizist mit Wahrheiten dieser Art umzugehen hatte. Verzweiflung aus dem Gefühl großer Ohnmacht heraus.

Der alte Hillebrand brach nun gänzlich zusammen. Jetzt wimmerte er wie ein Kind: »Ich hatte es vergessen, Johannes, einfach alles verdrängt.« Der Alte suchte nach den richtigen Worten. »Bis heute wusste ich nicht mehr, dass ich einen Menschen umgebracht hatte. Erst als du von dem Leichenfund erzählt hast, war alles schlagartig wieder da. Dieser verdammte Krieg! Ich habe einen Menschen umgebracht, Junge. Ich habe auf den Kerl geschossen und geschossen. Ich wollte ihn töten. Ich wollte Rache! Rache für meine Freunde.«

Im Zimmer saßen zwei zutiefst verzweifelte Männer und waren sich so nah, wie noch nie zuvor in ihrem gemeinsamen Leben. Und diese Nähe gab ihnen das Gefühl, jedes Problem lösen zu können. Gemeinsam.

(Quellen: Bericht zum Gedenktag am Ostermontag zum Beschuss von Altenbüren 2005, Willi Mester.
Jungens, der Krieg ist vorbei, Nationalsozialismus und Weltkrieg in Brilon, Siegrid Blömeke, Hans-Günther Bracht, Barbara Günster, Rolf Günster.
Bomben fielen vor 65 Jahren, Sauerlandkurier 13.01.2010)

Jupp ante portas

Peter Godazgar

Sie drückte die rote Taste des Telefons und stellte es mit leicht zitternder Hand auf die Basisstation. Eine kurze, schnelle Tonfolge erklang, als die Kontakte der Gerätschaften zueinanderfanden.

Änne atmete einmal tief ein und wieder aus, dann ließ sie sich matt auf den Stuhl neben dem Telefontischchen fallen. Mit einem Anruf ihres Bruders – ihres verlorenen Bruders, um genau zu sein – hatte sie am allerwenigsten gerechnet an diesem sonnigen Aprilmorgen. Und mit der Botschaft, die er ihr überbracht hatte, erst recht nicht.

Jupp wollte sie – besuchen! Nach … nach wie vielen Jahren eigentlich? Änne begann zu rechnen. Wann hatte Jupp Sundern verlassen? Irgendwann Anfang der Sechzigerjahre, wenn sie sich richtig erinnerte. Er hatte es offenbar kaum erwarten können. »Dieses Kaff macht mich fertig«, hatte er gebrüllt.

Zuerst war er nach Köln gezogen, wenig später nach München und dann nach Hamburg. Von dort erreichten Änne fortan ab und zu Karten, Geburtstagsglückwünsche oder Neujahrsgrüße, stets garniert mit den neuesten beruflichen Erfolgen. Und mit ein paar Gemeinheiten über die alte Heimat.

Gedankenverloren starrte Änne aus dem Fenster und auf den Turm der Johanneskirche. Dieser Anblick beruhigte sie für gewöhnlich. Heute verfehlte das Gotteshaus seine Wirkung.

Jupp, das alte Großmaul! So war er immer schon gewesen,

bereits als Kind. Änne war zwei Jahre älter als Jupp, aber schon als Sechsjähriger hatte ihr Bruder die Kommandos gegeben.

Und jetzt dieser Anruf.

»Ännchen! Schwesterherz!«, hatte er durch die Leitung gerufen.

Schwesterherz! Gerade so, als hätten sie sich vergangene Woche zum letzten Mal gesehen. Gerade so, als würden sie regelmäßig im *Venezia* in der Hauptstraße ein Eis löffeln!

»Wie läuft's denn so im kleinen Sundern?«

»Ähm ... gut.«

»Schön, schön, schön. Änne, ich habe eine Überraschung! Ich komme dich besuchen!«

»Aha.« Mehr war Änne nicht eingefallen, aber eine enthusiastischere Reaktion hatte Jupp wohl gar nicht erwartet.

Munter schwallte er drauflos. Er müsse mal raus aus Hamburg – er rollte das R, als sei er Hans Albers persönlich. Es war absolut lächerlich, wie er sich dialektal an seine Wahlheimat ranschmiss. Es klang einfach falsch, fand Änne.

»Besuchen?«, wiederholte sie. »Du hast mich seit fünfzig Jahren nicht mehr besucht.«

»Ist das so lange her?« Er lachte. »Mir kommt's vor, als hätten wir uns gestern das letzte Mal gesehen!«

Ännes Laune sank mit jeder Sekunde, die das Telefonat dauerte. Diese großkotzige Art, dieses Getue, dieser aufgesetzte Hamburger Dialekt!

»Ich komm am Frrrreidach an!«

»Am Freitag?« Die Nachfrage klang entsetzter, als Änne es beabsichtigt hatte. »Das ist ... übermorgen.«

»Genau!«, schrie Jupp. »Jetzt sag nicht, du hast schon was vor. Du hast doch nie was vor, du altes Mauerblümchen!«

Altes Mauerblümchen! Wumm! War Jupp eigentlich bewusst, wie beleidigend, wie verletzend er sein konnte? Machte er das absichtlich? Und, ja, sie hatte tatsächlich etwas vor: Am Freitag war das nächste Treffen der katholischen Frauengemeinschaft!

Sie saß mit hängenden Schultern auf dem Stuhl, starrte auf den Kirchturm und ärgerte sich. Warum hatte sie ihm nicht gesagt, er solle bleiben, wo der Pfeffer wächst? In den Gewürzspeichern des Hamburger Hafens gab es ja wohl genug! Dieser Schnösel, dieser Blödmann! Fünfzig Jahre hatte er kaum etwas von sich hören lassen, selbst zum Begräbnis der Mutter war er nicht erschienen, hatte nur eine Karte mit ein paar nichtssagenden Worten geschickt. Und sonst? Einmal im Jahr ein Telefonat, in dem er über seine alte Heimat lästerte, über Ännes Engagement bei der Caritas und bei Amnesty International und über ihre Mitgliedschaft im Frauenchor.

Was, zum Henker, wollte er bloß?

Ein Gedanke ließ Änne hochschrecken: Will er womöglich auch bei mir übernachten? In meiner Wohnung? Unmöglich, sie hatte keinen Platz. Allenfalls die Wohnzimmercouch könnte sie ihm anbieten. Aber vermutlich erwartete er, dass sie ihr Bett für ihn freiräumen und selbst auf der Couch oder seinetwegen auch in der Badewanne schlafen würde.

Aber nein, er würde gewiss in einem Hotel absteigen. Im feinsten Haus, das es gab. Schließlich hatte er es zu etwas gebracht in der großen Stadt. Zu was er es genau gebracht hatte, das wusste Änne nicht. Jupp hatte immer nur irgendwas von Import-Export gequasselt. Hamburg, Änne, das ist eine Metropole, eine Weltstadt, da liegt das Geld auf der Ssstrrraaaße, du musst es nur aufheben!

Wut stieg in ihr hoch. Wie oft hatte sie als Mädchen seine Sachen wegräumen müssen, weil ihre Mutter der Meinung war, das könne man von einem Jungen nicht erwarten? Änne wunderte sich selbst darüber, wie schnell all die alten Gefühle wieder da waren, all der Ärger über seine Marotten und die Extrawürste, die man ihm als Kind gebraten hatte. Über die Selbstverständlichkeit, mit der er das alles angenommen hatte. Und getoppt wurde alles von der Unverschämtheit, dass er sich offenbar zu keinem Wort des Dankes verpflichtet fühlte. Schon als Zwölfjähriger hatte er sich wie Lord Kacke aufgeführt. Ich, Josef, die Sonne!

Oh, ich könnte ihn umbringen!

Änne erschrak. Ihr war, als hätte sie diesen ungeheuerlichen Satz nicht nur gedacht, sondern laut ausgerufen. War es so?

Ächzend erhob sie sich und wankte zu der handbemalten Bauernkommode, die schon im Häuschen ihrer Großmutter in Stockum gestanden hatte – und ungeachtet der Tatsache, dass es noch nicht mal Mittag war, genehmigte sie sich einen Likör.

»Änne!« Er schrie es geradezu, als er sie an der Bushaltestelle ausmachte. Sie hatte kurz daran gedacht, ihn einfach nicht abzuholen, sollte er doch sehen, wie er zu ihrer Wohnung kam. Sie hatte sich ausgemalt, wie sie ihn erstaunt anblicken würde, wenn er irgendwann vor ihrer Tür gestanden hätte. Was? Heute schon? Ich dachte, du wolltest erst morgen, du liebe Zeit, mein Gedächtnis …

Nun ja, es war bei Gedankenspielen geblieben.

»Grüß dich, Jupp«, murmelte sie.

Er sah gut aus, zumindest auf den ersten Blick, das musste sie zugeben. Langer, eleganter Wollmantel, der ihr für die Temperaturen viel zu warm vorkam. Das verbliebene Haar hellgrau und raspelkurz. Er war alt geworden, keine Frage, aber er war in Würde gealtert.

Ob er das Gleiche auch von ihr dachte? Ich hätte mir etwas Schickeres anziehen sollen, überlegte sie.

»Komm her«, rief Jupp und presste sie an sich. Ein starker synthetischer Duft drang an Ännes Nase. Irritiert registrierte sie, dass seine Umarmung länger dauerte, als ihr lieb war. Sie hatte ihre Arme von seinem Rücken bereits wieder gelöst, doch er drückte sie noch ein paar Sekunden an sich, bevor er sie endlich freigab. Sie sah ihm in die Augen. Irgendwas war mit seinem Blick, fand sie. Sie wirkten unnatürlich glasig.

Plappernd spazierte er neben ihr her. Er zog einen kleinen Rollkoffer, dessen Räder übers Pflaster hoppelten. Als sie Ännes Auto erreicht und das Gepäck verstaut hatten, drehte er sich mit betonter Langsamkeit einmal um die eigene Achse. »Sundern«, sagte er dann. »Hier hat sich ja überhaupt nichts verändert!«

Das Einzige, was sich nicht verändert hat, ist deine Großkotzigkeit, dachte Änne.

»Ich hab ein paar Hotels rausgesucht. Du müsstest mir sagen, wo du hinwillst. Vielleicht ins *Sunderlandhotel*, das hat sogar vier Sterne und wäre …«

»Hotel?«, unterbrach er sie mit gespielter Empörung. »Ich übernachte selbstverständlich bei dir!«

»Heute will ich aber mal was sehen, Schwesterherz!«

Jupp saß am Frühstückstisch und nahm sich ein weiteres Brötchen aus dem Korb. Das dritte! Dann hielt er ihr wortlos die Kaffeetasse entgegen. Sein Blick hatte schon wieder diesen leicht glasigen Ausdruck.

Wie heißt das Zauberwort?, dachte sie – und goss ihm nach.

Ja, etwas unternehmen. Unbedingt. Bloß nicht weiter mit ihm hier rumhocken und seine Heldengeschichten anhören müssen. Sie hatte damit gerechnet, dass er sie in irgendein Restaurant führen würde, aber er hatte an beiden Abenden gemeint, er sei viel zu müde. Lieber würde er mit ihr einfach gemütlich im Wohnzimmer sitzen und über die alten Zeiten plaudern.

Aus der Plauderei war dann jedes Mal ein Monolog geworden, der vor allem ein Thema hatte: Jupps großartiges Leben in der Großstadt. Mit Erstaunen hatte Änne zur Kenntnis genommen, dass Jupp zwei Kinder hatte, zwei Söhne, der eine arbeitete als Chirurg an der Berliner Charité, der andere war nach New York gegangen und machte dort offenbar Millionen als Investmentbanker. Von seiner Ehefrau hatte sich Jupp vor etlichen Jahren getrennt. Derzeit lebe er mit einer sechsunddreißig Jahre jüngeren Frau zusammen, berichtete er, und seine Augen leuchteten, als er detailreich beschrieb, wie diese Beziehung auch ihn verjüngt habe. »Du findest das vielleicht unpassend, Änne, aber so ein junges Ding fordert einen natürlich ganz anders.« Er machte eine Kunstpause und platzte dann heraus: »Nicht nur intellektuell!« Er lachte los. »Änne!«, rief er dann. »Du wirst ja ganz rot!«

Im Laufe des Monologs wurde Änne immer deutlicher, dass sie kein Bedürfnis hatte, etwas über sich selbst zu erzählen. Was gab es auch zu berichten? Ihr Leben war ein langer, ruhiger Fluss gewesen. Dieter, ihr Mann, lag schon seit zehn Jahren auf dem Neuen Friedhof. Ihre einzige Tochter Susanne wohnte als alleinerziehende Mutter in Höxter, was zwar nur zwei Autostunden entfernt war, aber offenbar doch weit genug, um sich nur ein Mal im Vierteljahr sehen zu können.

Jupp rammte seine Zähne in die Brötchenhälfte und ließ sie zu zwei Dritteln in seinem Mund verschwinden. Er merkte offenbar nicht, wie ein kleiner Tropfen Erdbeermarmelade an seinem Mundwinkel hängenblieb.

Änne betrachtete den roten Fleck mit Abscheu. »Wir können ja ein bisschen rumfahren«, schlug sie vor.

»Jau!«, rief Jupp mampfend. »Zeig mir meine alte Heimat!« Das von Jupps Mundflora eingemaischte Backwerk wurde sichtbar.

Änne sah aus dem Fenster. Aber aus den Augenwinkeln nahm sie wahr, wie ihr Bruder sich schon wieder verstohlen eine Tablette zwischen die Zähne schob.

»Was schluckst du denn da immer für Pillen?«, fragte sie, ohne den Blick vom Kirchturm zu wenden.

»Ich?« Jupp lachte gekünstelt. »Bloß was gegen den hohen Blutdruck.«

Also fuhren sie ein bisschen durch die Gegend. Von einer Freundin, die in der Sunderaner Stadtverwaltung arbeitete, hatte Änne sich den Schlüssel für das Heinrich-Lübke-Haus besorgt, auch wenn sie bereits ahnte, welche Kommentare Jupp abgeben würde. Ihre Ahnungen wurden bestätigt.

»Lübke!«, plärrte Jupp, als Änne ihm die erste Zwischenetappe der kleinen Rundreise offenbart hatte. »Meine sehr geehrten Damen und Herren, liebe Neger!« Er lachte polternd los.

»Das hat Lübke nie gesagt«, sagte Änne leise.

Als sie die Tür aufgeschlossen hatte, fragte Jupp, was das denn für ein komisches Museum sei, für das man sich den Schlüssel holen müsse. In anderen Städten gebe es Öffnungszeiten für Museen. Erneut lachte er.

Jupp spazierte mit halb desinteressiertem, halb spöttischem Gesichtsausdruck durch die Räume, die einst eine Schule gewesen waren. Er packte eine Heinrich-Lübke-Biografie, die auf einem Schreibtisch lag, ließ die Seiten sinnlos durch seine langen Finger wischen und danach das Buch – mit der Rückseite nach oben! – wieder an seinen Platz fallen. Änne nahm den Band. Ganz schön schwer, dachte sie, als sie das Buch in der Hand hielt. Jupp spazierte bereits ein paar Treppenstufen hinauf in den letzten Raum, in dem unter anderem die Orden hingen, die Lübke während seiner Amtszeit als Bundespräsident auf Staatsbesuchen verliehen worden waren. Ich sollte ihm das Ding über seine dämliche Rübe ziehen, dachte sie. Dann legte sie die Biografie wieder an ihren Platz – mit der Titelseite nach oben.

Sie fand Jupp vor einer der Vitrinen.

»Kongo, Elfenbeinküste, Sudan, Togo, Senegal, Kamerun … Junge, Junge, der Typ hat sich ja tatsächlich nur bei den Kaffern rumgetrieben.«

»Ja«, sagte Änne. »Afrika lag ihm wirklich am Herzen. Er wollte …«

»Jetzt fällt's mir wieder ein«, unterbrach Jupp. »Equal goes it loose!« Er schrie den Satz regelrecht. »Das war doch so ein berühmter Lübke-Spruch! Equal goes it loose – gleich geht's los!« Wieder brach er in Gelächter aus.

»Auch das hat er nie gesagt«, meinte Änne.

»Hat er nicht?«

»Nein. Das war eine Erfindung von einem Journalisten.«

»Aha«, sagte Jupp, aber es schien ihn nicht im Geringsten zu interessieren. Er war schon wieder auf dem Weg zum Ausgang. Mit leicht wankendem Gang, wie Änne bemerkte. Hatte er getrunken?

Änne seufzte und folgte ihm.

Kurz darauf lenkte sie das Auto zum Sorpesee und parkte in der Nähe der Anlegestelle von Langscheid.

»Aaah«, rief Jupp und glotzte auf das Wasser.

Änne sah ihn von der Seite an: »Keine Erfindung von Journalisten ist übrigens Heinrich Lübkes Satz: ›Nach meiner Asienreise hat mich die frische, raue Luft des Sauerlands umgeschmissen.‹«

»Hmhm«, machte Jupp. »Fehlt nur noch eine Fontäne in der Mitte, dann könnte ich glatt meinen, ich stünde am Jungfernstieg.« Dann fragte er unvermittelt: »Wie läuft's denn so bei dir … also finanziell … ich meine, ähm … Kommst du hin?«

»Ich hab meine Rente«, sagte sie. »Nicht viel, aber es reicht. Warum fragst du?«

Er schüttelte den Kopf. »Nur so. Also ... wenn du mal was brauchst ... was bräuchtest ...« Er sprach nicht weiter.

Schweigend wanderten sie die Promenade entlang. Wieder verschwand eine Tablette in Jupps Mund.

Änne verspürte ein leichtes Hungergefühl. Lust auf einen Kaffee hatte sie auch. Sie hoffte, Jupp käme auf die Idee, sie in eines der angrenzenden Restaurants einzuladen. Man saß dort wunderbar, mit Blick auf den See.

Aber Jupp schwieg. Also übernahm Änne die Initiative. »Wollen wir nicht einen Kaffee trinken?«

»Kaffee«, echote Jupp blöd.

»Ja, und eine Kleinigkeit essen. Ein Stück Kuchen vielleicht. Könntest dein Schwesterherz ruhig mal einladen.«

»Och«, machte er. Im nächsten Moment hellte sich sein Blick auf. »Lass uns doch da hingehen. Das sieht gemütlich aus.« Jupp zeigte auf einen Kiosk. *Grillimbiss* stand dort mit weißer Schrift auf rotem Grund und *Pizzeria*.

Das ist nicht sein Ernst, dachte Änne.

»Was Deftiges, da hab ich Lust drauf«, rief Jupp und machte bereits Anstalten, die Straße zu überqueren.

Änne schlurfte frustriert hinterher.

»Einfach 'ne Portion Pommes«, rief er ihr zu. »Können wir uns teilen. Auf Pommes hab ich jetzt Lust. Und Kaffee gibt es auch.«

Schweigend sah sie ihm zu, wie er die frittierten Kartoffelstangen in sich hineinstopfte.

Später gingen sie über den Damm der Talsperre bis zum Überlaufkanal auf der anderen Seite. Es war ein imposanter Anblick, wenn das Wasser die Terrassen hinabrauschte, aber jetzt war das treppenförmige Bauwerk völlig trocken.

Jupp lugte neugierig über die Mauer. Wenn ich stark genug wäre, könnte ich ihn da hinunterwerfen, dachte Änne, und inzwischen war sie gar nicht mehr entsetzt über ihre immer stärker werdenden mordlüsternen Gedanken.

Jupp brach gerade wieder in ein halb gekünstelt, halb irre wirkendes Gelächter aus, aber Änne hatte den Witz, der dem vermutlich vorausgegangen war, nicht mitbekommen.

»So!«, sagte Jupp. »Was steht als Nächstes auf dem Programm?«

Änne nahm es mit Genugtuung zur Kenntnis, wie sehr Jupp schnaufte und schwitzte, als sie die Aussichtsplattform des Sendemastes oberhalb von Wildewiese erklommen. Endlich hielt das Großmaul mal die Klappe. Oben angekommen, genoss Änne die Ruhe und ließ ihren Blick schweifen. Der Wind pfiff ihr durch die Haare, versonnen betrachtete sie die hügelige Landschaft. Ihr Blick fiel auf den Ortsnamen *Faulebutter*, der – mit einem Pfeil, der die Lage zeigte – auf dem Geländer der Plattform verzeichnet war. Na, dazu würde Jupp doch bestimmt gleich ein toller Witz einfallen. Sie drehte sich um. Ihr Bruder stand am Geländer und betrachtete sie mit einem merkwürdigen Gesichtsausdruck.

»Änne …« Er sprach nicht weiter, wandte sich stattdessen ab.

»Was?«, fragte sie angriffslustig. »Ich weiß schon, in Hamburg sind die Berge natürlich viel größer. Und der Fernsehturm ist dort auch viel höher.«

Schweißperlen standen auf Jupps Stirn. Erneut setzte er an, zögerte, blickte sich um und meinte dann leise: »Schön hier.«

Ja, dachte sie. Genau. Wunderschön sogar. Das ist meine Heimat. Eigentlich ist es sogar deine Heimat, Jupp, JOSEF, du arrogantes Arschloch. Ich sollte dich hier runterwerfen. Dreißig Meter. Wusch und platsch! Ja, warum eigentlich nicht?, dachte sie. So, wie er gerade außer Atem ist, könnte er sich wahrscheinlich nicht mal wehren.

Sie erschrak, als sie seine Stimme hörte. »Änne. Es tut mir leid.«

Im nächsten Moment weiteten sich ihre Augen. Sie schrie.

Lange noch stand sie auf der Plattform. Sie hatte versucht, die hundertsiebenundsechzig Stufen hinabzusteigen, aber es ging nicht. Vor ihrem geistigen Auge spielte sich die immergleiche Szene ab: Jupp, wie er plötzlich über das Geländer kletterte und fiel.

Ännes Knie zitterten. Irgendwann sauste unter ihr ein Radler den Weg neben dem Turm vorbei und schoss hinab in Richtung Wildewiese.

Schließlich wagte sie den Abstieg. Jeder ihrer Schritte machte ein lautes Geräusch. Sie trat aus der Stahlgittertür und versuchte, Jupps Körper nicht anzusehen. Er lag neben dem Steintisch, der die Form eines Vogels hatte. Vor ein paar Minuten hatte sich Jupp noch lustig gemacht über den Tisch und über die danebenstehende Bank: »Sind das Wildschweine?«, hatte er gefragt. – »Pferde«, hatte Änne tonlos geantwortet. – »Sehen aber aus wie Wildschweine.«

Dann sah sie doch genauer hin. Ihre Wut war mit einem Mal wie weggeblasen.

Drei Tage später kramte ein freundlicher Mann einen Schlüsselbund aus einer der Taschen seines blauen Kittels und schloss die Wohnungstür auf.

Änne trat ein, die beiden Polizisten, die sie begleiteten, folgten ihr. Sie hatte das Gefühl, als laufe sie in Watte verpackt durch die Welt. Nun stand sie in einer schäbigen Einzimmerwohnung in einem hässlichen Viergeschosser in Hamburg-Billstedt, ganz im Osten der Hansestadt. In ihrem Kopf arbeitete es unentwegt, aber sie bekam keine Ordnung in das, was die Beamten ihr gesagt hatten. Per Haftbefehl gesucht? Steuerhinterziehung? Betrug? Erschleichen von Leistungen?

Ännes Fragen hatten die Polizisten nur mit Kopfschütteln beantwortet. Eine Ehefrau? Nein. Zwei Söhne? Auch davon war ihnen nichts bekannt.

Sie trat an eine Wand heran, an der viele gerahmte Bilder hingen. Alte Fotos. Postkarten mit Stadtansichten. Sie erkannte das Motiv sofort. Es war immer dasselbe. Auch der Turm der Johanneskirche war auf einigen Bildern zu sehen. Und sie erkannte sich selbst. Als Mädchen und als junge Frau. Die Fotos waren um ein kleines Hochzeitsporträt ihrer Eltern gruppiert.

Änne drehte sich um, als einer der Beamten hüstelte. Die beiden Männer standen verlegen da. »Tja«, sagte der eine schließlich. »Viel ist es nicht.«

»Nein«, sagte Änne.

Sie drehte sich wieder um und betrachtete die Fotos. Fragen schossen ihr durch den Kopf, viele Fragen, aber sie ahnte, dass sie nur noch auf die wenigsten eine Antwort erhalten würde. Ohne den Blick von den Bildern abzuwenden, fragte sie: »Kann ich die mitnehmen? Nach Hause?«

Der Tote von Lochtrop

Wilfried Eggers

Samstag, 18. Juni 2011, 21.35 Uhr
Ich sitze vor meinem Rechner im *Berghotel Habbel* in Cobbenrode und schreibe auf, was die Tatsachen verlangen. Ich glaube neuerdings an das Schicksal, das unsere Schritte lenkt. Ich kann mir die Geschehnisse sonst nicht erklären. Eigentlich führe ich ein kleines bürgerliches Leben, ich mähe Rasen und wasche ab. Mit Verbrechen habe ich nichts zu tun. Gut, ich bin Anwalt, aber kein Strafverteidiger. Vielleicht sollte ich keine Kriminalromane mehr schreiben, denn das ist der Grund, warum ich das alles erlebt habe.

Von vorn.

Zwanzig Autoren fahren ins Sauerland, jeder in einen ihm zugewiesenen Ort, um für eine Kriminalgeschichte zu recherchieren, die im folgenden Jahr in einer Anthologie pünktlich zur *Criminale* erscheinen soll. Einen Mord, ein schweres Verbrechen muss man sich *ausdenken*, das dort aufgeklärt wird. Künstliches Blut muss fließen. Meine Güte! Wozu Verbrechen fantasieren? Es gibt mehr als genug davon in der Realität. Ich sage nur: Libyen, Bagdad, Stade. Und jetzt auch noch das Sauerland. Die Welt ist ein Schlachthaus!

Gestern fuhr ich los, kam nachmittags bei meinem Quartier in Cobbenrode an. Das *Berghotel Habbel* thront burggleich am Berg, geringschätzig blickt es nieder auf das Dorf wie der Gutsbesitzer auf seine Tagelöhner. Hinter dem Tresen der Rezeption saß ein Mann, vermutlich der Chef persönlich, er fragte mich überfreundlich, ob ich eine gute Reise gehabt habe; wir unterhielten uns länger als notwendig. Er erklärte sich eingeweiht über den Zweck meiner Reise, und am Ende war es ganz natürlich, dass er mir den Ratschlag gab, meine Recherche auf dem Esloher Friedhof zu beginnen.

Die Idee war gut. Friedhöfe strahlen Ruhe und Jenseitigkeit aus, das brauche ich zum Schreiben. Man stimmt sich auf den unnatürlichen Tod ein, und außerdem lernt man die Namen der Einheimischen kennen. Also würde ich zum Friedhof fahren.

Ich stellte meine Tasche in meinem Zimmer ab. Nur ein Blick aus dem Fenster: Die Wolken wischten mit ihren Nebeltüchern die Berge ab. Ich machte mich gleich wieder auf den Weg. Als ich in mein Auto stieg, sah ich den Mann von der Rezeption zwischen den gläsernen Türen des Eingangs. Er winkte mir nach, während er in ein Handy sprach. Hatte ich ihn also offensichtlich von der Arbeit abgehalten. So ist das mit der Höflichkeit.

Im Nieselregen fuhr ich nach Cobbenrode hinunter und dann auf dem nassen Band der geschwungenen Straße nach Eslohe, vorbei an weiß getünchten Fachwerkhäusern, durch schmale Täler, alles blitzsauber und frisch gewaschen. Gepflegte Felder, die wie ein geometrisches Puzzle die Hügel des sauren Landes bedeckten. Viele Weihnachtsbäume als Dreijahresbart im Angesicht der Landschaft.

Ich parkte meinen Wagen am Straßenrand vor der Volksbank. Gegenüber sah ich das Schild, das zum Friedhof wies. Und den Mann.

Er stand an der Kreuzung und starrte zu mir herüber, als gelte sein Blick mir. Sein Äußeres war ungewöhnlich. Er war so mager wie ein Wiesel, solche Figuren sieht man nur noch auf historischen Fotos aus den Siebzigerjahren des letzten Jahrhunderts. Ich überquerte die Straße, während der Fremde mich ungeniert musterte. Nach zwanzig Metern verspürte ich den Drang, mich umzudrehen: Der Magere hatte sich abgewandt, ein Handy am Ohr.

Die eisernschwarze Pforte zum Gottesacker quietschte standesgemäß. Die Gräber lagen auf ansteigenden Terrassen, die eine Allee miteinander verband. Ich schritt langsam hügelan, etwas lockte mich ganz nach oben, vielleicht die einsame Frau, die dort vor einem Grab kniete, eine Hand aufgestützt, mit der andern Kraut zupfend und die Blumen ordnend. *Lars Korte, 21.10.1992–4.6.2010*, las ich auf dem Stein und blieb stehen. Die trauernde Frau wandte sich um.

»Entschuldigen Sie«, murmelte ich, und: »Herzliches Beileid.«

Die Frau erhob sich, Erde an den Händen. »Het Ey ne kannt?«, fragte sie. Sie mochte um die fünfzig Jahre alt sein, sie war klein und hatte grell geschminkte Lippen und einen tiefen Ausschnitt, was mir an diesem Ort unschicklich schien, aber nicht unschicklicher als mein eigenes Verhalten, mit dem ich mich in die Trauer eines fremden Menschen drängte.

Ich schüttelte den Kopf. Wie sollte ich hier, vierhundert Kilometer südlich meiner Heimat, jemanden kennen? Wie kam sie überhaupt darauf, und warum sprach sie Plattdeutsch mit mir? Ich wandte mich zum Gehen.

»Dat was meyn Süsterssuënn«, sagte sie.

Sie hielt mich fest mit diesen vier Worten, und ich sah ihr zu, wie sie sich schnaufend zu einem Wassereimer beugte und ihre Hände wusch.

»Goh sitten«, lud sie mich ein, mit der Andeutung eines Lächelns, auf die Bank am Wege hinter uns weisend.

Dann saßen wir, und sie erzählte mir die Geschichte ihres Schwestersohnes, langsam, damit ich folgen konnte, in Sauerländer Platt. Ein junger schöner Bursche sei er gewesen, erzählte die Frau, dieser Lars Korte, aber dass es so kommen würde …

»Enn Verkehrsmalöör?«, vermutete ich. Ich begriff ihr Platt, sie sollte auch meins begreifen.

»Nei, viëll schliëmmer, viëll eisker«, widersprach Lars Kortes Tante. Viel schlimmer, viel schrecklicher.

Vor ein paar Jahren seien ein paar Lochtroper Jungs auf die Idee gekommen, die *Highlandgames Lochtrop* ins Leben zu rufen, nach dem Vorbild der schottischen Meisterschaft skurriler Sportarten: Baumstammweitwurf, Tauziehen und so weiter. Die Spiele hätten eine ganz ordentliche Anziehungskraft auf den kleinen Ort entwickelt, letztes Jahr seien achtzehn Mannschaften aus der Umgebung am Start gewesen. Außer dem Schützenfest hätte man hier ja nichts.

»Un dann hiät'e do laggt.« Dann hatte er dort gelegen.

Die Wettkämpfe waren beendet gewesen, die Dorlarer mit ihrer Truppe namens *McSchweinebauch* Sieger, und weil Regen eingesetzt hatte, verlegte man die Feier in die Scheune des Bauern. Erst als der Bauer am nächsten Morgen seinen Trecker bestiegen hatte, um Silo zu holen, hatte er Lars gesehen: mit blutigem Kopf, das Gesicht in eine schlammige Pfütze gedrückt. Tot.

Schreckliche Geschichte. Die Polizei hatte ermittelt, dass der Junge von einem schweren Schlag ins Gesicht ohnmächtig geworden und dann in der Pfütze erstickt bzw. ertrunken war.

»Sworen Slag? Womit?«

»Met ennem van diän Pöhlen, dei se schmiëten het.«

Einer der Fichtenstämme hatte neben dem Toten gelegen, mit Haaren und anderem DNA-Material des Toten am stumpfen Ende. Auch von anderen Teilnehmern seien reichlich DNA- und Faserspuren am Holz gefunden worden, hatte es doch fast jeder in Händen gehabt.

»Ey het nau nit riutkriëgen, of se ne ümmebracht het odder of dat ne Unfall was.« Zumal der Junge stark betrunken gewesen war, 1,7 Promille, berichtete die Frau. Vielleicht sei er gestürzt, aber ihre Schwester, die Mutter des jungen Mannes, sei davon überzeugt, ihr Sohn sei ermordet worden.

Na, dachte ich, das ist ja ein Ding. Optimaler Einstieg in eine Krimigeschichte. Ich brauchte nur noch nach Lochtrop fahren, mich von der Örtlichkeit inspirieren lassen, und schon wäre meine Story fertig. Den Mörder würde ich erfinden. Der andern Elend sollte meine Freude sein. Die Toten helfen den Lebenden.

»Un muarn geiher't all wier loß.« Morgen, sagte die Frau, als hätte sie meine Gedanken gelesen, fänden die sechsten *Highlandgames Lochtrop* statt.

Es nieselte wieder.

Ob ich hinfahren wolle, fragte sie und sah mich erwartungsvoll an.

»Jo«, sagte ich. »Ick föhr hen.«

Ich verabschiedete mich und stieg die Terrassen hinab. Als ich einen Blick über die Schulter warf, saß die Frau immer noch auf der Bank. Sie telefonierte. Was haben die Leute heute mit ihren Handys?, dachte ich.

Das war gestern. Alles noch harmlose Spielerei.

Nach dem Frühstück fuhr ich erneut nach Eslohe, weil ich im dortigen Maschinen- und Heimatmuseum mit einem Herrn Vielhaber vom Kunstverein *ProForma* verabredet war, zwecks Sammlung weiterer Eindrücke für etwaige schriftstellerische Verwertung. Der Mann war ebenso lang wie witzig, er berichtete vom Kulturkampf um die Hellebrücke, vom Tannenbaumbaron und vom Herrn Eberhard König, dem Unternehmer, dessen lebensgroße Statue auf dem Museumsgelände stand. Ob man sich morgen, am Sonntag, zu einem Abschiedsfrühstück treffen könne, schlug er vor. Der Herr Scheuerlein vom Kulturbüro würde auch kommen, und natürlich Dr. Beckmann vom Mundartarchiv. Der habe einen kurzen Weg, er säße ohnehin in Cowwenroo.

»Cowwenroo?«

So hieße Cobbenrode auf Sauerländisch, klärte Vielhaber mich auf. Wahrscheinlich transkribiere der Beckmann gerade wieder eines seiner berühmten Mundart-Interviews für die nächste Veröffentlichung. Ich verstand. Das Kulturbüro hatte mir eine Auswahl der von Beckmann herausgegebenen Bücher geschickt, mitsamt einem Stapel touristischer Prospekte, damit ich mich einstimmen und zu Hause die Gemeinsamkeiten des Norddeutschen und des Sauerländer Platts studieren konnte. Das hatte mir das Gespräch mit der Dame auf dem Friedhof erleichtert. Wie eins zum andern passte!

»Der weiß alles«, rühmte Vielhaber den Sprachwissenschaftler. »Er sitzt jetzt wahrscheinlich im Stertschultenhof, unten an der Hauptstraße, kurz bevor Sie zum Hotel abbiegen. Wenn Sie eine Frage zur Mundart haben … er weiß die Antwort.«

Solche Leute, mit denen man sich über spannende Sprachen austauschen kann, trifft man in zehn Jahren höchstens ein Mal. Ich sagte zu. Am Sonntag um neun würden wir zusammen frühstücken.

Um fünfzehn Uhr kam ich in Lochtrop an, einem jener Orte mit kaum fünfzig Seelen in engen Häusern, die einander den Atem nehmen. Hier lebte man im Scheinwerferlicht nachbarlicher Neugier. Warum hatte man den Mord an dem armen Lars Korte nicht aufklären können? Warum hatte die Polizei die harte Schale des dörflichen Schweigekartells nicht knacken können? Oder war es kein Mord gewesen?

Ich folgte den Hinweisschildern auf schmalem Weg. Die Spiele fanden auf einer ansteigenden Wiese hinter einem Bauernhof statt. Dort sah ich die Parcours für die verschiedenen Disziplinen: Sackschlagen, *tug-o-war*, also Seilziehen, und, direkt vor mir, *tossing the caber*, das Baumstammwerfen. Ich sah eine Menge bärtiger Kerle im Schottenrock, darunter die Jeans oder nur die pelzigen Waden. Beim Baumstammweitwurf tat sich etwas. Der *caber* lag im Dreck und wurde von einem Schotten gehoben, der beim Bücken offenbarte, dass er nichts darunter trug. Als er mich sah, ließ er den Fichtenstamm los und kam o-beinig auf mich zu.

»Ich bin hier der Öffentlichkeitsbeauftragte«, stellte er sich vor. »McNaked mein Name. Mitmachen?«

Ich schüttelte den Kopf. »Ich will mir das nur mal ansehen.« Ich zeigte auf das Fellchen, das er vor seiner Männlichkeit über dem Rock trug. »Wozu denn das?«

»Hab mich heute nicht rasiert«, lachte er, griff sich einen der vollen Seidel von der Theke und prostete mir zu.

Das war mir zu viel der Heiterkeit. Ich drehte mich um und streckte den Zeigefinger. »Ist das da drüben der Platz, an dem Lars Korte letztes Jahr gestorben ist?«

»Tja«, grinste der Mann und nahm einen Schluck. »Das ist er wohl.«

»Tut Ihnen das nicht leid? Der Mann ist womöglich umgebracht worden!«

»Na ja«, sagte er. »Möglich ist das. Wahrscheinlich sogar. Die haben sich ja ziemlich gestritten.«

»Wer?!«

»Na, die Leute aus Eslohe, Lüdenscheid, und die aus Niedersfeld und Letmathe und Plettenberg. Über die richtige Aussprache des Platts, meine Güte.«

Er schüttelte missbilligend den Kopf. »Aus meiner Sicht ist das eher …«

»Und Lars Korte, was hat der getan?«

»Es war spät, die Leute, die noch da waren, hingen am Tresen und hatten ihr letztes oder vorletztes Bier in Arbeit, und da hat der Lars irgendwann gesagt: ›Wiëttet ey wat? Niu well iëck awwer endlick heime!‹ Aber das hätte er besser bleiben lassen. Hochdeutsch wäre wahrscheinlich gesünder gewesen. Ein Zweiter hat nämlich gesagt, der Lars solle mal ordentliches Sauerländer Platt reden, wenn er jetzt schon nach Hause wolle, dann heiße das ganz anders, nämlich so und so, aber damit war ein Dritter nicht zufrieden, der meinte, das müsse man noch wieder anders aussprechen, und schließlich brach ein Tumult aus, und der Lars ...«

»Ja, aber das ist doch ...«

»... lächerlich, meinen Sie? Oho! Da sind Sie aber falsch gewickelt! In Dialektfragen kann man sich hier ganz schön den Kopf einschlagen! Im wahrsten Sinn des Wortes.«

Dieser Mr. McNaked grinste schon wieder. Sein Mangel an Pietät ärgerte mich.

»Ja, aber genau das ist doch passiert, Mann!«, rief ich. »Sie kriegen das mit und sagen nichts! Wie können Sie ...«

»Ich hab sogar noch mehr mitgekriegt«, unterbrach mich Mr. McNaked mit schlecht unterdrücktem Stolz. »Zuletzt waren noch vier oder fünf da, außer dem Lars, die sich weiterzankten, sie warfen sich gegenseitig ihre sauerländischen Sätze an den Kopf, als wenn es Dreckbatzen wären. Jeder wollte recht behalten, bis einer den Lars angebrüllt hat, auf Hochdeutsch, wohl damit der merkt, dass es ernst ist: ›Ich erschlag dich, wenn du mir meine Sprache kaputtmachst!‹«

»Und dann?« Ich wagte nicht zu atmen vor Spannung.

»Der Lars war schon immer ein Sturkopf, der hat nur ganz langsam gesagt: ›Das ist mir scheiß-e-gal, das kannst du gerne mach-en, und außerdem heißt das: Wiëttet ey wat? Niu well iëck awwer endlick heime!‹ Aber dann bin ich auch weg, wissen Sie, es war spät, und das Bier und so ...«

»Und warum haben Sie das der Polizei nicht gesagt?!«

»Mich hat ja keiner gefragt, und außerdem – ich wollte mich da nicht einmischen, ich bin unparteiisch, und ...«

»Unparteiisch!«, rief ich empört. »Wenn einer einen gewaltsamen Tod stirbt, und man hat mit ihm die letzte Stunde verbracht, dann ...« Ich schnappte nach Luft und atmete tief durch. »Wiederholen Sie genau, wie die Sätze geklungen haben«, verlangte ich. »Wie hat der Mann das gesagt, mit dem der Lars sich zuletzt gestritten hat?«

Er wiederholte ihn, diesen offenbar tödlichen Spruch, in

allen Varianten. Ich verlangte genaue Artikulation. Ich sprach sie nach. So oft, bis ich glaubte, ich hätte sie im Ohr und auf der Zunge.

Und dann ließ ich mir den Klarnamen und die Adresse dieses McNaked geben. Zuletzt fragte ich ihn, ob er Lars Kortes Kontrahenten wiedererkennen würde.

»Nö, das nicht unbedingt, wissen Sie, das Bier trübt das Auge. Aber nicht das Ohr: Wie er es gesagt hat, das höre ich noch genau.«

Ich wollte zu meinem Wagen zurück. Ich musste zur Polizei. Aber hier auf dem Land? Am Wochenende? Ob die Wache überhaupt besetzt war?

Als hätte McNaked meine Gedanken erraten, sagte er: »Wir haben hier doch einen Spezialisten, den Beckmann vom Mundartarchiv, der …«

Den Rest hörte ich nicht mehr. Ich winkte ab und galoppierte los. Göttliche Fügung, die meine Schritte lenkte! Hatte nicht der Vielhaber gemutmaßt, der Sprachforscher sitze in Cobbenrode im Stertschultenhof, an dem ich vorhin vorbeigekommen war? Von dort würde ich mit der Polizei telefonieren können. Mit heißem Kopf drehte ich den Zündschlüssel um und brauste los.

Der Stertschultenhof ist ein ehrwürdiges Gebäude mit altem Gebälk und weiß getünchten Fächern. Ich parkte auf dem Schotter neben dem Haus. Die Tür war angelehnt, eine steile Holztreppe führte ins Obergeschoss. Ich jagte sie hinauf und fand den Mann in einem Studierzimmer hinter seinem Schreibtisch, die Hände auf der Tastatur eines Computers. Er blickte auf. Hohe Stirn, Vollbart, mächtiger Schnauzer, Brille, das eine Lid etwas mehr gesenkt als das andere, als zwinkere er einem zu.

»Eggers mein Name, ich …«

»Sind Sie der Schriftsteller, der dieses Wochenende hier ist? Was ist denn mit Ihnen los?«

Eine etwas näselnde Stimme. Ein Wissenschaftler durch und durch. Aufgeregt erzählte ich ihm, was ich gehört und gesehen hatte.

»Das kriegen wir«, sagte Dr. Beckmann, hustete und wandte sich höflich ab. Als er wieder Luft bekam, fragte er mich, ob es richtig sei, dass ich die nordischen Sprachen …

»Ja schon, aber …«

Norwegisch und Isländisch, ob das stimme?

»Ja, aber wir müssen …«

»Schon gut«, winkte er ab. »Wie hieß der Satz noch mal, um den sie sich gestritten haben? Sprechen Sie das genau nach«, forderte er mich auf.

»Kann ich nicht«, schüttelte ich den Kopf. »Auf Hochdeutsch: Wisst ihr was? Jetzt will ich aber endlich nach Hause.«

»Gut«, sagte Dr. Beckmann. »Machen wir es umgekehrt.« Er räusperte sich. »Also. Man muss unterscheiden. Im Kurkölnischen Sauerland, also der katholischen Ecke, spricht man anders als in der protestantischen. Und der Lars Korte war ja aus Eslohe. Da wird er gesagt haben: ›Wiëttet ey wat? Niu well iëck awwer endlick heime!‹«

»Genau!«, bestätigte ich. »So hat dieser MacNaked den Lars zitiert.«

»Richtig. Esloher Dialekt.« Dr. Beckmann fegte mit den Fingern über die Tastatur seines Rechners. »Sehen Sie: So wird's geschrieben. Habe ich entwickelt.«

Ich stand auf und machte einen langen Hals. »Aha.«

»Machen wir weiter. ›Wiëttet ui wat? Niu well iëck awwer endlick heime!‹ sagen sie in Meschede. War es das?«

Ich schüttelte den Kopf.

»Probieren wir Kierspe: ›Wiëtt iët wat? Nu well iëck owwer endlick häime!‹ Klingt doch gemütlich. War es das?«

Ich schüttelte den Kopf.

»Na, das ist ja ein Ratespiel sondergleichen! Nun gut. Nehmen wir Letmathe. Die einzige Gemeinde in der Grafschaft Limburg übrigens, die mehrheitlich katholisch geblieben ist. Nun ja. Verantwortlich ist die Adelsfamilie von Brabeck, die waren zur Zeit der Reformation …«

»Wie sagen die das da?« Ich wurde ungeduldig.

»›Wiëtt iët bat? Nou well iëck owwer endlick noh Hous!‹«

»Genau!«, rief ich und sprang auf. »Das ist es! Wir haben es!«

»O Gott!«, ließ Dr. Beckmann seine Nase sinken. Er schlug die Hände vor sein Gesicht und bekam einen zweiten Hustenanfall, heftiger als der erste.

Irgendwann atmete er tief durch, machte sich steif, griff zum Telefon und wählte eine Nummer. »Ich rufe den Miederhoff von der Polizei in Eslohe an«, flüsterte er mir zu. »Herr Miederhoff?« Beckmann reckte sich. »Beckmann hier. Vom Mundartarchiv. Ich rufe wegen der Korte-Sache an. Lochtrop. Ja, diese furchtbare Geschichte letztes Jahr. *Highlandgames.* Sie haben doch die Ermittlungen geführt. Wir haben den Täter. Fast jedenfalls. Sie müssen aber auch noch was tun.«

Ich starrte ihn mit offenem Mund an und hörte, wie er zunächst meinen Bericht und dann den Namen meines Informanten durchgab.

»Das muss einer aus der katholischen Mannschaft gewesen sein. Von Letmathe. Eindeutig. Dem Dialekt nach zu urteilen. – Nein, kein Zweifel. – Fünf Leute waren das? Mehr nicht? – Und Sie haben die Namen auf der Liste? – Ja. Sind heute bestimmt auch da. – Er war der Letzte, der mit dem Korte gestritten … – Ja. Herr Eggers ist bei mir. Ob er Zeit hat?« Er blickte mich fragend an. Ich nickte. »Ja, hat er. Wir warten. Wie lange? – Gut. – Auf jeden Fall. Danke. Viel Glück.«

Beckmann legte auf. Sein Gesicht entspannte sich. »Puha«, sagte er. »Sie fahren sofort los. Sie haben natürlich alle Adressen und werden die Leute mit der Aussage Ihres McNaked konfrontieren.«

»Wie kann man nur jemanden umbringen, weil einem dessen Mundart nicht passt?«, schüttelte ich den Kopf.

Bei der Sauerländer Mundart handele es sich um eine verdammt ernste Sache, knurrte Dr. Beckmann. »Und jetzt beginnt der gemütliche Teil«, erklärte er erleichtert.

Wir versanken in ein linguistisches Fachgespräch, landeten bei den Lautverschiebungen vom Isländischen zum Färöischen, ich legte ihm die Bücher von Heðin Brú und William Heinesen ans Herz und er revanchierte sich, indem er mir die Konjugation des gotischen Verbs aufsagte, an verschiedenen Beispielen. Ich muss gestehen, so trübe der Anlass war, so war es doch wunderbar, nach Jahren endlich einmal einen Menschen zu treffen, mit dem man sich so spannend unterhalten konnte. Nach zwei Stunden unterbrach uns das Klingeln des Telefons.

»Beckmann. – Ja. Aha. – So schnell? Na wunderbar. – Wann? – Morgen früh? Um zehn. Ich sage es ihm. – Bis dann.« Er legte auf.

Es hielt mich nicht mehr auf dem Stuhl, atemlos hatte ich zugehört.

»Sie haben ihn.«

»Den Täter?«

»Wen sonst? Marcel Dening aus Letmathe. Er hat gestanden!« Und dann bekam er den dritten Hustenanfall. Der Mann war ernstlich krank.

Ich ließ mich plumpsen. »Oha«, sagte ich. Mehr fiel mir nicht ein. Morgen um zehn würde der Kripomann Miederhoff im Hotel eintreffen, zwecks Vernehmung meiner Person.

Montag, 20. Juni, Buschhörne, abends

Wieder zu Hause.

Am nächsten Morgen – also gestern – wachte ich in aller Frühe auf und setzte mich um sieben Uhr in den Frühstücksraum.

Pünktlich um neun Uhr erschienen die Herren Scheuerlein, Vielhaber und Beckmann, begrüßten mich und setzten sich zu mir. Sie frühstückten ausgiebig. Natürlich gab es nur ein Gesprächsthema: wie ich, mit der sprachwissenschaftlichen Unterstützung des Dr. Beckmann, durch Hilfsvollzug der Kriminalpolizei und nicht zuletzt mit unglaublichem, ja schicksalhaftem Glück, den Mörder von Lochtrop dingfest gemacht hatte.

Herr Scheuerlein vom Kulturbüro bestellte Sekt. »Das muss sein«, befahl er. »Kommt bei mir auf die Rechnung.«

»Prost«, hob Herr Vielhaber sein Glas. Es blitzte hinter seinen Brillengläsern. »Auf die Gerechtigkeit!«

»Auf Lars Korte und seine arme Seele, wo immer sie sein mag«, sagte ich.

»Auf die *Criminale* 2012!«, rief Herr Scheuerlein feierlich.

»Hoch lebe das Sauerländer Platt!«, rief Dr. Beckmann.

Ich sah auf die Uhr. »Wann kommt denn der Polizist?«, fragte ich. »Um zehn wollte der mich doch vernehmen.«

»Gar nicht«, sagte Herr Vielhaber.

»Wieso das denn nicht, ich dachte …«

»Tut nicht nötig«, sagte Herr Vielhaber und beugte sich vor. Ein verschmitztes Lächeln erschien auf seinem Gesicht. »Er ist schon da.«

Ich machte ein dummes Gesicht und sah hilflos von einem zum andern.

»Schließlich ist das Ziel erreicht. Davon gehe ich jedenfalls aus«, sagte Herr Vielhaber.

»Ziel?«

»Ja. Klar. Ihre Story. Die haben Sie doch jetzt, oder?«

»Aber …«

Dröhnendes Gelächter füllte den Raum. Die anderen Frühstücksgäste drehten sich irritiert um. Herr Vielhaber nahm seine Brille ab, um sich die Tränen abzuwischen. Herr Beckmann prostete mir kichernd zu, bekam einen Hustenanfall, der seinem gestrigen verblüffend ähnelte, und leerte sein Sektglas.

»War nett mit Ihnen, wirklich nett.«

Herr Scheuerlein hielt sich den Bauch, wieherte und schnappte nach Luft.

Dann wurde Herr Vielhaber ernst. Hob sein Glas und sagte: »Der arme Lars Korte möge uns verzeihen. Die Toten helfen den Lebenden. Ein schnöder Unfall. Das haben Sie schon richtig vermutet. Hier unten in der Kurve nach Eslohe. Und der Rest ist – mit Verlaub – gelogen. Bei uns im Kunstverein gibt es eine Menge guter Lügner. Ich darf nur Mr. McNaked erwähnen. Aber dass ein Sprachhistoriker, verzeihen Sie, Herr Beckmann, so gut schauspielern kann, das hätte ich nie erwartet!«

»Mit Ihnen als Kriminalkommissar – kein Problem«, sagte Dr. Beckmann trocken. »Da löse ich noch ganz andere Fälle. Prost!«

Im Keller

Oliver Buslau

Grelles Neonlicht pulsierte im Takt von Straubes Herzschlag und schickte mit derselben Regelmäßigkeit einen stechenden Schmerz durch seinen Kopf. Straube versuchte, sich von dem kalten Steinboden zu erheben, sank aber ächzend zurück. Vorsichtig sah er sich um. Weiß getünchte Wände. Ein Keller.

Wo war er? *Wer* war er?

Er war Ronald Straube, Privatdetektiv in Arnsberg. Das wusste er immerhin noch. Sein Büro, mit der Wohnung kombiniert, lag im Pressehaus. Ganz oben im Fachwerkaufbau auf dem ansonsten eher modernen Gebäude. Ein nettes Plätzchen zum Nachdenken. Hier traf Straube seine Klienten, doch er trieb sich auch gerne in der Innenstadt herum: Mal eben runter zu *La Baguette*, um bei Oldiesongs ein Sandwich zu essen. Danach ins Eiscafé *Venezia* vis-à-vis. Oder zu *O'Caseys*, dem irischen Pub, wo man gemütlich ein Guiness zischen konnte. Bei schönem Wetter im Sommer saß er draußen und sah zu, wie sich die Fahrradtouristen auf ihren Drahteseln zur Schlossruine hinaufmühten. Er liebte diese Idylle. Sein Kopf funktionierte also noch.

Seine Ohren auch, denn jetzt hörte er Schritte und ein seltsames Schleifen. Straube drehte den Kopf ein wenig und erkannte eine Metalltür. Die Geräusche kamen aus dem Raum dahinter.

Er musste hier raus!

Er zählte innerlich bis drei, biss die Zähne zusammen und wollte aufstehen.

Doch es ging nicht. Handgelenke und Füße waren gefesselt. Verdammter Mist!

Und seine Waffe? Wo war die?

Er sah sich um, und es gelang ihm sogar, den Kopf nach oben zu drehen. Was er sah, erschreckte ihn.

Über ihm hingen Fleischerhaken von der Gewölbedecke.

Straube grub in seinem Gedächtnis und konnte in seinem schmerzenden Kopf die Erinnerungen zusammenfügen.

Er hatte auf der Terrasse seines Büros im Pressehaus gesessen und eine Zigarette geraucht. Er war in Gedanken bei einer bevorstehenden Überwachung in Unna gewesen und hatte seinen Blick dabei über den Alten Markt schweifen lassen. Dabei war ihm dieser Typ aufgefallen. Gut rasiertes, gebräuntes Gesicht. Braunes Haar. Schlank. Sportlich. Anzug- und Schlipsträger. Eine Mischung aus Jungmanager und Dressman. Er saß am vordersten Tisch der Außengastronomie des *Landsberger Hofs*, neben sich ein hell leuchtendes Pils, vor sich ein aufgeklapptes Laptop.

Straube kannte den Typen! So wie er zumindest vom Sehen alle Leute kannte, die vor ein paar Jahren Schaulustige bei dem spektakulären Brand in der Altstadt gewesen waren. Gleich hier um die Ecke, in der Apothekenstraße.

In der Nacht vom 16. auf den 17. Januar 2008 war plötzlich Rauch aus dem Dach des ehemaligen Hotels *Zur Krone* gedrungen, das gerade zur neuen Musikschule umgebaut wurde. Von den Martinshörnern der heranfahrenden Löschzüge alarmiert, hatte Straube damals seine Kamera geschnappt, war hinuntergelaufen und hatte das traurige Spektakel aus allen Blickwinkeln fotografiert. Nachdem die Feuerwehr abgezogen war, bot sich ein verheerendes Bild: Der Dachstuhl war zerstört, im ganzen Gebäude stand das Löschwasser und die Eröffnung des *Hauses der Musik* rückte in weite Ferne. Die Ermittlungen ergaben Brandstiftung. Der Fall war bis heute ungelöst und zu Straubes Hobby geworden.

Er überlegte, ob der Täter unter den Schaulustigen gewesen war, um sich an den Folgen seiner Tat zu ergötzen. So etwas sollte es ja geben. Über Wochen und Monate hin glich der Privatdetektiv ab, wen er da vor der Linse gehabt hatte. Einige Personen konnte er identifizieren. Viele aber auch nicht.

Zur letzten Gruppe gehörte der Typ, der da unten Bier trank und einen auf Businessman machte. Straube eilte zum Computer und überprüfte noch einmal die Fotos. Er war es ohne Zweifel.

Straube steckte seine 9 Millimeter in das Holster, verbarg es unter dem Jackett und verließ die Wohnung. Es war nicht so einfach, einen Platz zu finden, von dem aus er den Bildschirm des Laptops einsehen konnte, um zu erkennen, woran der Typ arbeitete. Doch das Herz des Detektivs machte einen Hüpfer, als er für den Bruchteil einer Sekunde ein Foto der Musikschule sah und dann nach einem Mausklick einen Längsschnitt durch das Gebäude – sogar mit den Kellerräumen. Damit hatte ihm der Kerl seine Verbindung zum Brand bestätigt. Jetzt wurde es interessant.

Die Musikschule lag etwas abseits in einer abschüssigen Nebenstraße der Arnsberger Altstadt. Die kleinen Reiseführer, die von städtischer Seite an die Touristen verteilt wurden, erwähnten es nicht. Schade eigentlich, denn das Haus besaß historische Bedeutung. Ab 1724 hatte hier fast neunzig Jahre lang eine der berühmtesten Apotheken Westfalens residiert. Aus dem Gebäude wurde später eine Brauerei, dann das Hotel *Zur Krone*, bevor es weiß getüncht und mit der restaurierten gelben Stuckkrone auf der Fassade als *Haus der Musik* wiederauferstand.

2009 hatte Straube bei der Eröffnung die modernen Räume bestaunt und die Grußworte über sich ergehen lassen. Eines davon hatte der ehrwürdige Kammersänger, Fernsehmoderator und Arnsberg-Promi Günter Wewel gesprochen.

Als der Typ jetzt sein Laptop zuklappte, einen Schein auf den Tisch legte und Richtung Neumarkt ging, blieb Straube ihm auf den Fersen.

Vor dem Irish Pub schien der Anzugträger die Gäste an den Außentischen ins Auge zu fassen. Darunter war eine grauhaarige Gestalt im Gespräch mit einem Mann, der mit seiner schulterlangen Mähne wie Braveheart aussah. Straube kannte beide. Der Grauhaarige war der Musikschulleiter Georg Scheuerlein, der andere ein Saxophonist, den sie in Musikschulkreisen Sir Ellis nannten. Die Uhr im Glockenturm schlug zwei Mal. Es war halb zehn.

Der Verdächtige eilte am *O'Caseys* vorbei und bog in die Apostelstraße ab. Sie führte zur Rückseite des Musikschulgebäudes, wo ein kleiner Parkplatz lag. Straube drängte sich an die Hecke neben der Zufahrt und beobachtete durch die Zweige, wie der Typ mit einer schnellen Bewegung einen Wagen öffnete und etwas herausholte, das wie ein Schlüsselbund aussah.

Eigentlich nichts Besonderes, wenn das nicht Scheuerleins Wagen gewesen wäre! Straube kannte ihn.

Sofort lief der Mann durch die kleine Gasse neben der Kulturschmiede zur Vorderseite. Als er die Tür der Musikschule öffnete, war Straube bei ihm, zog die Pistole und rammte sie ihm in den Rücken. Der Mann war so überrascht, dass er sich in das Foyer schieben ließ. Hinter ihnen fiel die Tür ins Schloss. Im Inneren war es dunkel, nur durch das Oberlicht über dem Eingang sickerte etwas Licht.

»So Freundchen, jetzt wollen wir doch mal sehen …«, begann Straube, doch der Dressman ging einen Schritt zurück und ein von edlem Anzugstoff bedecktes Bein schlug Straube die Pistole aus der Hand. Ein zweiter Tritt traf ihn in den Magen und dann knallte etwas mit Wucht gegen seinen Kopf.

Als es hinter seinen Augenlidern wieder hell wurde, lag

der Detektiv in dem weiß getünchten Raum. Im Keller. Straube war hier bereits bei der Eröffnung gewesen. An den Haken hatte man in der Zeit, als das Gebäude ein Hotel gewesen war, Fleisch gelagert.

Die Metalltür ging auf und ein schwarzer Kontrabasskasten schob sich herein, gefolgt von dem Anzugtypen, der Straube angrinste.

»Na, aufgewacht?« Er legte den mannshohen Kasten nieder, öffnete ihn und entnahm ihm einen Vorschlaghammer, einen massiven Meißel und einen Klappspaten. »Kleine Tarnung. Nur falls mich jemand gesehen hätte. Einen Kontrabass in eine Musikschule zu bringen, ist ja unauffällig.«

»Was machen Sie hier?«, wollte Straube fragen, aber er brachte nur ein Krächzen zustande. Er bekam Spucke in den Hals und hustete.

»Was müssen Sie sich auch einmischen, Herr Straube«, sagte der Mann und schüttelte den Kopf wie ein Arzt, der einen ungehorsamen Patienten rügt.

Der Typ kannte seinen Namen!

»Sie hatten Ihren Ausweis und Ihre Visitenkarte in der Tasche. Wir sind übrigens Kollegen.«

Straube spuckte aus, machte einen neuen Anlauf, etwas zu sagen. »Kollegen?«, brachte er hervor.

»Unsere Auftraggeber sind unterschiedlich. Mit Sicherheit auch unser Einkommen. Aber sonst …« Er ging in die Knie, klappte das Laptop auf, das auf dem Boden bereitstand, und gab etwas ein. »Sie sind neugierig«, sagte er blasiert und betrachtete nachdenklich das Display. »Das imponiert mir. Und da Sie ohnehin nicht mehr viel erleben werden, könnte ich Sie ja einweihen.«

Eiskalte Angst packte Straube. War er in die Hand eines Irren gefallen? Eines Irren, der ihn hierlassen würde, nachdem er ein zweites Mal Feuer gelegt hatte? Er zog verzweifelt an seinen Fesseln – vergeblich. Schweiß rann von seiner Stirn.

Der Anzugträger schien Straubes Panik nicht zu bemerken und fuhr mit seiner Selbstbeweihräucherung fort. Er hielt sich offenbar für unbesiegbar. »Meine Kunden sind richtig potente Leute. Pharmaindustrie. Wussten Sie, dass die sogar historische Forschungsgruppen finanzieren? Nein? Jetzt wissen Sie es. Die tun nichts anderes, als nach alten Apothekerrezepten zu fahnden. Und genau in diesem Haus, das ja früher eine Apotheke war, soll es so ein Rezept geben. Versteckt natürlich. Ich habe schon mal danach gesucht – leider vergeblich. Und wir standen unter mordsmäßigem Zeitdruck. Die Renovierung war fast abgeschlossen, und wir liefen Gefahr, dass dabei genau das gefunden wurde, was wir suchten. Die Forschergruppe hat noch mal nachgearbeitet, bis ich dann endlich die richtigen Pläne bekam.«

Straube hustete, bis er ein paar Wörter herausbekam. »Sie suchen also ein Rezept des Apothekers, dem dieses Haus gehörte?«

Der Mann wandte sich von seinem Computer ab und sah ihn an, als hätte er einen Schwachsinnigen vor sich. »Das habe ich gesagt, ja.«

»Beauftragt von der Pharmaindustrie?«

»Auch das.« Er runzelte die Stirn. »Sagen Sie, sind Sie wirklich Detektiv? Ich meine, in dem Beruf sollte man einem Informationsfluss gut folgen können.«

Straube beachtete die Unverschämtheiten nicht. »Warum hat die Pharmafirma das Haus nicht einfach gekauft?«

»Gute Frage. Weil zu dem Zeitpunkt, als sich die öffentliche Hand dies hier unter den Nagel riss, noch keine Beweise existierten. Manchmal arbeiten Historiker langsam. Und unsereins muss es dann ausbaden.« Er seufzte gekünstelt.

»Und der Brand? Warum haben Sie den gelegt?«

»Er war das beste Mittel, um meine Spuren zu verwischen. Die Konkurrenz schläft nicht.«

»Aber Sie hätten die Dokumente damit zerstören können.«

»Was wir nicht kriegen, soll keiner haben. Das ist doch wohl klar, oder? So, dann wollen wir mal.«

Er nahm den Meißel in die eine, den Hammer in die andere Hand, suchte einen Punkt auf dem Boden und schlug zu. Ein Mann im Anzug mit diesem Werkzeug – das war ein seltsames Bild. Das metallische Geräusch schmerzte in Straubes Ohren, als würden sie mit dem Hammer malträtiert. Nach endlosen Minuten war eine Vertiefung entstanden und der Mann klopfte weiter die Ränder ab, um sie zu vergrößern. Auf seiner Stirn war kein Schweißtropfen zu sehen.

»Wissen Sie«, sagte er, »der Apotheker, dem das hier gehörte, hieß Franz Brisken. Der hatte auch schon mit Feuer zu kämpfen. In Arnsberg hat es ja immer wieder gebrannt. Besonders dramatisch war es im 1799, weil ein ganz außergewöhnlicher Schatz in der Stadt aufbewahrt wurde.« Er hockte sich über das Loch und sah hinein. »Der Kölner Domschatz, samt den Gebeinen der Heiligen Drei Könige. Und mit dem gesamten Domarchiv. Das alles hatte man hier in Arnsberg untergebracht, um es nach der Französischen Revolution vor Plünderungen in Sicherheit zu bringen. Und als es dann 1799 zum großen Stadtbrand kam … Viele denken, das Archiv sei gesammelt im Kloster Wedinghausen aufbewahrt worden, aber angesichts der ständigen Feuergefahr hat man es schlauerweise aufgeteilt. Und der Apotheker Brisken hat eben das bei sich untergebracht, was in seinen Fachbereich fällt: Rezepte aller möglichen Tinkturen, Dokumente, die zum Teil noch aus dem Mittelalter stammen. Abschriften antiker, sogar zum Teil arabischer medizinischer Geheimnisse. Ich brauche nicht weiter zu erläutern, dass sie sehr wertvoll sind.«

Straube wusste, wovon der Typ sprach. Die Episode mit dem Domschatz war berühmt. Und die mit dem Brand von 1799 auch.

»Aber es ist doch später alles nach Köln zurückgebracht worden …«, wandte er ein.

»Na, Herr Kollege, haben Sie wirklich so wenig Fantasie? Apotheker Brisken hat natürlich Abschriften angefertigt und in diesem Keller aufbewahrt. Wie gesagt, die Brände in der Stadt waren eine ständige Gefahr. Und der sicherste Ort bei einem Brand …«, er nahm eine Taschenlampe und leuchtete in das Loch, »… ist hier. Kaum jemand weiß, dass der Keller bis ins 19. Jahrhundert zwei Etagen hatte.« Er stützte sich mit den Händen ab, ließ sich in das Loch gleiten und verschwand darin.

Straube versuchte hektisch die Fesseln zu lösen. Es war unmöglich.

Wenigstens hinstellen, dachte er und kämpfte sich zur Wand zurück. Er hockte sich hin und drückte sich langsam nach oben. Wieder sah er die Fleischerhaken an der Decke. Und da kam ihm eine Idee.

Straube schaffte es, sich aufzurichten, ein paar Schritte zu trippeln und die Arme hochzureißen. Er reckte sich und legte die Fessel zwischen seinen Händen um einen der Haken. Dann zog er.

Seine Gelenke waren mit Schweiß bedeckt und rutschig. Das Seil gab ein klein wenig nach, als Straubes einhundertzehn Kilo daran hingen. Er hatte das Gefühl, als würde er sich bei lebendigem Leibe die Hände abreißen.

In diesem Moment streckte der Businessdetektiv seine glatte Visage aus dem Loch. Straube ging aufs Ganze. So schmerzhaft es auch war – er ließ sich frei hängen, holte aus, und …

»Schlecht zu arbeiten da unten«, sagte der Typ gerade und entdeckte seinen Gefangenen genau in dem Moment, als ihm dieser seine Schuhspitze in die Nase rammte. Knochen knackte. Der Mann fiel zurück und stieß sich den Kopf an der Kante der Öffnung.

Straube, der schier übermenschliche Kraft entwickelte, streifte die Fesseln mit einem Ruck ab, wobei es ihm vorkam, als würde er sich häuten. Sein Blick fiel in den Kontrabasskasten. Der Typ hatte zwar sämtliche Werkzeuge mit in das Loch genommen, aber Straubes Pistole lag darin. Er griff danach und schlug dem Anzugträger, der lädiert versuchte, sich nach oben zu stemmen, sicherheitshalber noch einmal ins Gesicht. Benommen rutschte der ein Stockwerk tiefer. Straube befreite seine Beine und tastete nach seinem Handy, das in seiner Jacketttasche steckte. Keine Verbindung! Er rannte durch die Tür hinaus und nach oben.

Bis die Polizei kam, behielt er mit der Pistole die Metalltür in Schach. Von den rot gefärbten Unterarmen tropfte das Blut.

»Sind Sie mal in dem Raum unter dem Keller gewesen?«, fragte der Polizist später im Streifenwagen, als sie den Anzugträger weggebracht hatten. Straube, der von einem herbeigerufenen Notarzt versorgt worden war und den unter den dicken Verbänden immer noch Schmerzen quälten, reagierte ungehalten: »Natürlich nicht. Das habe ich Ihnen doch erklärt.«

»Da waren tatsächlich alte Schriften. Sogar gut verpackt. In altes Ölpapier und so. Eigentlich gut gegen Feuchtigkeit ... Aber das Wasser hat ihnen den Rest gegeben.«

Straube sah ihn überrascht an. »Das Wasser? Welches Wasser?«

»Das Löschwasser von dem Brand 2008. Deswegen ist doch der ganze Keller immer noch feucht. Und in dem alten Hohlraum hat es sich gesammelt. Niemand hat es abgepumpt. Es wusste ja keiner, dass es den Kellerraum überhaupt gab.«

Straube nickte. Ihm war klar, was das bedeutete. Hätte es den Brand nicht gegeben ... Den Brand, den der Typ selbst gelegt hatte.

Er stand auf und ging. Die Nacht hatte sich über Arnsberg gelegt. In der Altstadt war es ruhig.

Der Anzugträger mochte als Detektiv seine Fähigkeiten haben. Im Spurenverwischen war er eine Niete.

Madonna eiskalt

Reinhard Junge

1

»Hallenberg?«, fragte Klaus-Ulrich Mager. »Wo liegt das denn?«

»Sauerland«, sagte Susanne Ledig. Sie war Chefin der PEGASUS-Video GbR, die in Dortmund residierte, und der bärtige Brillenträger Mager war ihr Kameramann. »Ganz im Süden ...«

»Nicht unser Revier«, winkte Mager ab. »Du weißt doch: Auslandsreisen liegen mir nicht. Höchstens nach Holland an die Nordsee!«

Magers Sohn Kalle schaltete sich ein. Er verdiente das Geld für sein Endlosstudium in Philosophie bei PEGASUS als Mädchen für alles: »Die Hallenberger sprechen sogar Deutsch!«

»Egal«, maulte Mager. »Das ist Zonenrandgebiet. Kurz vor Hessisch-Sibirien. Die fahren noch mit dem Ochsenkarren zur CeBIT nach Hannover!«

Susanne Ledig knallte ihre Faust auf den Tisch: »Schluss jetzt! Ich muss einer alten Schulfreundin helfen, die nach da unten geheiratet hat.«

Was muss die bescheuert sein, dachte Mager, fragte aber: »Und was hat die geklaut? Eine Busfahrkarte zurück in den Ruhrpott?«

»Nix da. Irgendjemand hat ihren Mann umgebracht und tiefgefroren. Und die Polizei ...«

»Verstehe«, meinte Kalle. Wenn es gegen die Bullen ging,

war er immer dabei. Und auch sein Alter sah sofort viel friedlicher aus. Für ihn gab es nur noch einen größeren Feind: das Finanzamt.

2

»Meine Fresse!«, meinte Mager, als sie sich vier Stunden später, aus Richtung Olpe kommend, mit der Machete zu der kleinen Stadt zwischen den hohen Bergen durchschlugen. Nun ging es seit etlichen Kilometern nur noch bergab und Mager höhnte: »Passt auf! Hinter der nächsten Kurve kommt ein Warnschild: *Noch ein Kilometer bis zum Arsch der Welt!*«

Susanne gab sich Mühe, der Mission etwas Positives abzugewinnen: »Guck mal, die haben sogar ein Freilichttheater!«

»Toll!«, spottete Mager. »Für das Dach hat wohl das Geld nicht mehr gereicht.«

»Guck mal, Vadda«, sagte Kalle und zeigte auf einen älteren Mann, der vor seiner Haustür den Bürgersteig fegte: »So viel Ordnungsliebe müsste dir doch eigentlich gefallen!«

»Das sagt der Richtige!«, grinste Mager und wandte sich wieder an seine Chefin. »Und Zebrastreifen gibt es hier auch schon.«

Susanne hoffte, dass diese Meckerei irgendwann endete. Doch der Kameramann suchte nur nach neuer Munition. Und er fand sie auf den Reklameschildern am Straßenrand.

»Toll hier! Mensch, was willste von einer Stadt erwarten, in der ein Florist eine *Blumenschmiede* betreibt und der Rechtsanwalt *Kettensäge* heißt?«

»Kannst du nicht endlich …«, begann Susanne. Doch dann fiel ihr der Name des Bürgermeisters ein, der hier seit Jahrzehnten regierte. Einer seiner Vorfahren hatte wohl einem König oder Kaiser als Spion oder Geheimdienstchef gedient.

Die Zimmer im *Sauerländer Hof* stimmten das PEGASUS-Team versöhnlicher. Und als man Mager zum Mittagessen einen Grillteller servierte, der seinen Gaumen erfreuen und den Magen füllen konnte, begann er, sich mit dieser ›Auslandsreise‹ anzufreunden.

»Wie gehen wir vor?«, fragte er, als er sich auf der Terrasse vor dem Restaurant ein Verdauungszigarettchen anzündete.

»Ortsbesichtigung«, sagte Susanne. »Ich möchte dieses Eishaus sehen.«

»Ich fasse es nicht«, sagte Mager. »Wer braucht heutzutage noch ein Eishaus? Haben die keine Kühlschränke?«

Neben ihnen lachte jemand laut auf: »Wo kommen Sie denn her?«

»Ruhrgebiet!«, dröhnte Mager und musterte den Frager, einen Mann mit Stirnglatze und gepflegtem Schnauzbart. Er mochte um die fünfzig sein wie Mager selbst, trug aber einen Anzug, gegen den die Jeans des Kameramanns so aussahen, als stammten sie aus einer Altkleidersammlung.

»Verstehe!«, meinte der Anzugträger und schlug seine langen Beine lässig übereinander. »Ist das nicht die Gegend, in der vor lauter Dreck keine Bäume und Blumen wachsen?«

»Vorurteile!«, widersprach Mager.

»Sehen Sie«, sagte der Mann und betrachtete sein Spiegelbild auf den Fußspitzen seiner HUGO-CHEF-Treter. »Dann geht es Ihnen genauso wie uns Sauerländern!«

Er zog eine Schachtel Montecristo-Zigarren aus der Jackentasche und rauchte eine an. Dann meinte er: »Das Eishaus dient einem unserer Künstler dazu, Eisskulpturen auszustellen. Eisbären, Seehunde …«

»Wahnsinn!«, spottete Mager und wandte sich Susanne zu: »Und mit diesen Kunstwerken hat der Mann deiner Freundin sein Geld verdient?«

»Nein. Der Künstler selbst ist im Urlaub und Ilonas Mann sollte diese Woche im Eishaus irgendetwas reparieren.«

»Sagen Sie«, fragte Mager, den Blick wieder auf den Schnauzer gerichtet, »gibt es hier wirklich Leute, die sich so etwas angucken und dafür noch Eintritt zahlen?«

Der Mann lächelte: »Ach, dieser Stadt geht es richtig gut. Wir können es uns leisten, auch extravagante Kunstrichtungen zu fördern.«

3

Das Eishaus befand sich am östlichen Ortsausgang. Der schlichte Zweckbau lag so tief neben der Straße an einem Bachlauf, dass man ihn vom Wagen aus erst im letzten Moment erblickte. Weitaus auffälliger war das rot-weiße Trassierband, mit dem die Polizei die Zufahrt gesperrt hatte.

Mager schnappte sich die neue, handliche Kamera und begann mit einer Nahaufnahme des Absperrbandes. Dann zog er das Bild auf und gab dem grauen Bruchsteingemäuer in der Talsenke die nötige Schärfe.

»Okay«, sagte er und sah sich um. »Keine Bullen in Sicht. Kommt mit!«

Ächzend kletterte er über das Sperrband und stolperte bergab. Filmte den fensterlosen Steinwürfel von allen Seiten, verewigte das Siegel an der gelb lackierten Tür und gönnte der Kamera einen Blick auf einen Reklamereiter, der neben der Tür aufgestellt war. Er warb für eine Aufführung der Passionsgeschichte auf der Freilichtbühne.

»Seht ma!«, meinte Susanne und deutete auf einen Namen. Der Mann ihrer Freundin hätte den Jesus spielen sollen. Aber es schien, als hätte er seinen Karfreitag bereits hinter sich.

»Fertig!«, meldete Mager und blickte Susanne an: »Jetzt zu deiner Freundin?«

Susanne zog ihr Handy, während Kalle sein iPad testete und Wunderliches zutage förderte: »Mann, die haben hier außer dem Eishaus noch ein Mausefallenmuseum. Bald wird Hallenberg europäische Kulturhauptstadt!«

4

Susannes Freundin Ilona wohnte am westlichen Ende der Ortschaft in einem Gewerbegebiet – das Freilichttheater, das Schwimmbad und den Dorf-Aldi in nächster Nähe. Das Einfamilienhaus hatte schon bessere Tage gesehen, aber der Vorgarten war so gepflegt, als wollte man damit die Weltmeisterschaft im Rasenschneiden gewinnen.

Ilona Walkenried war um die fünfzig, dunkelblond und schmal wie eine Pappel. Zwar war sie noch nicht in Schwarz gehüllt, sah aber völlig verheult aus. In ihrer geräumigen Küche fanden alle Platz auf einer verschnörkelten Eckbank. Gelsenkirchener Barock, dachte Mager abfällig. Und das Radio ist garantiert auf WDR 4 geeicht.

»Wollt ihr Kaffee?«

»Bleib sitzen«, sagte Susanne und griff selbst zu der Glaskanne. »Erzähl mal.«

Nach einer halben Stunde war den Besuchern klar, warum Ilona so fertig aussah: Die Polizei hatte sie die ganze Nacht durch die Mangel gedreht. Ihr Mann Paul hatte ein Verhältnis mit einer deutlich jüngeren Verkäuferin aus dem REWE gegenüber dem Eishaus gehabt und Ilona wusste davon. Einmal war sie hinter den beiden hergefahren und hatte die Konkurrentin an den Haaren aus Pauls Wagen gezerrt, als diese sich gerade mit einem Papiertaschentuch ein paar weiße Spritzer von den Lippen wischte. Und am Mordtag hatten Zeugen sie gesehen, wie sie – ob in Wut oder Panik – aus dem Eishaus in Richtung Ortsmitte geflohen war.

»Ich dachte, diese Schlampe wäre bei ihm. Aber ich schwöre euch: Paul war schon tot, als ich ankam. Ich habe nur fassungslos in der Tür gestanden und ihn angestarrt.

Und dann dieses Gemisch aus Blut und Schmelzwasser auf dem Boden.«

»Was für ein Schmelzwasser?«

»Na ja, diesmal wollte der Eismann eine Madonna formen und sie in dieser gläsernen Kühltruhe in der Kirche aufstellen ...«

Die spinnen, diese Sauerländer, dachte Mager.

»Irgendwer hatte Paul mit der halb fertigen Madonna den Schädel eingeschlagen und ihn in diese Kühltruhe gesteckt. Die zerbrochene Madonna schmolz auf dem Boden vor sich hin ...«

»Und die Polizei? Hat die irgendwelche Beweise gegen dich?«

»Nein. Nichts. Außerdem ...«

»Ja?«

»Paul war schon angefroren. Jemand hatte seine Leiche in den Kühlschrank gezwängt, als ich noch auf Arbeit war.«

Sie weinte wieder.

»Hast du eine Ahnung, wer es war?«, fragte Mager. »Seine, äh, Geliebte aus dem Supermarkt?«

»Dieses Flittchen? Die hatte Spätdienst und stand hinter der Fleischtheke.«

»Und ihr Mann?«

»Ist auf Montage. Fünfhundert Kilometer entfernt ...«

»Wer sonst?«

Ilona zog ihre schmalen Schultern hoch und Kalles Augen folgten ihrem Blick aus dem Fenster: Irgendwo hinter den Bäumen jenseits der Bundesstraße lag dieses Freilufttheater, dem der liebe Gott einen neuen Jesus bescheren musste.

Der spirituelle Ausflug in den Himmel brachte Kalle auf eine ganz andere Idee: »Sag mal, ist vielleicht noch jemand scharf auf Pauls Rolle gewesen?«

»Ja. Aber die hatten keine Chance!« Sie kramte einen Vorabdruck des Programmheftes heraus: »Hier! Guck doch selbst!«

Paul Walkenried sah wirklich beeindruckend aus: groß und kräftig genug, das Riesenkreuz aus Pappe zu schleppen. Aber aus dem dichten Bart leuchtete ein Paar lustiger Augen hervor, die schlecht zu seiner Rolle passten. Jesus hatte sicher zorniger ausgesehen, als er die geldgeilen Geschäftemacher aus dem Tempel jagte.

»Und dieser hier?« Susanne tippte auf das Foto eines Mannes mit breiten Schultern und einem Rauschebart.

»Ach, Mehmet. Wollte auch den Jesus spielen. Aber der Vater ist Türke. Ein Moslem als Jesus? Geht doch gar nicht. Aber er darf den Pontius Pilatus geben.«

»Wer sagt das?«

»Alle hier. Und erst recht der Chef des Theatervereins ...«

Die PEGASUS-Chefin blätterte weiter: »Und der hier?«

»Josef Petkowicz? Der auch. Katholisch ist er ja. Aber zwei Mal geschieden. Geht hier gar nicht. Macht jetzt den Judas. Aber, sag mal: Du glaubst doch nicht ...«

Kalle Mager lächelte: »Wenn dein Mann nicht wegen seiner Affäre umgebracht worden ist, weshalb dann?«

Ilona wusste es nicht.

»Was hat er beruflich gemacht?«

»Zimmermann.«

Kalle grinste: »Passte doch! Jesus war auch Zimmermann.«

»Blödsinn«, korrigierte ihn sein Erzeuger. »Sein Vater Josef war das. Jesus hat sich nur herumgetrieben. Sonne Mischung aus Hippie und Wanderprediger.«

Ilona sah ihn entsetzt an: »So etwas darfste hier nicht laut sagen. Dann stellen sie dich beim nächsten Osterfeuer ganz oben auf den Scheiterhaufen!«

»Na und?«, grinste der Kameramann. »Es sind so viele Leute für ihren Glauben gestorben – dann sterbe ich eben für meinen Unglauben!«

Susanne schüttelte nur unwillig den Kopf und kämpfte sich weiter durch das Programmheft. Plötzlich stieß sie einen spitzen Schrei aus. »Wer ist das denn?«

Die Witwe lächelte verächtlich: »Jens Zeidler. Religionslehrer am Gymnasium in Biedenkopf. Das liegt schon drüben, in Hessen. Bei den Pietkong!«

»Wo?«

»Bei den Pietisten. Die sind evangelisch, aber schlimmer als die Taliban. Kein Fernseher, kein Handy für die Blagen ...«

Verblüfft starrten alle auf das Foto. Dieser Mann sah wirklich so aus, wie sich Dutzende Maler in den letzten zweitausend Jahren den Sohn Gottes vorgestellt hatten.

»Was meinst du, Ilona: Hätte der nicht ein Motiv gehabt?«

Die Frau dachte einen Moment nach: »Ich weiß ja, dass er bekloppt ist. Aber Mord?«

Langes Schweigen, Ratlosigkeit. Schließlich sagte Susanne: »Gut, wir kümmern uns. Aber was anderes: Gibst du uns ein Interview?«

Die Witwe sah sie entsetzt an: »Ich? Als Mordverdächtige im Fernsehen? Damit ich mich nirgends mehr sehen lassen kann?«

»Wir werden dein Gesicht verfremden. Niemand kann dich erkennen ...«

Ilona zögerte. Einen Augenblick lang glaubte Mager, sie werde nachgeben, doch dann schüttelte die Frau noch einmal den Kopf: »Nie und nimmer. Ich dachte, du wolltest mir als Freundin helfen. Aber du bist wohl nur hinter einer Story her, die du gut verkaufen kannst! Freundschaft ist etwas anderes!«

6

»Was habt ihr bloß?«, fragte Kalle, als sie das Café erreichten, das knapp oberhalb des Hotels auf der anderen Seite der Hauptstraße lag. Es war mit altem Hausrat und wunderschönem Kitsch überladen und bot eine vorzügliche Erdbeertorte an, aber Susanne ignorierte das Angebot. Die Niederlage saß tief und sie blickte Kalle wütend an: »Was wir haben?«

»Ja. Die Frau hat doch völlig recht. Sie will Hilfe von dir, aber du rückst gleich mit unserem Team an. Die muss sich doch ausgenutzt vorkommen.«

»Spinnst du?«, fragte sein Vater. »Du bringst dich gerade um deinen Job!«

»Mensch, Alter! Vor ein paar Jahren hast du selbst noch über diese Witwenschüttler vom Privatfernsehen gemeckert, die nach jedem Unglück die Hinterbliebenen vor die Kamera zerren. Und jetzt …«

»… machst du deinen Kopp zu!«, meinte der Bärtige. »Immerhin hast du Ilonas Bericht mitgeschnitten.«

»Das iPad lag mitten auf dem Tisch!«

»Ja, aber sie konnte nicht erkennen, dass du das Gespräch aufgezeichnet hast!«

Kalle schwieg und sein Vater legte nach: »Wer ohne Sünde ist, der werfe den ersten Stein. Na?«

Eine Sekunde Pause, dann zog der Sohn seinen elektronischen Zauberkasten aus der Hülle, tippte seinen Code ein und schob ein paar Symbole zur Seite, bis er das richtige gefunden hatte. Ein Fingertippen – und er grinste.

»Was … hast du gemacht?«

»Gelöscht. Einverstanden?«

Fassungslos nahm Mager die Brille ab und rieb sie an dem Saum seines T-Shirts blank: »Total bescheuert. Aus dir wird nie ein richtiger Journalist.«

Susanne schluckte ihren Kommentar herunter. Das Interview war weg – also mussten sie nach vorne denken: »Los, zahlen. Es geht weiter!«

7

Zehn Minuten später hatten sie den Hallenberger Vorort Braunshausen erreicht. Der Religionslehrer wohnte in einem alten Bauernhaus mit einer sorgsam restaurierten Fachwerkfassade am Rande des Dorfes.

Jesus hätte sich ein anderes Domizil gesucht, dachte Mager. Hier ist der Typ doch viel zu weit weg von den Menschen, die er missionieren könnte.

Mit laufender Kamera eilten sie auf den Eingang zu und zogen an einem geflochtenen Strick, der die Klingel ersetzte.

»Nicht da?«, fragte Kalle.

»Scht!«, machte Susanne. Irgendwo in den Sphären schwebte der Widerhall einer nicht unschönen Männerstimme: »Auf allen deinen Wegen …«

Die Melodei kam nicht vom Himmel, sondern aus dem Garten hinter dem Haus. Und ganz rechts führte eine Pforte in die Tiefen des Grundstücks.

»Kommt!«, flüsterte die Chefin und ging los, dich gefolgt von dem Kameramann, der mit einer Aufnahme aus der Hüfte ihren Weg verfolgte. Er führte zwischen einer Bruchsteinmauer und der Hauswand hindurch an mehreren kleinen Fenstern vorüber. Dann öffnete sich der Blick auf einen gut gepflegten Nutzgarten. In geraden Linien streckten Kartoffeln und Möhren ihr Laub in die Lüfte. Und der fromme Sänger stand, mit einem Leinenkittel und Holzpantinen angetan, bis zu den Schultern zwischen den Blättern eines Pflaumenbaums.

»Herr Zeidler?«

Der tiefe Bass erstarb, das Laub raschelte und das Gesicht des Mannes kam zum Vorschein. Er war hochgewachsen und mager – niemand würde ihn einer Todsünde wie der Völlerei verdächtigen. Sein weißer Bart war so lang, dass er ihn bequem zum Staubputzen nutzen konnte.

»Willkommen, meine Freunde! Was führt euch in diesen Garten Gottes?«

Meine Güte, dachte Mager, das ist ein Jesus der Armen und Entrechteten. Selbst in abgetragene Kleidung gehüllt, hätte er dem Papst höchstselbst die pompösen Seiden- und Brokatgewänder vom Leib gerissen.

»Herr Zeidler, wir sind vom WDR«, begann Susanne. »Wir wollen gerne Ihre Meinung zu dem Mord …«

Waren es ihre Worte oder der Anblick des Mikrofons? Auf jeden Fall verschwand Zeidlers Friedfertigkeit wie Weihrauch unter freiem Himmel. Sein rechter Arm zeigte mit ausgestrecktem Zeigefinger Richtung Ausgang.

»Hinaus!«, dröhnte er »Wie können Sie es wagen, diesen Ort des Friedens zu beschmutzen?«

Er griff zu einer Mistgabel, die in einem der Beete stak, und richtete sie wie ein Bajonett auf das Team: »Wenn Sie nicht sofort verschwinden …«

Susanne blieb unbeeindruckt stehen und schoss die nächste Frage ab: »In der Stadt munkelt man, Paul Walkenried habe sterben müssen, weil jemand ihn für unwürdig hielt, den Jesus zu spielen. Was meinen Sie zu dem Gerücht?«

Zeidler stoppte für einen Augenblick, als wäre er gegen eine unsichtbare Wand gelaufen. Dann brüllte er: »Was soll diese Unterstellung? Hinaus! Und wagen Sie es ja nicht, Ihren Frevel im Fernsehen zu zeigen!«

Sekunden später saßen sie wieder im Skoda. Kalle startete den Wagen so heftig, dass er beinahe gegen einen weißen Insignia geprallt wäre, der in der nächsten Kurve auf der falschen Straßenseite parkte.

»Pass doch auf!«, schrie Mager und blickte zurück. Zeidler stand mitten auf der Fahrbahn und stieß die Forke triumphierend in die Wolken. Genau so musste einst der heilige Bonifatius sein Beil geschwungen haben, nachdem er im hessischen Geismar die berühmte Thor-Eiche gefällt hatte – und der strafende Blitz des germanischen Obergottes ausblieb.

»Zurück nach Hallenberg?«, fragte Kalle.

Susanne nickte und fragte schließlich: »Habt ihr eigentlich gesehen, wer in dem weißen Schlitten saß, den wir beinahe geschrottet hätten?«

»Wie denn?«, fragte Mager. »Ging doch viel zu schnell …«

»Der Schnauzer mit der Stirnglatze. Der Typ, der dir die Sache mit den Vorurteilen erklärt hat, Klaus. Oben, vor dem Hotel!«

»Und?«, hakte Kalle nach.

»Ich frage mich, ob der uns verfolgt hat.«

8

Eine Stunde später steuerten sie die Kneipe des Hotels an. Der Raum war deutlich rustikaler als das Restaurant und in einer Ecke dröhnte ein Fernseher. Schweigend starrten sie in ihre Gläser und hoben erst den Blick, als im Fernsehen die Regionalnachrichten begannen. Plötzlich tauchte auf dem Bildschirm das Gesicht des ermordeten Jesus-Darstellers auf. Schlagartig wurde es in dem Kneipenraum still.

»Verdammt!«, zischte Mager. »Da war jemand schneller als wir!«

»Scht!«, machte es vom Nachbartisch. Der Kameramann

sah auf und erblickte den Dressman mit dem Schnauzbart. Er saß dort vor einem Glas Weizen, rauchte die nächste Montecristo und lächelte den Kameramann an.

»Der Madonnenmord von Hallenberg gibt der Polizei nach wie vor ein Rätsel auf. Die anfangs verdächtigte Ehefrau wurde nach langen Verhören wieder auf freien Fuß gesetzt. Ein Sprecher der Staatsanwaltschaft erklärte …«

Ein neues Bild tauchte auf: Stirnglatze, Schnauzbart, die perfekt gebundene Krawatte – schlagartig blickten alle drei zum Nebentisch. Der Mann auf dem Monitor und ihr Tischnachbar waren ein und dieselbe Person.

Teufel auch, dachte Mager und hatte Mühe, sich auf das Statement im Fernsehen zu konzentrieren: »Mehrere Indizien und ein klares Alibi signalisieren, dass wir einen anderen Täter als die befragte Zeugin suchen müssen. Ein Gattenmord war es nicht.«

Die weiteren Nachrichten gingen in lautstarken Debatten am Tresen und an den anderen Tischen unter. Der Schnauzbart nutzte die Chance, stand auf, bevor ihn noch jemand erkannte, und sah zum PEGASUS-Team hinüber. Mit einem leichten Kopfnicken deutete er in Richtung Ausgang. Mager und Susanne reagierten sofort, aber Kalle blieb sitzen und schaltete sein iPad ein.

»Was ist los?«, fragte die Chefin. »Die Mails von deinen Haremsdamen können warten!«

»Stimmt. Aber ich muss unbedingt was nachgucken! Da fiel ein Begriff in dem Nachrichtentext, den ich heute schon mal irgendwo gelesen habe …«

Resigniert folgte Susanne den beiden Männern auf die Terrasse.

»Pfannenstiel, Oberstaatsanwalt«, sagte der Schnauzbart und hielt Susanne die Hand hin. »Sind Sie enttäuscht?«

Die PEGASUS-Leute nickten. »Haben Sie auch die Schauspieler überprüft?«

»Ja. Die haben alle ziemlich dichte Alibis. Selbst der Herr mit der Mistgabel scheidet aus«, lächelte Pfannstiel. »Aber wenn Sie nicht so schnell gewesen wären, hätte ich ihn ja trotzdem einbuchten können: auf frischer Tat bei einem Journalistenmord erwischt.«

Er lachte leicht, aber bei PEGASUS fand man diese Bemerkung eher wenig lustig.

»Und jetzt?«

Der Oberermittler zog die Schultern hoch: »Heute Abend ertränken wir unseren Kummer in Weizenbier. Und morgen früh fangen wir von vorne an.«

»Falsche Zeitangabe!«, grinste Kalle Mager, der sich von hinten angeschlichen hatte. Er hielt dem Staatsanwalt sein iPad hin: »Lesen Sie mal! Stand heute in der Frankfurter Rundschau …«

Pfannenstiel nahm das Gerät entgegen, las, runzelte die Stirn, pfiff plötzlich durch die halb geöffneten Lippen und sah Kalle anerkennend an. »Mensch, was sind diese Dorfbullen blöd. Die wollten unbedingt ihren Eifersuchtsmord haben! Aber das hier ist wirklich eine heiße Spur!«

»Sieht so aus«, nickte Kalle bescheiden. »Dazu passt ja, dass es den Zimmermann und nicht den Künstler selbst erwischt hat. Der Täter stammt nicht von hier.«

»Wenn das stimmt«, prophezeite Pfannenstiel, »werden Ihnen die Leute hier die Füße küssen.«

»Wieso das denn?«, fragte Mager.

»Weil der Täter dann kein Sauerländer war, sondern ein Hesse!«

Er gab Kalle das iPad zurück und verschwand. Susanne schnappte sich das Gerät und Mager musste ihr beim Lesen über die Schulter gucken. Gleich das erste Wort elektrisierte beide: *Madonnenmörder verurteilt.*

9

Eine lange Nacht lag hinter ihnen, als sich der Staatsanwalt und das PEGASUS-Team wieder vor dem *Sauerländer Hof* einfanden. Über den östlichen Bergen ging bereits die Sonne auf, doch es war noch empfindlich kalt.

Pfannenstiel zog eine Taschenflasche heraus, nahm einen kräftigen Schluck daraus und reichte sie dann herum: »Prima Wodka. Ganz neue russische Sorte. Mit Milch gereinigt, absolut verträglich und dazu noch demokratisch. Heißt schließlich *Parliament* …«

Während die Flasche kreiste, dachte Klaus-Ulrich Mager über die Person und das Motiv des Täters nach. Schließlich schüttelte er den Kopf: »Der Typ muss bekloppt sein. Ich kapier's einfach nicht.«

»Mensch, Vatta!«, sagte Kalle. »Der Typ ist tief katholisch und verehrt die Mutter Gottes, als hätte sie auch ihm das Leben geschenkt.«

»Na und?«

»Kennen Sie Raffaels *Sixtinische Madonna*?«, fragte Pfannenstiel.

Mager zog die Schultern hoch.

»Dachte ich mir. Wohl selbst ein Ketzer. Also, das Bild hängt in Dresden. Über allem schwebend, weich, gütig, mit einem mitleidenden Unschuldsgesicht. Und wann immer der Täter eine modern gemalte Madonna oder eine gesichtslose, stilisierte Skulptur der Gottesmutter entdeckt hatte, war ihm der Erzengel Gabriel erschienen und hatte ihn beauftragt, diesen Frevel zu beseitigen. Also war er losgezogen und hatte mit Teppichmesser oder Vorschlaghammer dafür gesorgt, dass diese Ketzerei ein Ende fand. Sieben Mal hat er zugeschlagen – aber beim achten Mal haben sie ihn erwischt und jetzt wegen Sachbeschädigung verurteilt …«

»Verstehe«, sagte Susanne. »Da war ihm eine Madonna aus Eis erst recht eine Herausforderung!«

Der Oberstaatsanwalt nickte: »Er hat von dem Projekt in der Zeitung gelesen. Und Gabriel hat ihm befohlen, auch diesem Unfug ein Ende zu bereiten. Um jeden Preis!«

»Und dank Kalles Kombinationsgabe konnten wir den Mord an Ilonas Mann auch dem Madonnenmörder zuordnen«, meinte Susanne. »Die Hallenberger hätten wahrscheinlich lieber einen evangelischen Ketzer als Täter gehabt.«

»Ist egal«, grinste Pfannenstiel. »Hauptsache, der Mann hat hinter der Zonengrenze gewohnt, bei den bösen Hessen!«

Die Wodkaflasche kehrte zu ihm zurück. Prüfend schüttelte er sie – ein guter Schluck war noch drin. Schon wollte er ihn sich selbst genehmigen, da fiel sein Blick auf den Kameramann. Trotz der Lederjacke waren dessen Lippen in der Morgenkälte blau angelaufen und er zitterte so, dass seine dritten Zähne aufeinanderschlugen.

»Sie brauchen den Schluck nötiger«, sagte der Staatsanwalt, während er Mager die Flasche reichte. »Da fällt mir doch glatt ein Spruch ein, den ich bei euch im Ruhrgebiet gehört habe …«

Er dachte ein paar Sekunden nach und nickte schließlich zufrieden: »Es friert im dicksten Winterrock, der Pfarrer und der Hurenbock!«

»Und was ist mit den Juristen?«, fragte Susanne lächelnd.

»Mit uns? Wir sind natürlich die Größten. Und völlig immun gegen Kälte – und Kritik!«

Busenfeindinnen

Sunil Mann

Sie hielt den Atem an und starrte ins Halbdunkel, die Augen aufgerissen wie ein verängstigtes Tier. In ihren Ohren pochte das Blut, der Schmerz fräste sich im Takt des Pulsschlags ins Gehirn. Die Geräusche, die eben noch von oben zu hören gewesen waren, waren verstummt, kein Schlurfen mehr, kein Flüstern. Oder hatten ihr die Nerven einen Streich gespielt?

Im dämmrigen Licht zeichneten sich allmählich die Umrisse von Möbeln ab: ein Sofa, ein Flachbildfernseher gegenüber. Das Rehgeweih auf Augenhöhe sorgte für einen Hauch Folklore, in der Ecke ein Ledersessel, gerahmte Kunstdrucke an der Wand.

Ein dumpfer Schlag hatte sie empfangen, als sie neugierig die angelehnte Tür geöffnet hatte, und sie sogartig in die Tiefe gerissen. Bis sie irgendwann blinzelnd wieder zu sich gekommen war.

Im selben Moment war der Schmerz in ihrem Kopf explodiert. Reflexartig hatte sie die Luft eingesogen, doch ihr Mund hatte sich nicht öffnen lassen, durch die Nase war nicht genug Sauerstoff gekommen. Sie hatte förmlich gespürt, wie die Lungenflügel in sich zusammenfielen, während sich ihr Körper panisch aufbäumte, die Augäpfel in Todesangst hervorquollen. Ruhig bleiben, Bettina, hatte sie sich ermahnt. Und sich gezwungen, durch die Nase zu atmen.

Ihr Mund war mit einem widerstandsfähigen Material zugeklebt, das schmerzhaft an ihrer Haut zerrte, wenn sie den Unterkiefer vorschob. Ein Seil fixierte ihren Oberkörper an der Lehne des Stuhls, die Hände waren auf dem Rücken gefesselt und ihre Unterschenkel mit Klebeband fest an die Stuhlbeine gepappt. Sie konnte sich keinen Millimeter bewegen, so sehr sie sich auch abmühte.

Heftig schnaufend hielt sie inne. Sie befand sich in der Ferienhaussiedlung *Landal*, das war ihr sofort klar gewesen, in einem der identisch aussehenden Häuschen mit weiß getünchter Fassade und wie aufgeklebt aussehendem Fachwerk. Seit Beginn der Saison arbeitete sie in der Verwaltung ebendieses Ferienparks, als Schweizerin kannte sie sich aus mit Tourismus und Wintersport. Sie hatte dringend eine Auszeit von Zürich gebraucht, wo die Erinnerung an ihren Ex allgegenwärtig war, und sich spontan auf das Stelleninserat in der *Hotelrevue* beworben.

Auf der gegenüberliegenden Anhöhe lag Winterberg, am Hang die hell beleuchteten Sprungschanzen. Weiter hinten verlief die Bobbahn, wo sich heute Abend wegen der *WOK WM* Tausende von Menschen versammelt hatten. Ein strahlendes Lichtermeer. Sie hatte ihren Chef deswegen um ein paar zusätzliche freie Tage gebeten und sich auf eine tolle Party gefreut, gefolgt von einem romantischen Kurzurlaub mit Martin, dem attraktiven Skilehrer, der ihr die Pisten der Region zeigen wollte. Doch in der Zwischenzeit …

Oben fiel polternd etwas zu Boden und Bettinas Herz setzte einen Schlag aus. Ein gezischter Fluch war zu vernehmen, dann herrschte wieder Stille. Ihr Blick flog zum Treppenaufgang, der vom Wohnzimmer in den oberen Stock führte.

Sie hatte sich doch nicht getäuscht. Jemand war im Haus!

Die regionalen Zeitungen hatten bereits im Vorfeld über ihren Besuch berichtet, die Fotos derart eindeutig, dass die

meisten davon mit einem schwarzen Balken zensiert worden waren. Denn dem begeisterten *Playboy*-Leser von der Gemeindeverwaltung war nicht nur Mareike Roecks Vorliebe für durchscheinende und offensichtlich andauernd verrutschende Dessous ins Auge gestochen, sondern auch ihr Faible für sportliche Betätigungen. Im Sommer legte sie sich gern in Scheveningen an den Strand, war in dem dürftigen Interview zu lesen, das in einem kleinen Kästchen neben der Fotostrecke abgedruckt war, zur Skisaison kurvte sie am liebsten über die Pisten von Winterberg. Anlass genug, fand der Beamte, die Dame zur nächsten *WOK WM* einzuladen, und er leistete nicht nur im Gemeinderat, sondern auch bei den Verantwortlichen des Fernsehsenders Überzeugungsarbeit.
Mit Erfolg, kurze Zeit später holte man das holländische Playmate, das sich zum Bedauern des Willkommenskomitees in einen dicken Pelzmantel gehüllt hatte, am Bahnhof von Olsberg ab.

Nach der offiziellen Begrüßung war sie dann bei Dan aufgetaucht, dessen *Irish Pub* bereits am frühen Abend brechend voll war. Holländische Touristen, die mit rot glühenden Gesichtern direkt von der Piste kamen, drängelten sich gemeinsam mit den Einheimischen an der Theke. Das Bier floss in Strömen und die Stimmung war entsprechend ausgelassen. Als Mareike Roeck das Lokal betrat, verstummte der Lärm jedoch bis auf ein paar anzügliche Lacher.

Instinktiv rückte Bettina näher an Martin heran, mit dem sie sich heute hier verabredet hatte. Sie, die etwas zurückhaltende Schweizerin, taxierte die Holländerin missbilligend, während diese ihren Mantel lasziv über die Schultern gleiten ließ und in einem engen schwarzen Pullover die beiden überzeugenden Gründe zur Schau stellte, deretwegen sie überhaupt hier war. Ihr mascaraumflorter Blick wanderte durch den Raum und verweilte eine Idee zu lang bei Martin, bevor sie sich viel zu nah an ihm vorbei an die Bar drängte.

»Entschuldigen Sie«, hauchte sie, während sich Martin wie hypnotisiert nach ihr umwandte.

»Macht nichts«, erwiderte er stammelnd.

Augenrollend hörte Bettina dem nachfolgenden Geplänkel zu. Wie schwierig es doch sei, einen kompetenten Skilehrer zu finden, säuselte das Playmate, worauf Martins Ohren rot anliefen und er wie ein dressierter Primat auf sich deutete.

»Ach tatsächlich?«, gab sich die Roeck erstaunt. »Würde es Ihnen etwas ausmachen, mich gleich morgen früh dranzunehmen?«

Stumm schüttelte Martin den Kopf.

»Begleiten Sie mich als Gegenleistung zur Show? Man hat mir die besten Plätze auf der Tribüne reserviert.« Das Playmate zwinkerte aufreizend. »Natürlich nur, wenn Sie wollen!«

Begeistert sagte Martin zu und bemerkte dabei weder den triumphierenden Blick, den die Roeck Bettina über seine Schulter hinweg zuwarf, noch sah er deren eisige Miene. Spätestens jetzt war beiden Frauen klar, dass sie sich auf den Tod nicht ausstehen konnten. Busenfeindinnen, vom ersten Moment an.

Bettina spülte die Enttäuschung darüber, dass sie gerade skrupellos ausgebootet worden war, mit einem großen Schluck Bier hinunter. Bis morgen Abend konnte noch einiges geschehen. Und nach einem weiteren Schluck hatte sie auch schon eine Idee, was.

In panischer Angst starrte Bettina auf die schwarzen Stiefel, die soeben auf der obersten Treppenstufe aufgetaucht waren.

Mit schweren Schritten kam der Mann ins Wohnzimmer

herunter. Seine Kleidung war komplett schwarz: Hose, Anorak, selbst die Skimütze, die er über sein Gesicht gezogen hatte und die nur die Augenpartie frei ließ.

»Verdammte Scheiße, da ist nix. Kein Schmuck, kein Bargeld, nicht einmal ein Laptop oder so.« Ein untersetzter Mann folgte dem ersten. Er war ebenfalls schwarz gekleidet, die Kapuze seiner Jacke verdeckte sein Gesicht zur Hälfte. Auf seiner Schulter saß eine weiße Ratte und schnupperte neugierig.

»Ist egal, wir entführen die Tussi und fordern ein fettes Lösegeld.«

»Genialer Plan, Kalle.«

»Halt die Klappe und nenn mich nicht bei meinem Namen! Sie kann uns vielleicht hören!« Der Größere deutete auf Bettina, die sich blitzschnell bewusstlos gestellt hatte.

»Was wollte die überhaupt hier?«

»Keine Ahnung.« Er ließ seine Knöchel knacksen. »Aber wir machen sie kalt.«

»Cooler Plan, Kalle!«

»Eben hab ich dir doch gesagt, du sollst meinen Namen nicht aussprechen!«

»Sorry, Kalle.« Der Untersetzte ließ sich in den Ledersessel fallen und begann, mit seiner Ratte zu spielen.

Bettina verharrte reglos, trotz ihrer Vermummung hatte sie die beiden Männer gleich erkannt: Oli, der seinem teigigen Gesicht mit einem Nasenring vergeblich etwas Verruchtheit zu verleihen versuchte und nie ohne sein ekliges Nagetier unterwegs war, und der lange Kalle. Beide nicht sehr helle, beide ›Hesseköpp‹, wie man in Winterberg die benachbarten Hallenberger nannte. Nicht nur auf dem lokalen Polizeirevier waren sie bekannt für ihre stümperhaften Delikte – Autodiebstahl, Einbruch, Urkundenfälschung –, ihre Coups waren berüchtigt dafür, phänomenal in die Hose zu gehen. Was auch immer die beiden planten, es war nur eine Frage der Zeit, bis die Polizei auftauchen würde, dachte Bettina erleichtert.

»Schalt den Fernseher ein!«, forderte Kalle Oli auf, der sich schwerfällig aus dem Sessel hievte und zur Fernbedienung griff. Augenblicklich erschien Stefan Raabs Konterfei und füllte den Bildschirm mit zwei schier endlosen Zahnreihen.

»Da! Da ist sie!« Aufgeregt deutete Oli auf die Tribüne, und durch ihre spaltbreit geöffneten Lider erkannte Bettina Mareike Roeck – und auf dem Platz daneben Martin. Verdammt, fluchte sie innerlich. Der Abend wäre völlig anders ausgegangen, wenn die beiden Hohlköpfe sie nicht niedergeschlagen hätten.

»Die Sendung ist gleich vorbei. Wir schnappen diese Roeck, sobald sie zurückkommt, und hauen ab. Und dann regnet's Kohle ohne Ende.«

Verblüfft schnaubte Bettina auf. Die Blödmänner wollten tatsächlich Mareike Roeck entführen! Dabei hatten sie noch nicht einmal bemerkt, dass sie ins falsche Ferienhaus eingebrochen waren. Natürlich sahen die Unterkünfte nahezu identisch aus, aber so bekloppt konnte man ja wirklich nicht sein! Das Playmate wohnte nebenan, das wusste sie nur zu genau. Wütend begann Bettina auf dem Stuhl zu wippen und zerrte an den Fesseln.

»Was geht denn hier ab?« Kalle sprang vom Sofa auf und kam auf sie zu. »Da will wohl jemand die Flucht ergreifen!«

Bettina schrie ihn an, er solle sich verpissen, doch das Geräusch, das aus ihrem zugeklebten Mund drang, klang wie das Summen einer zornigen Hummel.

»Na warte!« Kalle riss das Klebeband von ihren Beinen, löste das Seil und zerrte sie unsanft vom Stuhl hoch.

»Ey Mann, ich glaub, ich brauch hier etwas Unterstützung!«, keuchte er zu Oli gewandt, während er die zappelnde Bettina zum Heizkörper manövrierte und sie dort festhielt. »Die schlägt aus wie ein junges Fohlen!«

Oli setzte die Ratte wieder auf seine Schulter und seufzte unwillig. »Ich guck gerade TV.«

»Ich guck gerade TV«, äffte Kalle seinen Kumpel nach, derweil er angestrengt schnaufend Bettinas Handgelenke an den Heizkörper fesselte und dabei den Strick so eng anzog, dass sie vor Schmerz aufgeschrien hätte, wäre ihr das möglich gewesen.

Verzweifelt winkelte sie die Beine an und in dem Moment, als sich Kalle aufrichtete, trat sie ihm mit aller Kraft in den Bauch. Kalle taumelte nach hinten und prallte gegen die Wand. Ein abgewürgter Laut entfuhr ihm, danach blieb er reglos stehen.

Im flackernden Licht des Fernsehers sah Bettina voller Entsetzen, wie sich ein Schwall Blut über die Wand ergoss. Sie hörte Oli aufheulen, sah ihn vom Sofa stolpern und auf die Knie sinken. Er blickte zu Kalle hoch, als wäre er in der Kirche und bitte einen blutenden Jesus um Vergebung. Im nächsten Moment fuhr er herum, rasende Wut im Blick. Auf allen Vieren kam er auf sie zugekrabbelt, die Ratte quietschte auf seiner Schulter, ein groteskes doppelköpfiges Riesenbaby, das Gesicht zur Fratze verzogen. Bettina stockte der Atem, ihr blieb keine Wahl. Ein dumpfes Knacken war zu hören, als die Wucht ihres Trittes Olis Kopf in den Nacken schleuderte.

Am frühen Abend hatte Bettina sich auf den Weg zum Playmate gemacht, für das sie selbst das Häuschen im Ferienpark *Landal* gebucht hatte, eine Tüte mit frisch gebackenen Rosinenbrötchen dabei. Eine kleine Aufmerksamkeit eines anonymen Verehrers, sollte die Roeck denken, Bettina hatte ein entsprechendes Kärtchen und eine rote Rose dazugelegt.

Denn sie war am Vortag beim offiziellen Empfang gewesen, als der Gemeindepräsident die Roeck vor dem Einkaufszentrum in der *Neuen Mitte* mit einem Säckchen ›Winterberger Schneeflocken‹ willkommen geheißen hatte. Worauf diese hysterisch zurückgezuckt war. »Nougat, Schokolade und Marzipan, wollen Sie mich umbringen?«, hatte sie gekreischt und vorwurfsvoll die Augen aufgerissen. Sie sei allergisch auf Nüsse und könne daran ersticken.

Bettina hatte dem Brötchenteig ihrer Speziallieferung nur wenig gemahlene Haselnüsse beigefügt, eine Handvoll, höchstens zwei. Das Gesicht der Roeck voller roter Pusteln, ein bisschen Atemnot vielleicht, sicher jedoch keine Tribüne, kein Fernsehen und vor allem kein Martin. Sie hatte die Tüte an die Klinke gehängt und war bereits auf dem Rückweg gewesen, als ihr die angelehnte Tür nebenan aufgefallen war. Sie hatte genau gewusst, dass das Haus zurzeit leer stand und die nächsten Mieter erst in zehn Tagen anreisen würden. Vielleicht hatten die Putzfrauen vergessen abzuschließen? Pflichtbewusst, wie sie als Schweizerin war, hatte sie angeklopft, bevor sie die Tür ganz geöffnet hatte.

Das Morgenrot tauchte das Wohnzimmer in flammendes Licht. Kalle war in der Nacht vornübergefallen, sie hatte es nicht einmal mitbekommen, so erschöpft war sie gewesen. Er lag mit dem Gesicht nach unten auf dem Boden, das Rehgeweih steckte immer noch in seinem Hinterkopf. Schaudernd wandte sich Bettina ab und zuckte zusammen. Im Ferienhaus nebenan stand die Roeck am Fenster und blickte verträumt auf Winterberg. Nie im Leben hätte Bettina gedacht, dass sie sich einmal derart über den Anblick des Playmates freuen würde.

Sie warf sich hin und her, doch erst als sie wild mit den Beinen in der Luft strampelte, wurde die Holländerin auf sie aufmerksam. Vor Erleichterung flossen Bettina Tränen übers Gesicht, als sie die Roeck ungläubig herüberglotzen sah. Einen Moment lang schien es, als würde sie alles fallen lassen und Bettina zu Hilfe eilen.

Doch dann lächelte sie nur hämisch über den Rand ihrer Kaffeetasse hinweg und biss herzhaft in ein Gebäckstück. Entsetzt erkannte Bettina, dass es eines ihrer selbst gebackenen Rosinenbrötchen war.

Kaum hatte sie den Happen hinuntergeschluckt, begann die Roeck zu würgen, Brötchen und Tasse flogen in hohem Bogen durch den Raum, nach Luft schnappend griff sie sich an den Hals. Die Haut wurde rot und fleckig, als hätte man ihr mit einem Büschel Nesseln ins Gesicht geschlagen, die Augen quollen aus den Höhlen. Sie torkelte und prallte mit dem Kopf heftig gegen die Fensterscheibe, versuchte sich noch festzuhalten, vergebens.

Schon wieder drang dieses kratzende Geräusch in ihr schwindendes Bewusstsein. Zwei Tage waren vergangen, ohne dass jemand aufgetaucht war. Die Roeck hatten sie gefunden, natürlich, Frauen wie sie wurden sofort vermisst.

In einem schwarzen Sack hatten sie das Playmate abtransportiert, doch niemand hatte hinübergeguckt, ins leer stehende Ferienhaus, so heftig Bettina sich auch aufgebäumt hatte. Sie lebte noch nicht lange genug in Winterberg, als dass jemandem ihre Abwesenheit aufgefallen wäre. Und im Büro nahmen sie an, sie genieße ihre Freitage auf den Pisten rund um den Ferienort.

Die Zunge klebte ihr am Gaumen, das Schlucken fiel schwer. Sie öffnete die verklebten Lider und wich entsetzt zurück. Die roten Augen waren direkt vor ihr, glühend im Dämmerlicht und viel zu nah. Schnuppernd hob die Ratte ihre Nase. Ihr Fell war struppig und blutverschmiert, und als Bettina bemerkte, dass das Tier etwas Glitzerndes zwischen seinen scharfen Zähnen trug, richtete sie sich mühsam auf.

Und hätte laut aufgeschrien, hätte sie noch die Kraft dazu gehabt. Ein abgrundtiefes Grauen befiel sie, während sie unverwandt auf Olis Nasenring starrte.

Olsberger Doppel

Jan Zweyer

Fast zeitgleich fuhren die Busse vor dem *Parkhotel* vor. Der eine kam aus Köln. In ihm reisten überwiegend Frauen mittlerer Jahrgänge, die den Kurzurlaub in einem Supermarkt in Nippes gebucht hatten. Sie hatten sich während der Fahrt – in freudiger Erwartung des Kommenden – mit zahlreichen Piccolöchen und dem Absingen nicht ganz zeitgemäßer Karnevalslieder bei Laune gehalten.

Der zweite Bus war in Lünen gestartet. Die zumeist männlichen Reisenden waren zum größten Teil Gewinner eines Preisausschreibens eines örtlichen Baumarktes. Auch sie hatten gesungen und getrunken – lauwarmes Bier und *Kümmerling*, mit deren Verkauf der Busfahrer sein Budget aufbesserte.

Zeitgleich stürmten beide Gruppen die Rezeption, an der drei Angestellte mit professioneller Freundlichkeit die Zimmerschlüssel verteilten. Für sie war der Trubel nichts Neues, erreichten doch fast täglich mehrere Busladungen Kurzurlauber das Haus an der Ruhr im sauerländischen Olsberg.

Er fiel ihr sofort auf. Der vielleicht Fünfzigjährige stand etwas abseits, beobachtete mit einem amüsierten Gesichtsausdruck den Kampf der anderen Urlauber um die Aufmerksamkeit der Hotelangestellten.

Sie taxierte ihn: groß gewachsen, schlank. Das grau melierte Haar voll. Vermutlich ein Toupet, dachte sie. In dem Alter bestimmt. Braun gebrannt. Perfekt geschnittener, heller Sommeranzug. Den farblich dazu passenden Mantel lässig über den rechten Arm gelegt. Zu seinen Füßen ein Koffer der teureren Art.

Auch sie hatte sofort seine Aufmerksamkeit erregt. Er schätzte sie auf etwa vierzig. Im Gegensatz zu den meisten ihrer Mitreisenden, die auf der Fahrt Jeans bevorzugten, trug sie ein elegantes, dunkelblaues Kostüm. Das blonde Haar hochgesteckt, ihren Hals schmückte eine dezente Goldkette. Sie wandte den Kopf in seine Richtung und für einen Moment trafen sich ihre Blicke. Sie lächelte. Eine der anderen Frauen sprach sie an und das kurze Einvernehmen, das er meinte, in ihren Augen gelesen zu haben, verflog.

»Zimmer 311«, hörte er den Angestellten sagen, der ihr den Schlüssel zuschob. »Dritte Etage. Der Fahrstuhl ist dort hinten.«

Er hatte extra wie sie als einer der Letzten ihrer Gruppe an der Rezeption eingecheckt und es auch geschafft, mit ihr und einigen weiteren Personen gemeinsam im Aufzug zu fahren.

»Habt ihr schon gehört?«, informierte eine der Damen die Anwesenden, nachdem sich die Fahrstuhltür geschlossen und sich die Kabine mit einem leichten Ruck in Bewegung gesetzt hatte.

»Morgen ist in Olsberg Schützenfest. Da ist jede Menge los. Das können wir doch prima mit unserem ersten Spaziergang verbinden. Soll nicht weit sein, nur etwa drei Kilometer.« Sie schaute auffordernd in die Runde. »Na, was ist? Wer macht mit?«

Der Lift hielt. Die Dame im blauen Kostüm griff ihren Trolley. Vor der geöffneten Fahrstuhltür blieb sie einen Moment stehen und hielt inne, als ob ihr etwas eingefallen wäre.

Dann antwortete sie mit rauchiger Stimme: »Ja, das Schützenfest. Warum nicht?«

Für einen Moment hatte er den Eindruck, ihre Antwort sei nur für ihn bestimmt gewesen. Was also sprach gegen ein Schützenfest?

Kurz vor neun Uhr marschierte er am nächsten Morgen los. Der Wanderweg 3 zur *Hasley-Hütte*, an der das Wettschießen stattfand, war bereits im Ort ausgeschildert. Zahlreiche Einheimische und Urlauber waren wie er unterwegs. Mehrmals sah er sich um, entdeckte aber kein bekanntes Gesicht.

Als er das Gelände im Wald oberhalb der Bundesstraße erreichte, hatte das Schießen bereits begonnen. Hunderte von Menschen drängten sich um die Hütte und die Bierstände. Er kämpfte sich durch die Menge am Vereinsheim der Schützenbrüder *St. Michael* vorbei weiter Richtung Süden, bis er den Aar auf einer Stange in einer anscheinend künstlich angelegten Senke ausmachen konnte. Davor standen Dutzende von Männern in meist grauen Uniformen und schauten gebannt nach oben, wo der Vogel thronte. Jeweils zwei Schützen feuerten aus Gewehren, die an einer Art Lafette befestigt waren. Von Zeit zu Zeit trudelte ein Teil des Aars zu Boden, was von den Zuschauern mit lauter Zustimmung quittiert wurde.

Schon bald war er des Zusehens müde. Schließlich war er hier, um zu arbeiten. Also ging er zurück zu einem der Stände, um sich ein Bier zu holen. Mit dem Glas in der Hand suchte er sich einen freien Platz an einem etwas abseitsstehenden Tisch und beobachtete die Besucher.

Dann entdeckte er sie. Mit einigen anderen Frauen passierte sie die alte Schützeneiche. Er erhob sich, um ihre Aufmerksamkeit auf sich zu lenken.

Sie hatte ihn trotz der vielen Menschen sofort ausgemacht und schenkte ihm ein Lächeln. Amüsiert registrierte sie, dass er heftig winkend signalisierte, dass an seinem Tisch noch

Plätze frei wären. Sie diskutierte kurz mit ihren Begleiterinnen, die sich lieber den Schießwettbewerb ansehen wollten. Sie verabredeten, sich später wieder an der Schützeneiche zu treffen, um noch gemeinsam ein Bier zu trinken und anschließend den Heimweg anzutreten.

Er sah sie näher kommen. Zielstrebig bahnte sie sich ihren Weg durch die Menge. Als sie zu ihm trat, machte er einen Schritt auf sie zu, streckte ihr die Hand zur Begrüßung entgegen und sagte: »Gestatten Sie, dass ich mich vorstelle. Werner von Gerolsteiner. Wie nett, dass wir uns hier treffen.«

Sie schüttelte seine Hand. »Elisabeth Weidenkötter. Angenehm.«

Mit einer einladenden Armbewegung bat er sie, Platz zu nehmen. »Darf ich Ihnen ein Getränk besorgen?«

Sie setzte sich. »Gern. Meinen Sie, es gibt auch Sekt?«

Elisabeth schaute ihrem neuen Bekannten nach, bis er in den Besuchermassen verschwunden war. Ein von Gerolsteiner also. Adel? Oder familiär verbunden mit dem großen Mineralwasserproduzenten? Das würde sie schon bald in Erfahrung bringen.

Mit einem Glas Wein und einem weiteren Bier schob er sich durch die Besuchermassen. Elisabeth Weidenkötter trug keinen Ehering. Das hatte er sofort bemerkt. Sie war also nicht verheiratet.

Nein, korrigierte er sich: Sie machte den Eindruck, ledig zu sein. Möglicherweise hatte sie ihren Ring nur während des Urlaubs abgelegt, um ihre Chancen beim anderen Geschlecht zu erhöhen. Allerdings war ihm keine verräterische Druckstelle an ihrem Ringfinger aufgefallen. Er würde sich vorsichtig erkundigen müssen.

»Es gab leider keinen Sekt«, entschuldigte er sich, als er ihr das Glas servierte. »Ich habe stattdessen einen trockenen Weißwein genommen.«

Von Gerolsteiner wiegte leicht den Kopf. »Ich hoffe, er ist trinkbar. Zum Wohl.«

Elisabeth nahm einen kleinen Schluck.

»Vielleicht ein wenig zu warm«, lautete ihr Urteil. »Sonst schmeckt er.«

»Das freut mich.«

Sie sah ihrem Gegenüber in die Augen. »Entschuldigen Sie, dass ich so direkt frage. Aber ich kann meine Neugier nur schwer bezähmen.« Sie lächelte kokett. »Einer meiner zahlreichen Fehler. Sind Sie mit dem Mineralwasserproduzenten verwandt?«

Er schüttelte den Kopf. »Das werde ich häufiger gefragt. Diese Firma trägt ihren Namen nach dem Ort Gerolstein in der Eifel. Die früheren Herrscher dort hießen auch anders. Meine Familie hingegen stammt aus Siebenbürgen. Die Bedeutung des Namens liegt im Dunkeln, ich habe mich vor Jahren etwas mit Genealogie beschäftigt. Es gab in Ungarn beziehungsweise Rumänien kein Adelsgeschlecht derer von Gerolstein.«

Er schmunzelte. »Wenn Sie also annehmen, ich sei wegen des *von* adelig, muss ich Sie leider enttäuschen.«

Elisabeth winkte ab. »Nein, so habe ich das nicht gemeint. Es interessierte mich einfach.«

Beifall brandete auf. Die Menschen strömten vom Schießplatz herbei und stauten sich an den Getränkeständen.

»So wie es aussieht, hat Olsberg einen neuen Schützenkönig«, meinte von Gerolsteiner und zeigte auf sein halb leeres Glas. »Ich befürchte, weiterer Nachschub wird nur mit viel Geduld zu besorgen sein.«

Elisabeth Weidenkötter deutete seine Bemerkung richtig. »Dann lassen Sie uns ins Dorf hinuntergehen, bevor die ganze Meute dort einfällt und in den Gaststätten kein Platz mehr zu bekommen ist. Was halten Sie davon?«

»Mit Vergnügen«, erwiderte von Gerolsteiner und erhob sich.

Auf dem Weg zurück ins Zentrum von Olsberg erfuhr Elisabeth Weidenkötter, dass ihr Begleiter früher als Mitgesellschafter und Geschäftsführer einer großen Speditionsfirma im Ruhrgebiet gearbeitet hatte und nun schon seit einigen Jahren privatisierte. Nein, eine Familie gebe es nicht, erzählte er ihr. Nur eine ältere Schwester, die in einer Seniorenresidenz am Bodensee lebte und zu der er nur sporadischen Kontakt hielte. Seine Zeit verbringe er mit Reisen und seiner Sammlung zeitgenössischer Malerei.

»Ein kostspieliges Hobby«, stellte Elisabeth interessiert fest.

»Es kommt darauf an, wie Sie den Begriff definieren. Ich sehe das eher so: Das eine bedruckte Papier wird durch anderes ersetzt.« Als er ihren fragenden Blick bemerkte, erklärte er: »Banknoten werden zu Bildern.«

Sie lachte auf. »Ach so. Eine hervorragende Beschreibung.« Wie beiläufig griff sie seinen Arm und hakte sich ein. »Darf ich?«

Das Paar betrat den *Gasthof Kropff*. Elisabeth Weidenkötter zeigte amüsiert auf den ausgestopften Hasenkopf mit Hörnern, der neben echten Geweihen an der Wand hing.

»Ein Wolpertinger«, schmunzelte sie. »Nett.«

Die beiden fanden einen Platz an dem großen Holztisch im ›Türmchen‹ und bestellten Kaffee. Während sie auf die Getränke warteten, plauderte Elisabeth über ihr Leben. Sie stamme aus einer alten rheinischen Kaufmannsfamilie, die schon seit sechs Generationen im Wollhandel tätig sei. Sie habe einen Bankier geheiratet, eine Verbindung, die beiden

Familien gutgetan hätte. Aber ihr Mann sei leider vor einigen Jahren verstorben, die Ehe sei kinderlos geblieben und nun falle ihr in ihrer Villa am Rheinufer die Decke auf den Kopf und sie müsse unter Leute. Deshalb reise sie auch so gern mit Gruppen. Man bekomme einfacher Kontakt, erklärte sie.

Elisabeth Weidenkötter und Werner von Gerolsteiner verbrachten einen überaus angenehmen Nachmittag miteinander. Und als sie später gemeinsam durch Olsberg bummelten, berührten sich wie zufällig ihre Hände.

Sie hatten sich zum Frühstück verabredet und saßen an einem kleinen Tisch, der eine ungestörte Unterhaltung ermöglichte. Er berichtete ihr von seiner Familie, dem Unternehmen am Rande des Ruhrgebiets, aus dem er sich zurückgezogen hatte, um »ein wenig kürzer zu treten«, wie er sich ausdrückte, seinen Reisen, den Bildern und dem Sommerhäuschen auf Mallorca.

Sie beschrieb ausführlich ihre Villa, »die eigentlich zu groß« für sie alleine sei und offenbarte, dass sie sich nach einer starken Schulter zum Anlehnen sehne, wenn ihr manchmal alles zu viel werde.

Als das Servierpersonal für das Mittagessen eindeckte, waren sie immer noch ins Gespräch vertieft. Im Laufe des restlichen Tages stellten sie übereinstimmend fest, dass es so etwas wie Seelenverwandtschaft zwischen ihnen geben müsse, da ihre Wünsche und Auffassungen fast identisch waren.

In dieser Nacht liebten sie sich.

Am nächsten Morgen lenkte Elisabeth ihre Unterhaltung behutsam zu der Frage, die ihr unter den Nägeln brannte.

»Könntest du dir vorstellen«, fragte sie, als sie auf der kleinen Holzbrücke standen, die über die hier fast jungfräuliche Ruhr führte, »dass unsere Beziehung eine Perspektive haben könnte?«

Werner nahm sie in den Arm. »Warum denn nicht«, antwortete er und küsste sie.

Nach dem Abendessen unternahmen sie einen Spaziergang durch den Ort. Wieder war es Elisabeth, die auf das Thema zurückkam: »Und wie stellst du dir unsere Zukunft vor?«

Fast beiläufig erwiderte Werner: »Wir könnten zusammenziehen. Und heiraten, wenn du das noch einmal möchtest.«

Elisabeth schluckte. »War das gerade ein Antrag?«

»Wenn es einer wäre, würdest du ihn annehmen?«

Sie strahlte ihn an. »Von Herzen gern.«

Später lagen sie in Werners Hotelzimmer noch lange wach und besprachen ihre Zukunft. Es war Werner, der den Vorschlag machte, ihr als seiner zukünftigen Braut nicht nur die Zweitschlüssel seiner Eigentumswohnung zu überlassen, sondern als Zeichen seiner ernsthaften Absichten auch Kontovollmacht zu gewähren. So könne sie die notwendigen Hochzeitsvorbereitungen treffen, ihr Kleid bestellen und alle Rechnungen ohne Rücksprache mit ihm begleichen. Er verfüge über ausreichend Barmittel auf seinem Konto und würde sich freuen, wenn Elisabeth nach Belieben damit verfahren würde. »Da liegen einige Hunderttausend Euro und setzen Staub an«, meinte er lapidar. »Es würde mich wirklich freuen, wenn du dir von Zeit zu Zeit von dem Geld etwas gönnen würdest.«

»Einige?«, fragte sie erstaunt.

»Ich glaube, es sind mehr als vierhunderttausend«, entgegnete er.

Selbstverständlich lehnte Elisabeth diesen Vorschlag zunächst rundweg ab, ließ sich dann jedoch von Werner überzeugen. Immerhin sollte sie ja die Hochzeitsfeierlichkeiten organisieren. Im Gegenzug müsse er allerdings akzeptieren, dass sie es ihm gleich tue, obwohl ihr Vermögen deutlich geringer sei. »Knapp einhunderttausend. Natürlich nur auf dem Konto«, setzte sie hinzu. »Das Aktienpaket nicht eingerechnet.«

Werner bestand darauf, diese »eigentlich doch nebensächliche Formalität« sofort am kommenden Tag zu erledigen.

So fand sich das Paar kurz nach dem Frühstück in der Olsberger Filiale der Stadtsparkasse ein, wo Werner Elisabeth Verfügungsgewalt über sein Konto erteilte.

»Es dauert aber ein bis zwei Tage, bis Sie Transaktionen tätigen können«, erklärte der Angestellte. »Ihre Unterschrift muss zunächst bei der Filiale unseres Hauses hinterlegt sein, bei dem Ihr ...«, er zögerte, »äh, Gatte sein Konto unterhält.«

»Das dürfte kein Problem darstellen«, bemerkte Elisabeth nur und zupfte Werner am Ärmel. »Hast du gehört«, raunte sie ihm zu, »er hat dich als meinen Gatten bezeichnet.«

»Das werde ich ja auch hoffentlich bald sein«, flüsterte der zurück. »Ich kann es kaum erwarten.«

Kurz darauf fand eine ähnliche Besprechung in der Volksbank statt. Nur erteilte dieses Mal Elisabeth ihrem Werner Bankvollmacht.

Die nächsten zwei Tage verbrachte das Paar in ungetrübter Harmonie. Sie kuschelten bei einem Liebesfilm im Kino, besuchten die Sauna und das Solebad des *AquaOlsberg*, lauschten einem Orchester in der Konzerthalle.

Dann kam der letzte Tag ihres Urlaubs.

»Heute Vormittag brauche ich etwas Zeit für mich«, eröffnete Elisabeth ihrem Zukünftigen während des Frühstücks. »Koffer packen, mich für die Fahrt zurechtmachen – du verstehst?«

»Natürlich, Liebste. Etwas Zeit für mich würde mir heute auch entgegenkommen.«

Kurz nachdem sie sich getrennt hatten, verließ Elisabeth Weidenkötter mit ihrem Gepäck das Hotel und eilte zu der nahe gelegenen Sparkasse.

»Ich möchte Geld vom Konto meines Partners auf ein Konto in der Schweiz überweisen. Das ist doch möglich, oder?«

»Selbstverständlich.«

Dieses Mal bediente sie eine junge Frau von höchsten zwanzig. »Sie haben Kontovollmacht?«

»Ja.«

»Können Sie sich ausweisen?«

Elisabeth präsentierte den Ausweis, dessen Anfertigung durch einen alten Freund vor einigen Jahren ein kleines Vermögen gekostet hatte. Doch er war jeden Cent wert gewesen, denn er hielt jeder visuellen Überprüfung stand.

»Wird der Auftrag noch heute ausgeführt?«, erkundigte sie sich dann.

»Natürlich. Das Geld wird unverzüglich Ihrem Konto gutgeschrieben.«

»Danke.«

Die Bankangestellte schob ihr ein Formular zu. »Wenn Sie das bitte ausfüllen würden.«

Hastig notierte Elisabeth die Daten ihres Nummernkontos in Bern. Ohne Zögern schrieb sie den Überweisungsbetrag in das dafür vorgesehene Feld: vierhunderttausend. Sie unterzeichnete mit ihrem falschen Namen und reichte der Angestellten den Überweisungsauftrag. Jetzt ein Taxi und weg, dachte sie, während die junge Frau die Daten in den Computer tippte.

»Es gibt da leider ein Problem«, sagte die Bankerin nach einiger Zeit.

»Und welches?«, wollte Elisabeth Weidenkötter, die eigentlich Ingrid Sahling hieß, wissen.

»Das Konto Ihres Partners.«

»Was ist damit?«

»Es ist nicht gedeckt.«

Für einen Moment hatte Elisabeth das Gefühl, jemand zöge ihr den Boden unter den Füßen weg. Dann hatte sie sich wieder in der Gewalt.

»Sie haben sich nicht vertippt?«

»Nein. Der Kontoinhaber ist Werner von Gerolsteiner, richtig?«

»Ja, das stimmt.«

»Das Konto ist weit über den Dispo hinaus überzogen. Die Sparkasse Lünen hat es gesperrt.«

Elisabeth kochte.

»Danke für Ihre Bemühungen«, presste sie hervor und verließ die Bank.

Auch Werner von Gerolsteiner war an diesem Morgen fast zur selben Zeit unterwegs.

Sein Ziel war die Volksbank.

»Ich möchte einhunderttausend Euro von dem Konto meiner zukünftigen Frau abheben«, erklärte er dem überraschten Angestellten.

»Tut mir leid, aber Beträge in dieser Größenordnung haben wir aus Sicherheitsgründen nicht im Tresor. Solche Abhebungen müssen Sie vorher anmelden.«

»Gut. Wie viel könnte ich denn bar haben? Zehntausend? Wir benötigen das Geld wirklich dringend. Den restlichen Betrag werde ich überweisen.«

Der Mann hinter dem Tresen zögerte einen Moment. Dann hatte er sich zu einer Antwort durchgerungen. »Na gut. Eigentlich liegt das Limit bei Fünftausend. Um welches Konto handelt es sich?«

Die nun folgende Prozedur unterschied sich nur in Nuancen von Elisabeths Erlebnis in der Sparkasse nur wenige Hundert Meter entfernt.

Sie trafen sich auf dem Hotelflur.

»Du Schuft!«, fauchte sie ihn an.

»Du hast mich belogen. Du bist arm wie eine Kirchenmaus. Das ganze Gerede vom Sommerhaus, Bildern und Reisen. Alles heiße Luft!«

»Und du?«, giftete er zurück. »Von wegen gefülltes Konto und Aktienpaket. Ich vermute, die Villa am Rheinufer ist ebenfalls frei erfunden.«

»Was geht dich das an? Deine Firma existiert doch anscheinend auch nur auf dem Papier. Und so einer hält um meine Hand an.«

»Die du aber sofort ergriffen hast.«

»Geheiratet? Ich dich? Nie im Leben!«

»Und was hattest du eigentlich mit meinem Konto vor?«

»Was spielt das für eine Rolle? Du hast mich betrogen!« Sie betonte das erste Wort des Satzes. »Du reist mit einer Reisegruppe von Männern an, die nur kräftig auf den Putz hauen wollen. Es hätte mir gleich auffallen müssen, dass das gar nicht zusammenpasst. Und ich dumme Gans falle darauf rein.« Elisabeth schüttelte den Kopf.

Werner grinste. »Das war doch auch deine Masche. Oder hattest du etwa nicht vor, dir unter meinen Begleitern ein besonders leichtes Opfer zu suchen?«

Sie schien verblüfft. »Ich hätte es wissen müssen – wer bietet einer Frau schon nach wenigen Tagen Bankvollmacht an? Selbst wenn er vorgibt, sie heiraten zu wollen?«

»Hast du dich etwa anders verhalten? Schließlich hast du sofort eingewilligt.«

»Na klar«, schnaubte sie. »Ich nahm an, sehr einfach an mein Ziel gekommen zu sein.«

»So ging es mir auch.«

Für einen Moment schauten sie sich überrascht an. Dann begannen sie, lauthals zu lachen.

»Wir Profis sollten uns nicht streiten«, schlug Werner vor.

Sie nickte und öffnete die Tür zu ihrem Hotelzimmer. »Komm. Wir müssen etwas besprechen.«

Von da an arbeiteten sie im Doppel. Mal war er der Lockvogel, mal sie. Jedoch nur bis zu ihrer Verhaftung einige Monate später. Der Prozess, der gegen sie geführt wurde, endete mit einer langjährigen Haftstrafe für beide. Danach war es mit der Zweisamkeit vorbei, denn absitzen mussten sie ihre Strafen getrennt. Jeder für sich.

Autorinnen und Autoren

Raoul Biltgen, geboren 1974 in Esch/Alzette, Luxemburg. Schauspielstudium am Konservatorium der Stadt Wien, dann Ensemblemitglied am Vorarlberger Landestheater Bregenz, anschließend Dramaturg am *Theater der Jugend* in Wien. Seit 2003 lebt und arbeitet Raoul Biltgen als freier Schriftsteller, Schauspieler und Theatermacher in Wien. Er ist Autor zahlreicher Theaterstücke sowie mehrerer Bücher und Kurzkrimis. Raoul Biltgen stand selber schon einmal unter Mordverdacht.
www.raoulbiltgen.com

Oliver Buslau, geboren 1962. Als Erfinder des Wuppertaler Privatermittlers Remigius Rott begann er Ende der Neunzigerjahre seine Schriftstellerkarriere. Der Autor, der unter anderem als Musikjournalist und PR-Texter tätig war, schrieb neben bisher sieben Rott-Büchern Krimis und Fantasy um das Thema klassische Musik: die Romane *Das Gift der Engel, Die fünfte Passion, Der Vampir von Melaten* und den historischen Krimi *Schatten über Sanssouci.* Buslau ist Gründer und Chefredakteur von *TextArt,* einer Zeitschrift für kreatives Schreiben. Er lebt in Bergisch Gladbach.
www.oliverbuslau.de

Wilfried Eggers, geboren 1951, verheiratet, drei Kinder, überzeugter Moorbewohner. Seit Ende der Siebzigerjahre ist er als selbstständiger Notar und Rechtsanwalt tätig. Mit *Die Tote, der Bauer, sein Anwalt und andere* debütierte er 2000 als Kriminalromanautor. Es folgten *Ziegelbrand, Paragraf 301* und *Die oder ich. Paragraf 301* wurde für den ›Friedrich-Glauser-Preis‹ in der Sparte ›Roman‹ nominiert.
www.wilfried-eggers.de

Lucie Flebbe kam 1977 in Hameln zur Welt. Sie ist Physiotherapeutin und lebt mit Mann und Kindern in Bad Pyrmont. Mit ihrem Krimidebüt *Der 13. Bri*ef (noch unter dem Namen Lucie Klassen) mischte sie 2008 die deutsche Krimiszene auf. Folgerichtig wurde sie mit dem ›Friedrich-Glauser-Preis‹ als beste Newcomerin in der Sparte ›Romandebüt‹ ausgezeichnet. Es folgten weitere Fälle für Lila Ziegler: 2010 *Hämatom* und ein Jahr später *Fliege machen*.

www.lucieflebbe.de

Nina George, geboren 1973, schreibt Romane, Krimis, Science-Thriller, Kurzgeschichten, Kolumnen. Ihr Pseudonym Anne West gehört mit zwölf Sachbüchern und Kurzgeschichtenbänden zu den erfolgreichsten deutschsprachigen Erotika-Autorinnen. Für ihren Roman *Die Mondspielerin* wurde George mit der ›DeLiA 2011‹, dem Literaturpreis für den besten Liebesroman des Jahres, ausgezeichnet. Mit *Das Licht von Dahme* war George für den renommierten ›Friedrich-Glauser-Preis‹ Kategorie ›Kurzkrimi‹ nominiert. Nina George lebt im Hamburger Grindelviertel.

www.ninageorge.de

Brigitte Glaser, Jahrgang 1955, stammt aus dem Badischen, lebt aber seit vielen Jahren in Köln. Sie war lange in der Medienszene tätig, bevor sie zum Schreiben kam. Von 2001 bis 2008 hatte sie eine eigene Krimiserie, *Tatort Veedel,* im Kölner Stadtanzeiger. 2003 erschien der erste Krimi mit ihrer Detektivin wider Willen, der Köchin Katharina Schweitzer. Der sechste Roman aus dieser Serie, *Schaumschläger,* kommt im Frühjahr 2012 heraus. Außerdem hat sie viele Kurzgeschichten für unterschiedliche Verlage und zwei Jugendthriller bei Sauerländer geschrieben.

www.brigitteglaser.de

Peter Godazgar, Jahrgang 1967, ist in Hückelhoven (NRW) aufgewachsen. Er hat Germanistik und Geschichte studiert, die Henri-Nannen-Journalistenschule in Hamburg besucht und lebt und arbeitet derzeit als Redakteur in Halle an der Saale. Bisher sind von ihm im Grafit Verlag erschienen: *Unter Schweinen*, *Unter freiem Himmel* und *Unter schrägen Vögeln.*
www.peter-godazgar.de

Kathrin Heinrichs wurde 1970 im Sauerland geboren und studierte in Köln Germanistik und Anglistik. Bekannt wurde sie mit ihren Sauerlandkrimis um Hauptfigur Vincent Jakobs – zuletzt erschien der achte Band *Salamitaktik.* Die Autorin und Kabarettistin hat außerdem etliche Kurzkrimis, Satiren und Theaterstücke verfasst. Sie lebt mit ihrer Familie in Menden.
www.kathrin-heinrichs.de

Reinhard Junge, geboren 1946 in Dortmund, seit 1968 Bleiberecht in Bochum. Trotz großer Mängel in Mathe, Disziplin und *Political Correctness* Abitur, Bundeswehr (14 Tage Knast wegen eines Borchert-Zitats), nach Berufsverbot fast 33 Jahre Lehrer in Wattenscheid (Deutsch, Russisch, Latein), seit Februar 2011 Rentner. 3 erstaunlich gelungene Kinder, 10 ½ Kriminalromane, etliche Storys, 1 Rockkrimi, 2 Mitratekrimis für den Hörfunk – und Fan aller Fußball-Teams, die den FC Bayern schlagen.
www.reinhard-junge.de

Tatjana Kruse, Jahrgangsgewächs aus süddeutscher Hanglage mit Migrationshintergrund (Vater Schweizer, Mutter Friesin), lebt und arbeitet in Schwäbisch Hall (kein Synonym für eine Bausparkasse, sondern die vermutlich kleinste Metropole der Welt). Seit dem Jahr 2000 schreibt sie Kriminalromane, u. a. die Kommissar-Seifferheld-Reihe bei Droemer Knaur.
www.tatjanakruse.de

Sandra Lüpkes, geboren 1971, lebte lange Zeit auf der Nordseeinsel Juist und wohnt nun in Münster, wo sie als freie Autorin und Sängerin arbeitet. Mit ihren zehn Krimis, einem historischen Roman, einer Novelle, zwei Sachbüchern und drei Kurzkrimisammlungen hat sie bereits eine Gesamtauflage von 250.000 Exemplaren erreicht. Neuere Kriminalromane: 2010 *Todesbraut,* 2011 *Taubenkrieg* (alle bei dtv).

www.sandraluepkes.de

Sunil Mann wurde als Sohn indischer Einwanderer im Berner Oberland geboren. Nach der Matur schrieb er sich in Zürich für Psychologie und Germanistik ein. Beide Studien brach er erfolgreich ab. Zurzeit ist er als Flugbegleiter tätig, ein Job, der ihm genügend Zeit zum Schreiben lässt. Viele seiner Kurzgeschichten wurden bereits ausgezeichnet. Mit seinem Romandebüt *Fangschuss* (Grafit), Vijay Kumars erstem Fall, gewann er den ›Zürcher Krimipreis‹ 2010. 2011 erschien mit *Lichterfest* der zweite Fall für seinen indischstämmigen Privatdetektiv.

www.sunilmann.ch

Theo Pointner, 1964 geboren in Bochum, lebt in Essen. Er hat Betriebswirtschaft studiert und ist Leiter des Medizin-Controllings eines Krankenhauses im Ruhrgebiet. Seit 1992 schreibt er Kriminalromane. Sein 2011 bei Grafit erschienener Krimi *Abgesang* ist bereits der neunte Fall für die Bochumer Kommissarin Katharina Thalbach.

www.theopointner.de

Jutta Profijt war Exportmanagerin und Unternehmerin, bevor sie zum Schreiben kam. Nach fünf Mönchengladbach-Krimis kam mit Pascha, der rotzfrechen Leiche aus den bisher vier skurrilen Krimis der Kühlfach-Reihe, der große Durchbruch. *Kühlfach 4* wurde für den ›Friedrich-Glauser-

Preis‹ 2010 nominiert. Mit *Schmutzengel* und *Blogging Queen* legte Profijt parallel zwei heitere Romane vor. Die Bücher der Autorin werden zurzeit ins Englische übersetzt, Verfilmungen sind in Vorbereitung. Jutta Profijt lebt als hauptberufliche Autorin in der niederrheinischen Provinz.

www.juttaprofijt.de

Jürgen Reitemeier, geboren 1957 im westfälischen Warburg, studierte nach einer Ausbildung zum Elektromaschinenbauer Elektrotechnik, Wirtschaft und Sozialpädagogik in Paderborn und Bielefeld. Er arbeitet als Coach und Erwachsenenbildner in seinem Unternehmen *modul b* in Detmold. Im Jahr 2000 erschien der erste Lippe-Krimi *Fürstliches Alibi,* dem mittlerweile noch weitere gefolgt sind. Er schreibt im Team zusammen mit Wolfram Tewes.

www.lippekrimi.de

Angelika Schröder, 1955 in Herford geboren, studierte Pädagogik und Völkerkunde. Während ihrer Aufenthalte in Asien verfasste sie Reiseberichte für verschiedene Zeitungen. Nach einem Umweg über das Sauerland lebt sie heute in Hagen und arbeitet hauptberuflich als Grundschullehrerin. Drei Romane hat sie bereits veröffentlich, der vierte – ein Sauerlandkrimi mit dem Titel *Böses Karma* – wird im März erscheinen. Ihre Vorliebe gilt den heiteren Kurzkrimis, in denen Frauen sich auf ihre eigene, ganz spezielle Art emanzipieren.

www.schroeder-krimi.de

Jürgen Siegmann, geboren 1963 in Braunschweig, studierte Fotografie in Bielefeld und lebt dort seitdem als Fotograf, Webdesigner, Postkartenproduzent und Krimiautor. Veröffentlichte seit 2002 außer Kurzgeschichten bisher drei Krimis um den Hamburger Hauptkommissar Schmitz, die im

KBV-Verlag erschienen. 2007 folgte sein erster Bielefeld-Krimi *Am Abgrund* im Pendragon-Verlag, dem 2009 *Schöne Bescherung* folgte, ein Weihnachtskrimi zum Mitraten. Weitere kriminelle Taten sind in Vorbereitung.

www.siegmann-krimi.de

Jan Zweyer, geboren 1953 in Frankfurt am Main, lebt schon seit vielen Jahren in Herne. Sein halbes Leben war er in unterschiedlichen Funktionen bei verschiedenen Industrieunternehmen beschäftigt, heute ist Zweyer freier Schriftsteller. Nach zahlreichen zeitgenössischen Kriminalromanen und -kurzgeschichten schloss er 2011 seine historische Trilogie um Peter Goldstein ab: *Franzosenliebchen* (2007), *Goldfasan* (2009) und *Persilschein* (2011, alle bei Grafit).

www.jan-zweyer.de